浙江文化艺术发展基金资助项目

杭州优秀传统文化丛书
Hangzhou Youxiu Chuantong Wenhua Congshu

众里寻他千百度

［意］高 梁 著

杭州出版社

图书在版编目（CIP）数据

众里寻他千百度 /（意）高梁著 . -- 杭州：杭州出版社，2022.8
（杭州优秀传统文化丛书）
ISBN 978-7-5565-1676-6

Ⅰ . ①众… Ⅱ . ①高… Ⅲ . ①散文集—意大利—现代 Ⅳ . ① I546.65

中国版本图书馆 CIP 数据核字（2022）第 004473 号

Zhong Li Xun Ta Qianbai Du

众里寻他千百度

〔意〕高　梁/著

责任编辑	李竹月
装帧设计	李轶军　祁睿一
美术编辑	祁睿一
责任校对	萧　燕
责任印务	姚　霖
出版发行	杭州出版社（杭州西湖文化广场32号6楼） 电话：0571-87997719　邮编：310014 网址：www.hzcbs.com
排　　版	浙江时代出版服务有限公司
印　　刷	天津画中画印刷有限公司
经　　销	新华书店
开　　本	710 mm × 1000 mm　1/16
印　　张	17.75
字　　数	218千
版 印 次	2022年8月第1版　2022年8月第1次印刷
书　　号	ISBN 978-7-5565-1676-6
定　　价	58.00元

（版权所有　侵权必究）

序言

文化是城市最高和最终的价值

我们所居住的城市，不仅是人类文明的成果，也是人们日常生活的家园。各个时期的文化遗产像一部部史书，记录着城市的沧桑岁月。唯有保留下这些具有特殊意义的文化遗产，才能使我们今后的文化创造具有不间断的基础支撑，也才能使我们今天和未来的生活更美好。

对于中华文明的认知，我们还处在一个不断提升认识的过程中。

过去，人们把中华文化理解成"黄河文化""黄土地文化"。随着考古新发现和学界对中华文明起源研究的深入，人们发现，除了黄河文化之外，长江文化也是中华文化的重要源头。杭州是中国七大古都之一，也是七大古都中最南方的历史文化名城。杭州历时四年，出版一套"杭州优秀传统文化丛书"，挖掘和传播位于长江流域、中国最南方的古都文化经典，这是弘扬中华优秀传统文化的善举。通过图书这一载体，人们能够静静地品味古代流传下来的丰富文化，完善自己对山水、遗迹、书画、辞章、工艺、风俗、名人等文化类型的认知。读过相关的书后，再走进博物馆或观赏文化景观，看到的历史遗存，将是另一番面貌。

过去一直有人在质疑，中国只有三千年文明，何谈五千年文明史？事实上，我们的考古学家和历史学者一直在努力，不断发掘的有如满天星斗般的考古成果，实证了五千年文明。从东北的辽河流域到黄河、长江流域，特别是杭州良渚古城遗址以距今5300—4300年的历史，以夯土高台、合围城墙以及规模宏大的水利工程等史前遗迹的发现，系统实证了古国的概念和文明的诞生，使世人确信：这里是古代国家的起源，是重要的文明发祥地。我以前从来不发微博，发的第一篇微博，就是关于良渚古城遗址的内容，喜获很高的关注度。

我一直关注各地对文化遗产的保护情况。第一次去良渚遗址时，当时正在开展考古遗址保护规划的制订，遇到的最大难题是遗址区域内有很多乡镇企业和临时建筑，环境保护问题十分突出。后来再去良渚遗址，让我感到一次次震撼：那些"压"在遗址上面的单位和建筑物相继被迁移和清理，良渚遗址成为一座国家级考古遗址公园，成为让参观者流连忘返的地方，把深埋在地下的考古遗址用生动形象的"语言"展示出来，成为让普通观众能够看懂、让青少年学生也能喜欢上的中华文明圣地。当年杭州提出西湖申报世界文化遗产时，我认为这是一项需要付出极大努力才能完成的任务。西湖位于蓬勃发展的大城市核心区域，西湖的特色是"三面云山一面城"，三面云山内不能出现任何侵害西湖文化景观的新建筑，做得到吗？十年申遗路，杭州市付出了极大的努力，今天无论是漫步苏堤、白堤，还是荡舟西湖里，都看不到任何一座不和谐的建筑，杭州做到了，西湖成功了。伴随着西湖申报世界文化遗产，杭州城市发展也坚定不移地从"西湖时代"迈向了"钱塘江时代"，气势磅礴地建起了杭州新城。

从文化景观到历史街区，从文物古迹到地方民居，众多文化遗产都是形成一座城市记忆的历史物证，也是一座城市文化价值的体现。杭州为了把地方传统文化这个大概念，变成一个社会民众易于掌握的清晰认识，将这套丛书概括为城史文化、山水文化、遗迹文化、辞章文化、艺术文化、工艺文化、风俗文化、起居文化、名人文化和思想文化十个系列。尽管这种概括还有可以探讨的地方，但也可以看作是一种务实之举，使市民百姓对地域文化的理解，有一个清晰完整、好读好记的载体。

传统文化和文化传统不是一个概念。传统文化背后蕴含的那些精神价值，才是文化传统。文化传统需要经过学者的研究提炼，将具有传承意义的传统文化提炼成文化传统。杭州与丛书作者在创作方面作了种种古为今用、古今观照的探讨交流，还专门增加了"思想文化系列"，从杭州古代的商业理念、中医思想、教育观念、科技精神等方面，集中挖掘提炼产生于杭州古城历史中灵魂性的文化精粹。这样的安排，是对传统文化内容把握和传播方式的理性思考。

继承传统文化，有一个继承什么和怎样继承的问题。传统文化是百年乃至千年以前的历史遗存，这些遗存的价值，有的已经被现代社会抛弃，也有的需要在新的历史条件下适当转化，唯有把传统文化中这些永恒的基本价值继承下来，才能构成当代社会的文化基石和精神营养。这套丛书定位在"优秀传统文化"上，显然是注意到了这个问题的重要性。在尊重作者写作风格、梳理和讲好"杭州故事"的同时，通过系列专家组、文艺评论组、综合评审组和编辑部、编委会多层面研读，和作者虚心交流，努力去粗取精，古为今用，这种对文化建设工作的敬畏和温情，值得推崇。

人民群众才是传统文化的真正主人。百年以来，中华传统文化受到过几次大的冲击。弘扬优秀传统文化，需要文化人士投身其中，但唯有让大众乐于接受传统文化，文化人士的所有努力才有最终价值。有人说我爱讲"段子"，其实我是在讲故事，希望用生动的语言争取听众。今天我们更重要的使命，是把历史文化前世今生的故事讲给大家听，告诉人们古代文化与现实生活的关系。这套丛书为了达到"轻阅读、易传播"的效果，一改以文史专家为主作为写作团队的习惯做法，邀请省内外作家担任主创团队，组织文史专家、文艺评论家协助把关建言，用历史故事带出传统文化，以细腻的对话和情节蕴含文化传统，辅以音视频等其他传播方式，不失为让传统文化走进千家万户的有益尝试。

中华文化是建立于不同区域文化特质基础之上的。作为中国的文化古都，杭州文化传统中有很多中华文化的典型特征，例如，中国人的自然观主张"天人合一"，相信"人与天地万物为一体"。在古代杭州老百姓的认知里，由于生活在自然天成的山水美景中，由于风调雨顺带来了富庶江南，勤于劳作又使杭州人得以"有闲"，人们较早对自然生态有了独特的敬畏和珍爱的态度。他们爱惜自然之力，善于农作物轮作，注意让生产资料休养生息；珍惜生态之力，精于探索自然天成的生活方式，在烹饪、茶饮、中医、养生等方面做到了天人相通；怜惜劳作之力，长于边劳动，边休闲娱乐和进行民俗、艺术创作，做到生产和生活的和谐统一。如果说"天人合一"是古代思想家们的哲学信仰，那么"亲近山水，讲求品赏"，应该是古代杭州人的生动实践，并成为影响后世的生活理念。

再如，中华文化的另一个特点是不远征、不排外，这体现了它的包容性。儒学对佛学的包容态度也说明了这一点，对来自远方的思想能够宽容接纳。在我们国家的东西南北甚至是偏远地区，老百姓的好客和包容也司空见惯，对异风异俗有一种欣赏的态度。杭州自古以来气候温润、山水秀美的自然条件，以及交通便利、商贾云集的经济优势，使其成为一个人口流动频繁的城市。历史上经历的"永嘉之乱，衣冠南渡"，"安史之乱，流民南移"，特别是"靖康之变，宋廷南迁"，这三次北方人口大迁移，使杭州人对外来文化的包容度较高。自古以来，吴越文化、南宋文化和北方移民文化的浸润，特别是唐宋以后各地商人、各大商帮在杭州的聚集和活动，给杭州商业文化的发展提供了丰富营养，使杭州人既留恋杭州的好山好水，又能用一种相对超脱的眼光，关注和包容家乡之外的社会万象。这种古都文化，也代表了中华文化的包容性特征。

城市文化保护与城市对外开放并不矛盾，反而相辅相成。古今中外的城市，凡是能够吸引人们关注的，都得益于与其他文化的碰撞和交流。现代城市要在对外交往的发展中，进行长期和持久的文化再造，并在再造中创造新的文化。杭州这套丛书，在尽数杭州各色传统文化经典时，有心安排了"古代杭州与国内城市的交往""古代杭州和国外城市的交往"两个选题,一个自古开放的城市形象,就在其中。

"杭州优秀传统文化丛书"团队在传统和现代的结合上,想了很多办法,做了很多努力。传统文化丛书要得到广大读者接受,不是件简单的事。我们已经走在现代化的路上,传统和现代的融合,不容易做好,需要扎扎实实地做,也需要非凡的创造力。因为,文化是城市功能的最高价值,也是城市功能的最终价值。从"功能城市"走向"文化城市",就是这种质的飞跃的核心理念与终极目标。

2020 年 9 月

(单霁翔,中国文物学会会长)

西湖雨泛图(局部)

目 录

- 001　落英芳草寻花市
- 038　出涌金门一黯然
- 067　自锄明月种梅花
- 104　新开双朵玉芙蓉
- 136　仗剑行至断桥头
- 167　柳暗花明说湖墅
- 202　杭州老去被潮催
- 237　旧住梅城门向南

- 267　参考文献

落英芳草寻花市

寿安坊,俗称官巷,又称冠巷。宋时谓之花市,亦曰花团。盖汴京有寿安山,山下多花园,春时赏燕,争华竞靡,锦簇绣围。移都后,以花市比之,故称寿安坊。(〔明〕田汝成《西湖游览志》卷十三《南山分脉城内胜迹》)

一

身穿石青色提花锦袍的韩员外,迈着踌躇满志的步子,走出了官巷南面的潘家珠子铺。他时不时地抬手按一下胸前的小锦囊,去感受那颗大珠子不同寻常的体积和分量,这种踏实的感觉,让他心情好很多,冲淡了方才为之付出高价的心疼。

俗话说"隔行如隔山",真是一点不假啊!面对着小抽屉里那些衬着深色缎子的晶莹饱满的大小珠子,他傻眼了,只能任凭珠子铺的老板唾沫横飞,以三寸不烂之舌,将这颗珠子的珍贵之处,直接夸到了极致,仿佛它是不折不扣的天下第一珠,就连大内宫中,也轻易找不到这样的货色。

韩员外确实被这颗珠子吸引住了,他也是见识过奇珍异宝的人,但眼前这颗珠子所特有的光泽,却是他从未见过的:它闪亮但毫不强势,如同蒙着薄云的满月;它明亮皎洁,但不是那种雪白,而是欲落尚未落的白玉兰花瓣的颜色。

当他拿起这颗珠子时,一种难以名状的感觉,瞬间从手指传到了心中,这是温润和寒冷交织在一起的奇异感觉,就像珠子铺老板讲述的,在那遥远的冰雪王国里,猛禽海东青和白天鹅、大珠蚌与被它紧紧拥抱着的珍珠的故事一样,充满神秘色彩,甚至有些诡异,让人在欲要拒绝的同时,又紧紧地攥住它。

韩员外边走边回忆着老板所讲的故事,想在脑袋中拼命理顺思路,弄明白为了得到这种珠子,在自然界中所形成的征服与被征服的关系。但很快,这个费神的事儿,就让他厌倦了。他不禁咧了一下嘴,自嘲地想着,目前,只有一点是明确的,他被那个唱曲儿的娇小女子征服了,可事情偏又很快被他强势凶悍的夫人知道了,于是,家里每天都闹得昏天黑地,让他度日如年。所以,他要寻找一样东西,去征服那个妒火中烧的女人。谁知道呢,也许,这个来自极寒之地的大珍珠,会有他所期待的功效。

韩员外脚劲健着呢,不觉间,已经来到了官巷花市最热闹的一段。道路两边那些首饰店、脂粉店、头面店、绸缎店、花店等,各自挂出自己的招牌标识,争奇斗艳地博人眼球。

飞家牙梳铺的朱红色丝绸长旗子,在风中飘啊飘,慵懒的样子,就像一个春困的女人在镜前梳理头发的手势,轻柔而执着。

软到无骨的飘飘长旗子,突兀而霸道地进入了韩员外的视线内,没有给他任何准备的余地。像是被击中了一样,韩员外条件反射,猛地哆嗦了一下,以致按在胸口珠子上的手失控,一用力,大珠子硬邦邦地硌在了他的心口上。大约是被击痛了,他不由得加快了脚步。

很久之前,在官巷飞家牙梳铺,他曾给自己爱过多年的女人买了最后一件礼物,那是枚昂贵的金簪,簪上嵌了一只翡翠小鸟,小鸟的嘴中含着一粒欲坠的南红樱桃红。用细金链子挂住的艳丽樱桃红,在女人的轻微动作中,会温柔地怯怯颤动。

当时,他靠在柜台旁,将金簪用两根手指捏起,想象着她含泪插上金簪后,雨打梨花般的模样,心中不由得柔情似水,觉得自己确实亏欠于她。他被这种美好的想象,特别是自己充满感情的歉意打动了,到了几乎要流泪的地步。

那次,他也是这样手捂着搁在胸口的金簪,踌躇满志地走出位于官巷闹市的飞家牙梳铺的。

二

官巷是韩员外的"领地",自打懂事起,他就在这里混,从赤贫小儿混到眼下富甲一方的员外,他当然知道应该到什么地方去找什么样的好东西。

官巷原本就是杭州城内市井味十足的热闹商业区,南宋迁都之后,其处于御街中间地段,更是繁华异常。这里远远不再局限于卖花了,除了众多的交引铺之外,各种出售金银珠宝等高档奢侈品和日用品、化妆品的店铺林立,可谓是大大小小的销金窟。尤其是对女人来说,每个卖这些精致玩意儿的店铺，都是世界上最有吸引力的地方。

宋代耐得翁《都城纪胜》中，特别描述了制作和售卖这些美丽物事之处："官巷之花行，所聚花朵、冠梳、钗环、领抹，极其工巧，古所无也。"

宋人有很多关于这段街道店铺规模和种类的记录，其中，吴自牧在《梦粱录》里的描述尤为精彩。他写"团行"时，就列举了很多官巷及周边的商行。

团行，是宋代特有的一种商业团体，初设是为了对应朝廷的各种采买，起到了现代行业协会和商会的作用。

> 市肆谓之"团行"者，盖因官府回买而立此名，不以物之大小，皆置为团行。虽医卜工役，亦有差使，则与当行同也。……有名为"团"者……又有名为"行"者，如官巷方梳行、销金行、冠子行、城北鱼行、城东蟹行、姜行、菱行、北猪行、候潮门外南猪行、南土北土门菜行、坝子桥鲜鱼行、横河头布行、鸡鹅行。更有名为"市"者，如炭桥药市、官巷花市、融和市南坊珠子市、修义坊肉市、城北米市。……大抵杭城是行都之处，万物所聚，诸行百市，自和宁门杈子外至观桥下，无一家不买卖者，行分最多，且言其一二，最是官巷花作，所聚奇异飞鸾走凤，七宝珠翠，首饰花朵，冠梳及锦绣罗帛，销金衣裙，描画领抹，极其工巧，前所罕有者悉皆有之。（〔宋〕吴自牧《梦粱录》卷十三《团行》）

品类繁多的店铺和所卖货物，在《梦粱录》的《铺席》《夜市》等章节中，更是让人眼花缭乱，其中，不少铺坊都被注明是坐落在官巷的。

对那天在飞家牙梳铺里发生的每个细节，韩员外都记忆犹新，时光如逝水，但那些细节丝毫没有褪色，相反，在某个时刻、某个地点，它们会突然闯出来，如此清晰而细腻，强势地横在他全部意识的最中央，任凭他用什么手段，都驱赶不走。

就像现在，飞家牙梳铺上方那软到无骨的朱红色绸缎长旗子，突然激活了他的记忆，那枚玲珑雅致的金簪，以及赠送金簪之后发生的事情，像一个巨大的阴影，顿时笼罩在他的身上，悲痛和恐惧同时压着他，让他喘不过气来，让他抬不起头来。

低着头匆匆赶路的韩员外，差点迎面撞上了一辆饰着茜红色幔帐的车。他抬起眼睛刚想骂人，只见厚重的缎子车帘，被一只纤纤玉手掀开了，染了凤仙花的指甲有红珊瑚的亮丽，做兰花状的手指，捏着绣工精致的车帘子边儿，很美艳。

不同寻常的是，帘子上绣的不是萱草或缠枝莲花之类的传统图案，而是一朵朵深红色的彼岸花，细长如丝的花瓣，反卷如龙爪。花叶不相见的彼岸花，衬着雪白的手腕，那上面有两只晶莹的翡翠玉镯，随着撩车帘的动作，玉镯发出叮叮当当的清脆响声。听到这玉石相碰的熟悉声音，韩员外顿时咽下了已在舌尖上的脏话，他不寒而栗，脚下不由得加快了速度，想从车的侧面绕过去。

他只迈了两步，车帘就被完全拉开了，车中的美人一览无余。她面容姣好，一双黛色的柳叶眉直插乌黑的鬓角，眉下星眼波光闪烁。她的妆容艳丽，毫无瑕疵，但脸上却似乎有种脂粉掩不住的土色。头上没有过多的牙梳及金银饰物，也没有像时下贵妇一样，在头的两侧佩戴镶嵌了各色宝石的金凤凰花冠，让花冠像两只展翅飞扬的凤凰

铺席

杭州大街，自和寧門权子外一直至朝天門外清和坊，南至南瓦子北謂之界北，中瓦子前謂之五花兒中心，自五間樓北至官巷南街，兩行多是金銀鹽鈔引交易鋪，前列金銀器皿及現錢，謂之看垛錢，此錢備準權貨務算清鹽鈔引，并諸作打鈒鑪韛，紛紜無數。自融和坊北至市南坊，謂之珠子市，如遇買賣，動以萬數。又有府第富豪之家質庫，城內外不下數十處，收觧以千萬件，亦有上行之所。每日街市不知貨幾何也。

計向者杭城市肆名家有名者，如中瓦前皁兒水雜貨場前甘豆湯、戈家蜜棗兒、官巷口光家羹、大瓦子水果子、壽慈宮前熟肉、錢塘門外宋五嫂魚羹、湧金門灌肺、中瓦前職家羊飯、彭家油靴、南瓦子宣家台衣、張家元子、候潮門顧四笛大刀熟肉、潘節幹熟藥鋪、壩頭榜前傳者、如貓兒橋魏大刀邱家篳篥，自淳祐年有名。相安撫司惠民坊熟藥局、市西坊呂家、陳家綵帛鋪、舒家紙鋪、沈家張家金銀交引鋪、劉家藥鋪、童家柏燭鋪、張家生藥鋪、五間樓前周五郎蜜煎鋪

獅子巷口徐家紙鋪、劉家凌家刷牙鋪、觀復丹室保佑坊前孔家頭巾鋪、張賣食麵店、張官人諸史子文籍鋪、訥菴丹砂熟藥鋪、陳家七寶鋪、張官人諸藥鋪、張家豆兒水錢子巷口、徐茂之家扇子鋪、金子巷口陳花腳麵食店、傅官人刷牙鋪、水錢家乾果鋪、楊將領熟藥鋪、梁實藥鋪、張家豆兒鋪、楊將領熟藥鋪、市西坊洗家白衣鋪、徐官人㦸頭鋪、家腰帶鋪、市西坊北沈家綵帛鋪、徐家鐵器鋪、修義坊北張古老胭脂鋪、水巷口咸百乙郎顏色鋪、徐家絨綫家阮家京果鋪、俞家冠子鋪、官巷前仁愛堂熟藥鋪修

義坊三不欺藥鋪、官巷北金藥臼樓太丞藥鋪、胡家馮家粉心鋪、染紅王家胭脂鋪、淮嶺傾銀鋪、清河坊顧家綵帛鋪、蔣檢閱茶湯鋪、昇陽宮前仲家光牌鋪、季家雲梯絲鞋鋪、太平坊南倪家麵食店、南瓦子北卓道王賣麵店、腰棚前菜麵店、熙春樓下雙條兒剨子店、太平坊大街東南角蝦蟆酒店、漆器牆下毒九抱劍營街吳家夏家香燭裏頭鋪、李家絲鞋鋪、許剨劍營街吳家槐簡鋪、沙皮巷孔八郎頭巾鋪、陳家條結鋪、朝天門戴家麚肉鋪、外沙皮巷口雙葫蘆眼藥鋪

《夢粱錄》中的"官巷"

般招摇。而是袭古风，美人的头发被梳成高高的发髻，以些许花钿饰之，最显眼的头饰，是个金灿灿的步摇。这种相对简洁的发式，却给她俊俏的面孔增添了一种凌厉美。

"负情郎，你竟然还活着？"美人星目圆睁，大喊了一声。

韩员外闻声，这才抬起了头，他刚刚听到玉镯相碰的清脆声音时，就已经猜到也许会是她，可旋即一想，这绝不可能，她怎么会在光天化日之下出现在这熙熙攘攘的闹市官巷呢！

韩员外定了定神，撩起袍袖擦了擦眼睛，鼓足勇气凑近车门，这一看，他顿时魂飞魄散。果然是荆娘，那个几年前他眼看着呕血不止，几个时辰后就咽了气的女人！

车上的荆娘风一样地飞身下了车，还没等韩员外转身，便伸出双手抓住了他的衣领和头发。韩员外想挣扎出来，可荆娘那双看似纤细的手，却有男人般的力量，韩员外感到她冰凉的铁钳般的手卡得他喘不过气来，他白净富态的脸，像着了火一样鲜红。

好不容易挣脱开，韩员外不顾一切地往家的方向跑，心中庆幸自己的住所离官巷闹市不远。可荆娘紧随其后，他清楚地感到她在背后死死盯着自己的目光。

宅院的黑漆大门半掩着，他死命挣扎，又一次摆脱了她抓住衣袍下摆的手，越过高高的门槛，一头钻进了院内，跟跟跄跄地朝后宅跑去。

发疯般的荆娘紧随其后，但奇怪的是，她却在厅堂前止步，开始破口大骂。她的声音高亢尖锐，像一把把利刃,刺得宅中每个人的耳膜都作疼,偌大的一个宅子里,上上下下的仆人,见老爷躲了起来,没有一个敢出来应对。

三

荆娘激亢的骂声一直持续到傍晚,但在太阳即将落下的那一瞬间,她的声音突然间奇迹般地消失了,所有人都在心中长长地叹出了一口气,庆幸总算摆脱了这妖魔般的女人。

宅子里的黑暗开始迅速聚集,下厨亮起的豆粒大的灯光,不知为何哆哆嗦嗦的,看上去充满了怯意。突然间,灯被扑灭了。随即,在荆娘的带领下,十多个鬼魂开始在韩员外的大宅子里作祟。鬼们面目狰狞,上蹿下跳,恶搞所有的人,气焰嚣张到连鸡叫日出了都毫不收敛的地步。

韩员外被彻底搞垮了,他昼夜不得安宁,荆娘那充斥着歹毒和怨恨的脸,每时每刻都会出现在他的眼前。最后,他用手掩面,在心中向上苍祷告,他宁愿成为瞎子,也不想再看见荆娘的脸。

刚发完愿,荆娘便嚎叫着冲到了他的面前,用力唾其目,瞬间,他的眼睛就陷入了永恒的黑暗中。

瞎了眼的韩员外完全疯了,他时而神态恍惚,时而癫狂失智。周围的人有目共睹,他被环绕在一团团驱之不散的黑气中,有人说,那是被他陷害致死的冤魂在纠缠着他。

没过几天,韩员外就暴死宅中,他的怀里还揣着那颗晶莹闪亮的珍珠。他没有来得及掏出来以平息妻子的妒火,更没有机会向任何人卖弄听来的故事——那个关于海东青、白天鹅、珠蚌与珠子的故事。

富豪韩员外的死，在杭州的高档商业中心——官巷口一带掀起了风波，人们口无遮拦地议论着此事。特别是上了年纪的人，一口一个"小韩小韩"的，让不知内情的人觉得，这个称呼与白白胖胖、相貌堂堂的韩员外极不匹配。

> 小韩者，杭州人。少年美丰姿，暑月裸裎，肤腻如雪。父亡后，与母孀居。其母善制纸锭，日剪数百，供里社祭享之用，糊口而已。未久，母亦死，韩遂流落无家。（〔明〕钱希言《狯园》卷七《影响·小韩负心报》）

孤儿小韩，自此生活没了着落，他流落街头，饥寒交迫。

有一天，他站在一家盐铺的檐下，晒着太阳，心里盘算着怎么去解决中饭问题。

这家店的掌柜是个和蔼的陕西中年人，话不多，看上去也没有别的陕西盐商的嘚瑟劲儿。小韩有事没事就喜欢在他店铺的檐下甚至堂间里站站，他是个很长眼色的孩子，长得又帅气，从不讨人嫌。

盐铺所在的位置，是宋代杭州城内商业最繁华的地方。

> 中瓦子前，谓之"五花儿中心"。自五间楼北，至官巷南街，两行多是金银盐钞引交易，铺前列金银器皿及现钱，谓之"看垛钱"。此钱备准榷货务算清盐钞引，并诸作分打鈒炉鞴，纷纭无数。自融和坊北，至市南坊，谓之"珠子市"，如遇买卖，动以万数。（〔宋〕吴自牧《梦粱录》卷十三《铺席》）

能在这个地段开店的陕西盐商，自然不是等闲之辈，他和交引铺有着密切的联系,业务范围很大。不仅是简单地从持有交引的商人手上买来盐引,再去指定地点折换成盐,返回杭州售卖;遇到别的买卖也做,诸如给交引铺牵个线,或暗中转手些别的证券或商品之类的,生意做得很活,但大面上从不涉及非法买卖。

那天,店里客人稀少,小韩在檐下站累了,就进店,侧着身子靠到了柜台上。恰好这时,陕西盐商正跟一个伙计发脾气,把一本账簿啪的一声就摔在了柜台上,正好滑到了小韩的面前。

小韩抑制不住好奇心,朝账簿翻开的那页瞥了几眼,就捂着嘴巴笑了起来。那账簿上记着的,只是些简单的进出账目,但却被算得颠三倒四,错处比对处还要多,可见算账人是个十足的数字盲。

那伙计被掌柜一顿臭骂,正没地方撒气,听见这泼皮般的流浪儿挤眉弄眼地瞅着账簿笑,就从柜台里面伸出手来,狠狠推了他一下。

小韩就势哭叫了起来,这下引出了盐铺掌柜贾老板。他问明原委后,便和颜悦色地问小韩:

"怎么?你能看出账上的差错?说给我听听。"

小韩忙抹干眼泪,指着账目上的错误,一一解释清楚。这下掌柜更惊讶了,扯过一方小纸,随手在上面写了几行数字,让小韩做个加减乘除之类的,小韩从从容容地心算一番,有条不紊地都写于纸上。

贾老板上下打量了小韩一番,见他虽衣衫褴褛,眼中却灵气四溢,就更好奇了,忙问道:

"孩子啊,我见你面相不凡,且聪慧过人,怎么会落到如此境地?"

小韩以父母双亡等实情相告,盐铺掌柜听罢,感叹不已,最后说道:

"要不这样吧,你何不来我店里,替我管管出入账目什么的?这样,一来有安身之处,二来我也不会亏待你,今后一定会扶持你,让你有出息。"

小韩不敢相信自己的耳朵,倒地便拜,感激的眼泪流了一脸。

> 韩大喜过望,讯知此翁即关中辇贾贾老也。家于杭城,积资四十万,侍妾数人,有妻与子居关中,岁通信耗以为常。贾老既得小韩,亲如己子,甚于骨肉,韩亦父礼事之。(〔明〕钱希言《狯园》卷七《影响·小韩负心报》)

孤苦伶仃的流浪儿小韩,从此重新获得了家的温暖,有了一个待他如父亲的家长。在这意外收获的幸运中,小韩过上了安稳富裕的好日子。按常理说,他的人生应该就此一帆风顺了。

但是,事情还是有了意想不到的转折,如同《道德经》中所说的"祸兮福之所倚,福兮祸之所伏"一样。

贾老的原配妻子与已成人的儿子,留在关中老家打理产业。在杭州,贾老有侍妾数名,个个年轻貌美,其中有一位名叫荆娘,年纪比别的稍大几岁,她不仅容色艳丽,风姿动人,而且待人接物落落大方,也是持家理财的好手。

小韩与贾老既然相处如同父子，在家中与贾老的侍妾也就不避嫌。可他万万想不到，有一天，羞答答的荆娘竟向小韩表示，她爱上了他，更准确地说，是她对他一见钟情。

面对貌美如花的荆娘的主动示爱，青年小韩的心乱成一团麻，他还从未体验过男女之情的美好，自然心向往之。但自己从未过多地关注过荆娘，印象中，她是个手上戴着叮当作响的玉镯的女人，是恩人贾老的侍妾，贾老像亲爹一样地待自己啊，若是自己跟他的女人有什么瓜葛，不太合适吧？

但美丽的荆娘却深深地陷入了情网中，她开始懈怠于侍奉贾老以及持家之事，专攻小韩一人。小韩抵挡不住，很快就落入了她的温柔乡而不能自拔。从此以后，两个被爱情冲昏了头脑的人，置所有的理智和伦理于不顾，寻找贾老空旷宅院中的每一个隐秘角落，来消耗他们干柴烈火的激情。

在这个过程中，荆娘以她敏捷的才思和天生擅长打理一切的能力，将他们留下的痕迹与破绽及时消除。就这样过了一年多，家里竟无人察觉到发生在他们之间的一切。

后来，荆娘怀孕并生下了一个白白胖胖的男孩，长得竟与小韩一模一样，这时，有心人才将过去种种蛛丝马迹梳理清楚，在互相的提示和补充下，织成了一张缜密的网，去还原事情的真相——原来荆娘和小韩有私情。

令人诧异的是，贾老极喜欢这个初生的婴儿，可谓到了爱不释手的地步。他常将孩子抱在怀里，到处给别人看，有时故意走到店堂内，笑着对小韩说：

"大家都说我的这个孩子像你，怀疑是你所生，你怎么解释？是真的吗？"

每当这时，小韩的脸都会涨成猪肝色，一脸难堪，说不出话来，只得低下头去。贾老屡屡发问，但从不认真等待他的回答，只是微微一笑，旋即抱着孩子走开。

贾老不追究真伪的态度，助长了荆娘和小韩的胆量，他们继续在众人眼皮底下发展私情。几年下来，荆娘把积攒了一辈子的私房钱都给了小韩，足有数千金，小韩也指日月、喻山河，发盟这辈子坚守初心，永不另娶。

可是没过多久，荆娘意外地得知，不守信的小韩，居然已在外置了房产，接着，他明媒正娶，和一个大户人家的女儿成了亲。

荆娘闻讯后欲哭无泪，她水米不进，撑了两天，就病得起不了身，而小韩却音讯全无。重病缠身的荆娘辗转于病榻，思前想后，由爱生恨，怨气日深，不可抑制。她暗中打发信任的伙计去寻找小韩，伙计走遍了小韩平日最爱去的地方，如茶楼酒肆、歌馆瓦子，但他却如同人间蒸发一样，在这些地方都没有留下踪迹。

无计可施的荆娘，最终只好收起了维持到此时的自尊，让伙计直接去小韩的新家找他。

收到荆娘的口信，小韩面露极尴尬的表情，顾左右而言他，磨磨蹭蹭，含糊其词，没有半点要去看荆娘的意思。

听了伙计回家后的描述，荆娘想出了一个办法，她挣扎着写了一封信，在信上告诉小韩，她觉得自己的生命即将走到尽头，临走之前想见他一面。一则两人相爱一场，以这种形式分离，于情于理都说不过去；二则她有样东西要托付给他,鉴于物品的价值,让别人转交给他,她实在不放心。

信中约他于次日黄昏时分见最后一面。

小韩看了信,伤感良久,一想到荆娘命在旦夕,情不自禁,回忆起了她的诸多好处和温柔,越想心中越觉得过意不去。于是,他冲动之下,出门直奔飞家牙梳铺,他要送给荆娘一样东西,以此来缓和他们之间的僵持气氛,心平气和地分手。

还没到飞家牙梳铺,他大老远一抬头,就看到了那朱红色的绸缎长旗子,在风中懒洋洋地飘动着。

四

黄昏的光线饱满而柔和,照在荆娘蜡黄的消瘦面庞上,小韩惊讶地发现,没有脂粉妆饰的她,竟然变得如此苍老。

他想象了大半夜的伤感而温柔的相会场景,并没有出现。荆娘看见他后的反应极端强烈,她泪流潸潸,打湿了衣袖,好久都说不出话来。他心里酸酸的,不是滋味,用手碰了几下怀里揣着的那枚嵌着翡翠小鸟的金簪,他想,过一会儿就把它插到她纷乱的头发上,小鸟嘴里的南红樱桃红,也许会给她的脸添加几分鲜活气息。

哭了一阵,荆娘在床上支撑着坐了起来,她嘴里呼出酸酸的气味,直喷在小韩白净的脸上,让他感到非常不舒服。她唠叨着,数落他见异思迁、薄情寡义。小韩自觉有愧于她,不敢有半句辩白的话。

荆娘说了半天,见他默不作声,不由得怒火中烧,这几天积攒的怨气和仇恨，一起爆发了出来。她突然扯住他的衣袍，把他往自己面前拉了过去，张嘴在他的脖子上咬下了一块肉。

小韩气急败坏，躲闪不迭，还没出手自卫，就见荆娘急火攻心，猛烈地干咳几声之后，一股鲜红的血从她的嘴角流了下来，接着，一滴一滴地，掉在她白色的领口和前襟上。

小韩手足无措地看着她，眼前浮现出了怀里那枚金簪上的南红樱桃红，它在一根极细的金链上，晃晃悠悠地闪着鲜艳欲滴的光。

小韩离开时，太阳已经落山了。屋里没有点灯，他走到门口时，感受到了荆娘犀利的目光，在他脊梁上深深地刺入，他转过头去，看见她的眼睛在黑暗中，如同两块烧红的炭一样。

那天夜里，荆娘呕血数升，死了……

荆娘的死，使小韩成了官巷一带的过街老鼠，凡是听说了此事的人，无一不骂他的薄情。但人们并不知道，这只是陕西盐商贾老一家厄运的开始。

荆娘饱含怨气死去，从此，常有人在贾老的宅院中看到她的身影，她不是个善良的女鬼，也没有凄凄惨惨的柔弱表现，她是强势的、充满报复怒火的厉鬼。不久，贾老府中开始死人，先后有十多名仆人和伙计无缘无故地死掉，其余的人也吓得纷纷逃离。曾经生意兴隆的店铺迅速衰败了下去，财大气粗的盐商贾老，开始落魄了。

不久之后，官府出了一张稽查令，贾老锒铛入狱。

背后的操纵者是小韩,他说服了贾老生意上的死对头,罗织了些莫须有的罪名,将这位花甲老人送入了监牢,之后,一不做,二不休,又紧锣密鼓地筹划,要在狱中害死贾老。庆幸的是,判官在最后关头察觉到案子中的诸多疑点,最后以证据不足为由释放了贾老。

失魂落魄的盐商贾老回到了家中,发现家里如同刮过龙卷风一样,家具摆设都被人扫荡得所剩无几。贾老独自待在空荡荡的屋中,四顾茫然,唏嘘不已。到了夜深人静之时,阴森的宅院里接连不断地传来诡异的声音,许多奇怪的影子在屋中飘来飘去,这样连着几天下来,原本性格刚强剽悍的陕西盐商贾老,终于支撑不住了。

此时,小韩乘虚而入,他收买了几个常有来往的客户,来探望神情恍惚的贾老。他们用心理暗示的方式,旁敲侧击,让贾老感觉到自己每天见鬼,肯定是快一命归西了。身心交瘁的贾老在绝望之际,将四十万金的产业交到了小韩手中。

> 贾老出狱后,房帷若扫,悒悒不乐,又数见怪异往来。韩教他客讽之西归,至是四十万金资业,一旦为韩氏有矣。([明]钱希言《狯园》卷七《影响·小韩负心报》)

贾老眼看着自己辛苦了一辈子积攒的家产被小韩握在手中,甚是不甘心,再加上这段时间,他听到了有关他入狱缘由的一些风言风语,并没有完全失智的他,便写信给关中家里,让儿子火速来杭州打理事务。

小韩闻讯后大惊失色,知道自己的好日子不长了。贾老嫡亲儿子若来,就意味着煮熟的鸭子要飞了。他一边在贾老面前强撑着应付,一边暗中打探这位即将到来的贾家大哥的习性和爱好。

五

贾家大哥如期而至,是一个不甚精明且见识不广的关中男子。小韩对他的热情是空前的,对他的关怀是无微不至的,只三四天,二人就混成了比亲兄弟还要亲的铁杆弟兄。贾老对两人的亲密关系,虽心中有顾忌,但无奈店里上下事务皆为小韩所控,他也不能强令儿子和小韩保持距离,只盼望着儿子能尽早把相关生意接到手,再另行谋划如何处置小韩的事情。

贾老的"另行谋划"还在雏形阶段,可小韩的全盘计划,已经像一张缜密的网,在贾家大哥的身边悄悄地撒开了。

那天的官巷,笼罩在一种难以形容的芳香中,这其中有花香、树脂香和青草香,还有脂粉香、头油香,也有杭州酷暑前夕都有的湿润空气的味道,这几种气息相互渗透,被一种"剪不断理还乱"的缠绵糅合在一起,形成了官巷花市这个季节的特殊香味。这种香味,把贾家大哥那颗关中汉子的耿直的心搅得小鹿乱撞,不得安宁。

飞快地在铺子里处理了几件事,心猿意马的贾家大哥,就主动拖着小韩出了店门。在官巷的最中心地段,他深深地吸了一口气,这湿润而馥郁的香味,让他心醉神迷。

"江南啊江南,你就是我的梦想啊!梦中江南的味道,就是这花香!"他眯着眼睛,陶醉在自己的言辞中,那句"小楼一夜听春雨,深巷明朝卖杏花"的诗,浮现在他的脑海里,让他第一次觉得这意境是如此妙不可言。

小韩见他一脸痴迷的样子,心中不由得暗笑,这土包子的眼眶真浅，这点香味儿就能酥倒他，那后面的事情就太好办了。

街上有提着小竹篮的中年妇人，在叫卖着白兰花，柔柔的声音拖得绵长，从街的另一头传来，如遥远梦幻中传来的隐约歌唱。

贾家大哥驻足倾听半晌，心里在想，这官巷的奇妙，应来源于花的奇妙。

> 是月（按：三月）春光将暮，百花尽开，如牡丹、芍药、棣棠……卖花者以马头竹篮盛之，歌叫于市，买者纷然。（〔宋〕吴自牧《梦粱录》卷二《暮春》）

在官巷还未被南渡的皇帝改名之前，杭州的马头竹篮、鲜花绿植，以及歌唱般的卖花声，就已经存在。但这似乎还不够，宋人要把骨子里对唯美诗意生活的追求，从开封完整地搬到杭州来，要不，怎么会改杭州的花市、官巷为寿安坊，将此地比作开封那鲜花盛开的寿安山呢？

对植物花卉来说，气候温润潮湿的江南，比起北面的开封，自然是更理想的生存环境。于是，宋人爱花、赏花、用花的习俗，在这里有了更广阔的空间。花卉，在宋代，不仅仅是人们生活的点缀，而且是生活的必需品。

宋代的皇帝普遍爱花，喜欢簪花，也喜欢赐花，喜欢看朝臣们和宫中人簪花，对应季的赏花、花宴和插花等活动更是热衷。

宋代元丰年间（1078—1085），宋神宗临幸开封城外的金明池，宋人蔡绦有关于牡丹花和皇帝的描述，是这样的："是日洛阳适进姚黄一朵，花面盈尺有二寸，

〔宋〕佚名《宋仁宗后坐像》中的宫女花钗冠

遂却宫花不御，乃独簪姚黄以归。"（《铁围山丛谈》卷六）一位笑盈盈、头上斜插着一朵娇嫩黄色牡丹的宋代皇帝，就这样兴高采烈地回宫了。

皇帝赐花，后来成了宋代的一种礼仪。

淳熙十三年（1186），宋孝宗为太上皇宋高宗赵构贺八十岁寿辰，在元旦当天举行大型庆典，庆典非常成功，君臣同庆，其乐融融。杨万里为此写过这样的诗句："春色何须羯鼓催，君王元日领春回。牡丹芍药蔷薇朵，都向千官帽上开。"（《德寿宫庆寿口号》其三）因为在那一天，"御宴极欢，自皇帝以至群臣禁卫吏卒，往来皆簪花"（〔宋〕周密《武林旧事》卷一《庆寿册宝》）。

再有，在一个春夏交替的四月，皇太后圣节就在这惬意的四月初八。在前一个月就开始的一连串预热活动后，各级文武官员便到祝圣道场祈福、西湖德生堂放生，"然后回府治，赐宴，簪花，其礼仪盏数，与御宴同也"。皇太后生日宴席上赐的是什么花，虽然史书上没有明确记载，但初夏时节，杭城百花齐放，做任何花朵的想象，都是成立的。

《梦粱录》中，最"花枝招展"的一章，在卷六中。开篇写冬天的情景，这时正值万树凋零、花容惨淡之际，但春天已在门外。

"十月孟冬，正小春之时，盖因天气融和，百花间有开一二朵者，似乎初春之意思，故曰'小春'。"这时，皇帝赐花已经完全成了宫廷礼仪的组成部分。如遇大朝会、圣节、大宴及恭谢回銮，皇帝自己不簪花；同时"遇圣节、朝会宴，赐群臣通草花。遇恭谢亲飨，赐罗帛花"。

另外，具体细化了所有臣僚受赐花朵的数量和种类，严格依照官员品级而定，宰臣枢密使合赐大花十八朵、栾枝花十朵，按品级递减，直至相对品级最低的祗应人等，只被各赐大花两朵。对于高官所得的赐花，只知是通草花和罗帛花，但最精彩的，却是高官之外别的赐花：

> 自训武郎以下、武翼郎以下，并带职人并依官序赐花簪戴。快行官帽花朵细巧，并随柳条。教乐所伶工、杂剧色，浑裹上高簇花枝，中间装百戏，行则动转。诸司人员如局干、殿干及百司下亲事等官，多有珠翠花朵，装成花帽者。惟独至尊不簪花，止平等辇后面黄罗扇影花而已。都人瞻仰天表，御街远望如锦。（〔宋〕吴自牧《梦粱录》卷六《孟冬行朝飨礼遇明禋岁行恭谢礼》）

朝中百官如此这般"花团锦簇"的阵势，在本来就时兴男女贵贱皆簪花的宋代，势必起到了助推的作用。

就连苏轼到杭州吉祥寺去看牡丹，也在鬓角插上了芳香四溢的"国色天香"，他的欢喜之情跃然纸上："人老簪花不自羞，花应羞上老人头。醉归扶路人应笑，十里珠帘半上钩。"（《吉祥寺赏牡丹》）

六月六日是显应观崔府君诞辰，杭城万人空巷，都人士女，骈集炷香，随即登舟泛湖，作避暑之游。这种怡人的时候，自然少不了时令水果和应季鲜花，此时：

> 而茉莉为最盛。初出之时，其价甚穹，妇人簇戴，多至七插，所直数十券，不过供一饷之娱耳。（〔宋〕周密《武林旧事》卷三《都人避暑》）

美丽的花卉，当然不能仅仅停留在皇帝朝臣和百姓的鬓角，鲜花长时间盛开的世界，才是宋人的理想世界。

宋代的插花，是个从上到下全民普及的活动。宫廷有专司插花的机构，负责宫中和各种节庆活动的花卉摆置；民间的插花，则被士大夫阶层玩到了最高境界，著名的宋代"四般闲事"之一，就是插花，吴自牧在《梦粱录》中写道："烧香、点茶、挂画、插花，四般闲事，不宜累家。"但大部分时候，这四大闲事是放在一起做的，品茶之余，列炉焚香，置瓶插花，赏画听乐，都风雅到极致。

西湖老人在《端午节》一段写道，普通百姓，也将插花、供花作为生活的必需行为。

> 初一日，城内外家家供养，都插菖蒲、石榴、蜀葵花、栀子花之类，一早卖一万贯，花钱不啻。何

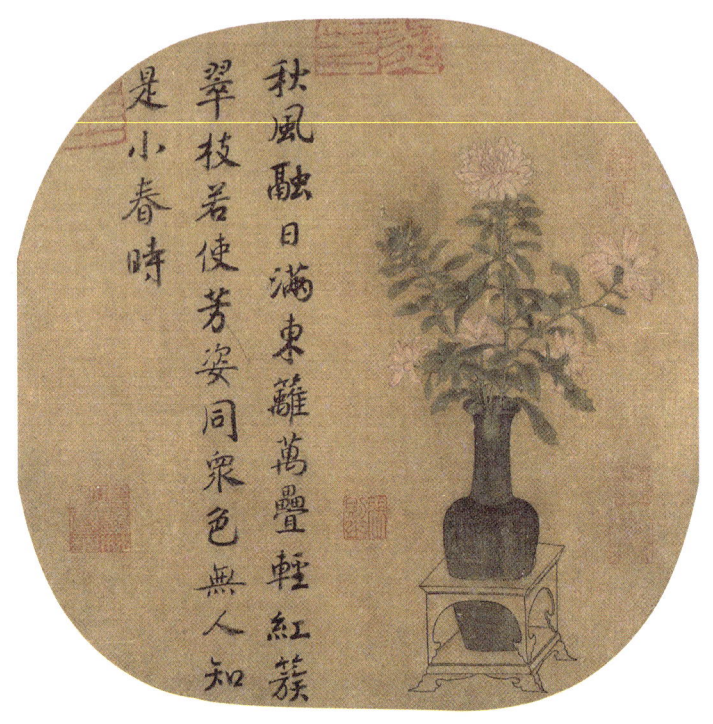

〔宋〕姚月华《胆瓶花卉图》,可窥南宋插花艺术

以见得?钱塘有百万人家,一家买一百钱花,便可见也。……虽小家无花瓶者,用小坛也,插一瓶花供养,盖乡土风俗如此。寻常无花供养,却不相笑,惟重午不可无花供养。(〔宋〕西湖老人《西湖老人繁胜录》之《端午节》)

对花的推崇和大量使用,才使宋时杭州的"花花世界"如此昌盛,出现了湖墅东西马塍勤于种植且敢于研发的花农们,以及他们花田中四季缤纷不断的花朵,就像叶适的诗里描述的那样:"马塍东西花百里,锦云绣雾参差起。"

花朵进入市井的日常生活后,就很难再有人能忍受无花陪伴的时刻了,于是,"仿生花"应运而生,并被做得越来越精美,甚至到了真假难辨的地步。官巷花市也随

之更为繁荣，这里不仅有时令鲜花，还有各种用金银、珠翠、罗帛做成的仿制花，它们的美艳堪比真花，且永不凋零。

在初夏官巷街头，像唱歌一样的白兰花叫卖声，印证了陕西来的贾大哥对江南所有美好的想象。他痴痴地站在那里，像是在品味，又像是在等待。

卖花的中年妇人走近了，她一身素淡衣裙，长发挽成个低髻，一枝玉钗是唯一的装饰。妇人的前襟上挂着几朵用白丝线串起的白兰花，和她篮中的一样，香气袭人。

小韩凑了上来，他白净俊美的脸上带着一丝奇怪的笑：

"哥，你知道为什么杭州卖白兰花的女人都是中年妇人吗？"

"不知道啊！你倒是跟我说说。"贾家大哥把目光从卖花人身上收了回来。

"这个嘛，很简单。大多数情况下，来买花佩戴的人，都是妙龄少女，她们更愿意从一个韶华已逝的人手里买花，而不是从与她们美貌相当的人手里买，这样才有优越感嘛！"

贾家大哥忍俊不禁。

"你这说法也不是没有道理。可到现在，我也没有看见有美貌女子来买花啊！难不成漂亮的女子都不来官巷吗？这些珠花首饰店可怎么活下去啊！"贾大哥故作诧异地说道。

小韩也跟着笑了起来：

"不是不来,只是现在这个时间段不来。咱们在这里等不到她们,就不能去寻芳踪吗?"

贾大哥连连点头称是,两人就沿着大街朝北面走去,他们的身后,卖花人唱的悠悠长音在空气中颤动着,逐渐消失在官巷的湿润空气中。

那天,贾大哥没有回到贾老的宅中,之后的晚上也没有再回家。他迷恋上了一个名叫柳叶的风尘女子,并打定主意,要在她那鲜花盛开的宅中度过余生。

可贾大哥风流快活的日子很快就被粗暴地打断了。一天半夜,柳叶家的大门被敲得山响,惊醒了在销金红罗帐中沉睡的他。侧着耳朵听了一会儿,才搞懂来人是来提审他的,有人在官府把他告了。

贾大哥此时才拿出了关中好汉的本领,匆忙穿好衣服,从柳叶家后宅的墙翻了出去,跑了。

这之后,贾老彻底灰心了,他一蹶不振,如同俎上的鱼肉。人前人后,小韩无法掩饰无限的欢欣,为自己设的一连串局的成功感到骄傲。来自社会最底层的他,最能洞察和利用人性的弱点,此时,小韩穷极他损人利己的手段,可怕之至。

小韩明里暗里加紧活动,很快就把贾老的资本和盐铺交易全部掌握在手中;同时,还少不了集资运筹,买进卖出,搞得风生水起,收益颇丰。之后,他广纳侍妾,遍招奴仆,置办田产,竟胜过了贾老风光时几倍。

就这样,官巷昔日的流浪儿小韩,摇身一变,成了富豪韩员外。

可事情到了一个节点上，却有了谁也预料不到的根本性转变。应了"人算不如天算"和"不是不报，时候未到"之类的俗话，韩员外的命运又一次遭遇了危机。

在他再遇荆娘后暴死的那天，在外躲避多时的贾家大哥再次来到了杭州，这一次他少了些浮夸和幻想，多了些仇恨与正义。他到官府把韩员外告了。他哭诉了贾家败落的原委，从韩员外还是饥寒交迫的孤儿小韩开始说起。

官府的判决是简单而迅速的，韩员外的所有财富都重归贾家，而不可一世的他，只落得暴死的下场，应了"人财两空"那句话。

六

万物生长轮回，人间朝代更迭，但乍一看，这一切，对官巷的繁华商业和技艺传承的手工匠人作坊，好像都没有太大的影响，它们依然蓬勃兴旺。虽然少不了物是人非，但杭州人骨子里尚精致、竞奢华的气质，就像春天柔和的湿润、秋天舒爽的清凉，与那些曾代表旧日都城奢靡风雅的生活方式的物件一起，在这里依旧从容，荣辱不惊地冷眼观望世界的变化，依旧以雍容华贵的姿态展现在世人面前。

珠花和头饰的式样变了，锦帛换了流行的提花图案，首饰、玉器依旧精美绝伦，应季鲜花照常从城北郊外的东西马塍被运往城中。就连每个初夏清晨，卖白兰花女人的叫卖声，也仿佛没有丝毫变化，拖着悠悠长音的叫卖声，如歌一样，在官巷一带飘浮着，由远到近，又逐渐远去。

但在这一切表象的下面，有很多实质性的东西，已

挑担卖花

经永远改变了。

宋代在官巷一带,有条睦亲坊,当时又被称为宗学巷。

> 弼教坊,俗称狗儿山巷,宋名睦亲坊,今有睦亲井尚存,有宗学在焉。先是,宋分宗子为六宅,宅各有学。南渡后,惟置睦亲一宅。绍兴四年,始置诸王宫大、小学。嘉定九年,改官学为宗学,凡曳籍玉牒者,无间亲疏,皆肄业也。([明]田汝成《西湖游览志》卷十三《南山分脉城内胜迹》)

既然有宗学在此,这周边就出现了好多与学校有关的商铺和书肆，其中著名的，有陈道人书肆、橘园亭文籍书房等。

明代成化年间（1465—1487），朝廷在此处设掌管全省刑狱、治安事务的按察司署，改名为弼教坊。

弼教坊这一改名，给官巷一带昔日人气爆棚的氛围，添加了些许具有威慑力的厚重感和阴森感。

去官巷的人，尤其是那些去买精巧物事或鲜花盆栽的人，大都绕开弼教坊，如此一来，没事去弼教坊南面那座萧相国庙的人就更少了。

> 萧相国庙，在弼教坊内，以奉汉酂侯萧何者。宋时，庙在汴京，南渡后，建庙于此。盖戒民坊为戮人之市，而萧何定律令，平刑狱，义有所取耳。（〔明〕田汝成《西湖游览志》卷十六《南山分脉城内胜迹》）

祠里供奉的青面圣者萧相国，就是西汉的开国功臣丞相萧何，他对汉朝的最大贡献，是选辑了秦朝的六法，重新制定律令制度，作《九章律》。萧何在很多时候，取代了古代的皋陶，成了被供奉的狱神。

康熙三年（1664）秋天，九月七日，在杭州的历史上，注定是一个不平凡的日子。

几日来一直溽热，丝毫没有半点秋季应有的凉爽，就连夜间，也让人难以入眠。两名满脸倦意、无精打采的狱卒，一大早就来到了萧相国庙。他们点了香烛，在青面圣者的塑像前拜了几拜，便走出了正殿。两人并无交谈，连对视都没有，他们板着脸，拖沓着步子，像是在想着各自的心事。

对狱卒们来说，在闹市刑场正法斩人一事，也算得上是他们的工作日常了。但毕竟人心是肉长的，蝼蚁尚且偷生，为人谁不惜命？那些在弼教坊被砍的人，又何尝不像他们一样，是从小在父母千般宠爱下长大的？

就像去年五月的那次一样，因为一部书，就有十八人在杭州弼教坊被凌迟处死。

走出萧相国庙的两个人，各自想着自己的心思，但或许他们想的是同一件事情，那件由一部书引起的祸患？

康熙二年（1663）五月二十六日，"《明史》案"牵涉人的判决执行了。这件顺治十八年（1661）由归安知县吴之荣告发，鳌拜责令刑部满官罗多等到湖州彻查的案子，终于尘埃落定，结局是因此案入狱者2000多人，审讯后定死刑者70多人，其中18人被凌迟处死。

明代的国相朱国祯，在世时著有《明史》一书，朱国相于崇祯五年（1632）去世，部分手稿被湖州府南浔镇富户子弟庄廷鑨得到。目盲的庄廷鑨除了自己续写崇祯朝部分之外，还延请许多当时有名的士人鸿儒，共同修订。庄廷鑨去世之后，其父庄允诚将此书印行，以此纪念自己早逝的爱子，书名为《明史辑略》。

当时有个因贪赃被革职罢官的归安知县，叫吴之荣，以此书中没有按照清政府的规定进行避讳等问题，告发了庄氏。已经去世的庄廷鑨被掘墓刨棺、枭首碎骨，此案株连之人皆被重判，连刻书、卖书者，都未能幸免。

在那个杭州百花盛开的季节，农历五月底的日子，弼教坊洁净的青石板，那有着江南独特韵味的青灰色，被人们的鲜血染得失去了本色。

很多人默默地记住了那个日子，记住了那种深沉而刺目的血色。自然，这两名狱卒也不会例外。他们肯定比别人更清楚一些内幕，比如，给书作序的李令晳，其小儿子情愿随父兄去死，也不改年龄以免除一死，十六岁孩子眼中的恐惧和最终的勇气，他们都看得清清楚楚。

萧相国庙边上的牢房寂静无声，他们猜测，今天要被正法的那几个人，都已经早早地醒来了。在他们之中，有几天前押到的鼎鼎有名的大将张苍水，还有一名少年，对他来说，这天闷热而灿烂的黎明，应该是他见到的最后一个了。这时，狱卒们还不知道，少年的命运，竟与上面提到的李家少年如此相似。

> 张煌言，字玄箸，浙江鄞县人。明崇祯十五年举人。时以兵事急，令兼试射，煌言三发皆中。慷慨好论兵事。顺治二年，师定江宁，煌言与里人钱肃乐、沈宸荃、冯元飏等合谋奉鲁王以海。（赵尔巽等《清史稿》卷二百二十四《列传十一》）

《清史稿》中如此粗线条的描述，难以展现这位文武双全的抗清英雄的风采，在张煌言同时代的大思想家黄宗羲的笔下，他的形象就鲜活起来了。

> 公幼颇跅弛不羁，好与博徒游，无以偿博进，则私斥卖其生产；刑部恨之。然风骨高华，落落不可一世。年十六，为诸生。时天下多故，上欲重武，令试文之后试射。诸生从事者新，射莫能中；公执弓抽矢，三发连三中，暇豫如素习者，观者以为奇。崇祯壬午，举乡试。（[明]黄宗羲《兵部左侍郎苍水张公墓志铭》）

张苍水出身于浙江宁波的一个官宦家庭，从小聪慧过人，又熟读诗书，少年俊才，狂傲不羁，免不了做出些江湖侠客的放任浪漫之举。不羁之余，去应考举人。时值天下风云动荡，"兵荒四告，流寇蔓延"，内忧外患，明王朝如同风雨之舟，飘摇不定。应朝廷要求，考生在完成文科考试之后，需考射术，旨在选拔文武双全之士。张苍水素日热爱习武，正好有了施展空间。他弓箭在手，不慌不忙，三发三中，全场哗然，无不称奇。一位少年英雄，就此脱颖而出。

清顺治元年（1644），清军入关，迅速南下，逼近北京、南京等地，次年占领浙江杭州。清军在浙江一带施行剃发令、强迫民众拓路开道以便骑兵通行的一系列行为，成了浙东反清起义的导火索。

浙江复明势力拥当时在台州的鲁王朱以海为监国，成立了鲁监国政权，与后来在南方由明朝宗室建立的多个流亡政权统称为南明。

有着家国情怀和民族气节的张苍水，在这个时刻，毅然投笔从戎，和宁波的一批士人，加入到了抗清的队伍中。从一开始直到最后，他都是鲁王朱以海忠实的拥戴者，张苍水和许多他的战友一样，把抗清复明、恢复国家一统的希望，寄托在了这位朱明宗室成员的身上。

浙东抗清义军初起之时，张苍水被鲁王委以重任，他率领义军，据守浙东山地和沿海一带。后来，他与抗清名将郑成功联手，从海路突入长江，取瓜洲，捣仪真，直抵燕子矶，挺进江宁。

四入长江，是张苍水作为抗清将帅最鼎盛时期的功绩。一路戎马倥偬，千辛万苦，行走在生死界限上。岁月和磨难，从未削弱他的决心，在无数次恶战中，他以自身的信念和智慧，以他性格中铁血战士的坚定和胆略，

張玄箸先生事略

張玄箸先生煌言，鄞舉人。先從魯監國，監國敗率殘兵數百人飄蕩海上，延平招之入島，表為兵部尚書，俱至金陵，王謂煌言蕪湖上游門戶，黨留都不旦夕下則江楚之援日至，控扼要害非先生不可。七月初七日煌言率

傳略二

師至蕪湖，馳檄郡邑江之南北相率來附，未幾延平敗走。煌言趨銅陵，與楚師遇，兵潰變姓名從建德祁門山中出走天台，以入海仍與延平同定臺灣，見延平王甘王扶餘不復與太原公子角逐，詩刺之曰：中原方逐鹿何暇問虹梁，日圍師原將略墨守，亦夷風只恐幼安肥遯老黎牀早徒然一笑而已。未幾延平薨守有難不綺總堪疑延平一喜語避泰島上客衣冠黃能出海年餘，鄭經定位益庸劣，無此不足與謀乃散其部曲拂衣竟去浮海涉江竄至杭州西湖上覓山僻小

庵隱焉瞻望邊潘猶有所冀為杭守臣覘得與健僕楊冠玉愛將羅自牧同被執，兩人皆就逮之日先生烏巾葛衣不言不食越數日唯啜水而已臨刑二卒以竹輿舁至江口先生從輿中出見江上青山夾岸，始一言曰大好山色因索筆硯賦絕命詞三首付行者端坐受刃自牧貫玉同斬笑一振臂鄉索俱斷立受刃屍不仆刑者惟跪拜而已。正甲辰年中秋日也故東莊聞而諫之所著詩詞貯一布囊悉為選卒所焚其絕命詞曰美

張煌言附錄日下詩詞命詞第一甲第二甲詩第三甲辰七月十七日被執建定關詩

義旄縱橫二十年豈知閏位在於閩桐江空繫嚴光釣笠澤難同范蠡船生比鴻毛猶負國死就碧血欲支天忠貞自是卑不敢望千秋青史傳國亡家破欲何之西子湖頭有我師日月雙懸于氏墓乾坤半壁岳家祠慚將赤羊分三席魂兮不愧特為丹心借一枝他日素車東浙路怒濤豈息機鷗夷何事孤臣笑息機鬆柏此去清風笑蕨薇雙鬢不復挽斜暉到來晚節慚松柏此去清風笑蕨薇雙鬢難容五嶽住一帆仍向十洲歸疊山遲死文山早青史他年任是非

〔明〕黃宗羲《張玄箸先生事略》，記載了張蒼水在杭州的事迹

取得了一次又一次的胜利。他和郑成功屡战屡胜，给南明中兴带来了新的希望。

但不幸的是，张苍水的北伐之梦，随着郑成功南京一役的失败和随后的撤退，变得越来越遥远，随着永历帝、鲁王朱以海、郑成功等人的相继死亡而彻底破灭。他四顾茫然，势单力薄。他知道，在这近二十年中，有许多人无耻地屈服了，有许多人轻易地放弃了，但他却始终不能做到，他要尽自己最大的努力，来为这个他深爱的民族效忠，来拯救他的世界。

在这些年中，许多人劝他投降，以换取荣华富贵，重新开始平静安稳的生活。但张苍水的血性和气节，他的民族大义，不允许他这样低头屈服，违背自己起义时的初心。

> 两江总督郎廷佐书招煌言，煌言以书报，略曰：来书揣摩利钝，指画兴衰，庸夫听之，或为变色，贞士则不然。所争者天经地义，所图者国恤家仇，所期待者豪杰事功。圣贤学问，故每毡雪自甘，胆薪深历，而卒以成事。（赵尔巽主编《清史稿》卷二百二十四《列传十一》）

北伐无望，孤立无援，十九年来义无反顾高举复明大旗的张苍水，感到了无限的悲凉。他不得不遣散所有部将和士兵，仅带了几个贴身随员，隐居于浙江舟山悬岙，静观风云变幻。在这里，张苍水身着故国衣冠，幻想着把这个偏远荒瘠无人居的小小海岛，保留成朱明王朝最后的一块土地。

可清朝廷缉拿张苍水的脚步却从未停过，虽然他的存在，在武力上已不构成任何威胁，但"张苍水仍在海上"这一事实，却让清朝廷如芒刺在身，他的影响、他的号召力,是一面抗清复明战斗仍在继续的鲜明旗帜。

张苍水旧时部下降清之后,不遗余力地多方打探他的消息,意在擒拿他以邀功请赏。终于,叛变者获得了他隐居地的信息。此人截取了给悬岙岛运送米粮的小舟,获得了张苍水的准确位置。

就这样,康熙三年(1664)七月十七日凌晨,张苍水被捕。

七

张苍水从舟山被押送至杭州,这期间,他被清廷官员、降清的旧部将等以各种方式多次劝降,承诺以高官厚禄、荣华富贵,但他却毫不动摇,回答道:"惟速死而幸。"

在去杭州的途中,本是诗人的张苍水,写下了这首流传至今、让人泪目的诗:"国亡家破欲何之?西子湖头有我师。日月双悬于氏墓,乾坤半壁岳家祠。惭将赤手分三席,敢为丹心借一枝。他日素车东浙路,怒涛岂必属鸱夷。"

他早已知晓,自己生命的终点在杭州的西子湖畔,让他欣慰的是,他能在那里与他崇敬的岳飞、于谦相伴,可他并不知道,后来,他成了被世代瞻仰歌唱的"西湖三杰"之一,与他们并肩。

弼教坊前,一切准备妥当了,张苍水一身明式葛袍,脚蹬旧木屐,缓缓走来。他身材消瘦而高大,目光炯炯有神,深沉得看不见底。环视围观人群,他的脸上流出一丝安详的笑意。

就在方才,在他的面前,他的幕僚及他的僮仆杨冠玉已引颈受戮。监斩官见冠玉还是个翩翩少年,年仅十五岁,于心不忍,欲设法免他一死,但冠玉忠义当头,断然拒绝。

面对着这一切,张苍水目沉似水,他的眼中没有凄凉,更没有迷茫,只有旁人看不懂的那种坚毅,那种为了信念能够视死如归的从容和淡定,是黄宗羲在为他撰写的墓志铭中提到的那种从容。

语曰:"慷慨赴死易,从容就义难。"所谓慷慨从容者,非以一身较迟速也。扶危定倾之心,吾身一日可以未死,吾力一丝有所未尽,不容但已。古今成败利钝有尽,而此不容已者,长留于天地之间。愚公移山,精卫填海,常人藐为说铃,贤圣指为血路也。

张苍水先生祠

是故知其不可而不为,即非从容矣。(〔明〕黄宗羲《兵部左侍郎苍水张公墓志铭》)

目沉似水的他,内心却也曾翻江倒海。他得知,在狱中关押多时、饱受折磨的妻子董氏和儿子张万祺,已在三天前先他而去。他何尝不追忆他们的音容笑貌,不追忆生活曾赋予他天伦之乐的美好,他又怎么能不心如刀绞!

但此时,他仍然挺直身躯,昂起了头,他的气势,他的从容,如同他在杭州狱中写下这些字句的时候一样,"予生则中华兮,死则大明,寸丹为重兮,七尺为轻。……予之浩气兮化为风霆,予之精魂兮变为日星。尚足留纲常于万祀兮,垂节义于千龄"(〔明〕黄宗羲《黄宗羲南雷杂著稿真迹》)。丹心映日,这七尺之躯又有什么重要的?

他放眼望去,吴山上林木层叠,一片葱茏,天空中低云浮动,孕育着一场暴风雨。

凝视良久,张苍水大喊一声:"好山色!"

随即,吟出了他生命中最后的一首诗:"我年适五九,复逢九月七。大厦已不支,成仁万事毕。"

吟罢,他拒绝跪着受戮,最终选择坐而受刃。

一声"好山色",四十五岁的张苍水与死神无畏对视,从容而去。

据说,那一天,在张苍水等人受刑之后,闷热的杭州城被一场暴雨洗礼。大雨过后,弼教坊刑场的青石板,被雨水冲刷得清清爽爽,在秋日的斜阳下,闪着柔和而

张苍水墓道牌坊

平静的光芒。

那两个拜过萧相国的狱卒,望着张苍水受刑前眺望过的吴山,在湛蓝的天空下,那里林木苍翠,万木争荣。

微风吹过来了,带着秋季的爽朗凉意,带着隐约的桂花香。

他们站在弼教坊的青石板上,让凉风和这清可绝尘、浓能远溢的香味,久久地环绕着他们,拥抱着他们。

后来,他们其中的一个,终于说话了:

"你知道吗？我们站着的这个场子，老底子是个花市啊！你闭上眼睛，想想吧，那五彩缤纷、莺歌燕舞的花花世界，会是个怎么样的地方！"

出涌金门一黯然

只见一个老儿,摇着一只船过来。许宣暗喜,认时正是张阿公。叫道:"张阿公,搭我则个!"老儿听得叫,认时,原来是许小乙,将船摇近岸来,道:"小乙官,着了雨,不知要何处上岸?"许宣道:"涌金门上岸。"这老儿扶许宣下船,离了岸,摇近丰乐楼来。(〔明〕冯梦龙《警世通言》卷二十八《白娘子永镇雷峰塔》)

一

时当春暖,西湖水色拖蓝,四面山光叠翠。

张顺看了道:"我身生在浔阳江上,大风巨浪,经了万千,何曾见这一湖好水,便死在这里,也做个快活鬼!"(〔明〕施耐庵等《水浒传》第九十四回《宁海军宋江吊孝 涌金门张顺归神》)

张顺,这位在梁山泊英雄排第三十座次、水寨八员头领第三位的天损星,上天下海无所畏惧、潇洒俊逸义字当头的好汉,那一日,在杭州西湖静谧的水光山色环绕中,内心涌上的是此般感叹。由如此良辰美景而触发

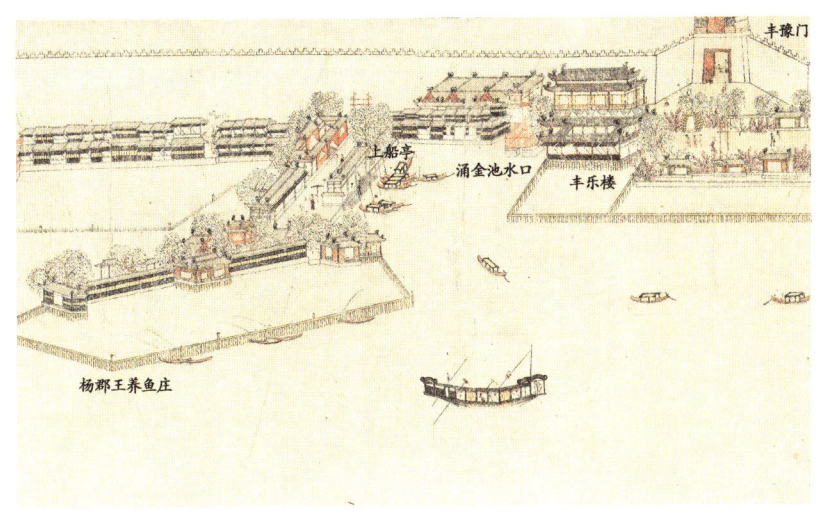

《西湖清趣图》中的涌金池水口

的小儿女情调,在这位曾在浔阳江水上水下兴风作浪的"浪里白条"的性格中,显得格外柔情似水。仿佛他,在经历了万千大风巨浪之后,瞬间,被眼前泛着波光的湖水、被环绕着湖水的山峦的怡人翠色完全征服了。

这个温柔的念头,在张顺的心中,如一朵温暖的火花般亮起,但被他迅速熄灭,因为眼下,他有更重要的事情要去完成。

但这念头,却是天空中的小小流星,看似没有留下任何痕迹,它飞过时,还是划破了天空。

可终究,张顺一语成谶,梁山好汉浪里白条,没有能够活过那个月明星稀的夜晚。

如今,他手持鱼叉的青铜雕像,矗立在涌金门的涌金池中。当西湖湖面泛起不大不小的波浪时,风会随着湖水涌进池里,微微吹皱他脚下的一泓碧水,涟漪有时变大一点,大到能打湿他的脚趾,但仅此而已。"浪里白条"成了一种记忆,他不但再也踏不着长江的汹涌波浪,就连让他失去生命的西湖的水,也很难再淋透他的身体。

他矫健的身形像一支搭在满弓上的箭,手臂伸向前方——那个方向,是宋代和现代都同样喧嚣繁华的市井,而他,却永远留在了池中。

夜间,照亮他面庞的月光,倒映在湖水中,显得离他很近,甚至有温暖感,不像高挂在浔阳江波涛上的那轮月,清冷孤高。但西湖的华丽月光,始终照不亮他的眼睛,张顺无所畏惧的目光中,总有一丝抹不掉的忧郁。

或许,他一直在痛惜自己欲由涌金水门潜入城内的计划落了空,而自己因此在这个风平浪静的小池塘里丧

涌金池与张顺像

失了宝贵的生命；或许，他在后悔，要是当时再谨慎一点，抑制住自己的冲动和急躁，再做些细微的观察，也许事情会有完全不同的结果；或许，他已认命，不再纠结"应该活着却为什么死去"这件事；也有可能，他早已习惯并爱上了氤氲湿气环绕下西湖的朝云暮雨，脚下这永远平滑如镜的一池绿水，只是心里还有点放不下那浔阳江上的万千巨浪……

是啊，张顺怎么能够忘记，他生长的地方，是怎样的一派大好江山：

> 宋江纵目一观，看那江上景致时，端的是景致非常。但见：云外遥山耸翠，江边远水翻银。隐隐沙汀，飞起几行鸥鹭；悠悠别浦，撑回数只渔舟。红蓼滩头，白发公垂钩下钓；黄芦岸口，青髻童牧犊骑牛。翻翻雪浪拍长空，拂拂凉风吹水面。紫霄峰上接穹苍，琵琶亭畔临江岸。四围空阔，八面玲珑。栏杆影浸玻璃，窗外光浮玉璧。昔日乐天声价重，当年司马泪痕多。（〔明〕施耐庵等《水浒传》第三十八回 《及时雨会神行太保　黑旋风斗浪里白跳》）

一部《水浒传》中，各路江湖英雄的风采，配着生动独特的绰号，被作者的浓墨重彩描述得栩栩如生，让人们过目不忘。其中，浪里白条张顺，应该是最具诗情画意的人物之一了。一条在湍急江水中翻腾自如、银光闪烁的白条鱼，其特征有二，一是白，二是灵。"浪里白条"于张顺来说，是个再贴切不过的绰号了，有了这个绰号，水中精灵的形象瞬间亮了。"生在浔阳江边，长在小孤山下"的张顺，"生得白如雪练，水性精熟，人称浪里白条"。他能"没得四五十里水面，水底下伏得七日七夜"，上梁山之前，在浔阳江边当舟子做私渡，摆渡到江心时杀人越货，与他的兄长张横一道，被称为浔阳江水上一霸。

如此传奇般的人物,《水浒传》的作者自然对他不吝笔墨,涉及他的描述,都精彩无比。黑旋风李逵第一次与张顺遭遇时,张顺"从相对收敛的鱼牙子到彪悍的江洋大盗"的戏剧性变身,让这水中精灵的非凡身手跃然纸上:

> 那人抢将过去,喝道:"你这厮吃了豹子心、大虫胆,也不敢来搅乱老爷的道路!"李逵看那人时,六尺五六身材,三十二三年纪,三柳掩口黑髯,头上裹顶青纱万字巾,掩映着穿心红一点髾儿,上穿一领白布衫,腰系一条绢搭膊,下面青白裹脚多耳麻鞋,手里提条行秤。(〔明〕施耐庵等《水浒传》第三十八回《及时雨会神行太保 黑旋风斗浪里白跳》)

但待到李逵发飙引起群殴时,上面描绘中貌似文质彬彬的张顺再次出场,这一次,可是他的本色亮相:

> 李逵回转头来看时,便是那人,脱得赤条条地,匾扎起一条水裩儿,露出一身雪练也似白肉;头上除了巾帻,显出那个穿心一点红俏髾儿来。在江边独自一个,把竹篙撑着一只渔船赶将来,口里大骂道:"千刀万剐的黑杀才!老爷怕你的不算好汉,走的不是好男子!"(〔明〕施耐庵等《水浒传》第三十八回《及时雨会神行太保 黑旋风斗浪里白跳》)

二

那么,一个在浔阳江上翻手为云、覆手为雨的豪杰人物,这么一条江湖好汉,怎么会在平日涟漪不起的杭州涌金池中丧生呢?

这得从《水浒传》中梁山泊众好汉在宋江的带领下,接受朝廷的招安,继而围剿以江南为营的农民起义军方腊大军这档事说起。

宋江奉旨率梁山众英雄南下征讨方腊，顺利地攻下了苏州等地。秀州（今嘉兴）守将段恺，得知梁山兵马一路凯旋，锐不可当，水陆路上，旌旗蔽日，船马相连，吓得魂消胆丧，不战而降，"随即开放城门。段恺香花灯烛，牵羊担酒，迎接宋先锋入城，直到州治歇下"。接受他投降的宋江，不失时机地向他询问重镇杭州的情况："杭州宁海军城池，是甚人守据？有多少人马良将？"

段恺禀道："杭州城郭阔远，人烟稠密，东北旱路，南面大江，西面是湖，乃是方腊大太子南安王方天定守把。部下有七万余军马，二十四员战将，四个元帅，共是二十八员。"（〔明〕施耐庵等《水浒传》第九十四回《宁海军宋江吊孝　涌金门张顺归神》）

宋江听罢不敢轻敌，派人去杭州方向探军情，与诸将筵宴赏军，商议调兵攻取杭州之策。

宴席间，柴进请缨潜伏到杭州城内充当细作，以便攻城时里应外合。随后，扮作个白衣秀才的柴进，带着扮作个仆者的英俊青年燕青，一主一仆，背着琴剑书箱上路去，自投海边，寻船过去。

众将商定好了水陆并进的攻城战略，并告知玉麒麟卢俊义，待打下宣州、湖州、德清县，立马统军来杭州会合。

张横、阮小七几人引着三十余个水手，带十数个火炮号旗，望钱塘江里进发，到南门外江边，放起号炮，立起号旗，以引起城中恐慌。

但杭州城中的守将方天定，自然也不是吃素的，一眼就看破了宋江的用兵方式。于是，兵分三路人马，作了守卫杭州城的周密部署。

宋江率部过了，兵分三路准备夹攻，攻克杭州城仿佛指日可待，但其实不然。

在攻打杭州城北面的武林门时，宋江连折二将，只好按兵不动，守住大路，而这一守，时间就过去了半个月。

当初被分派从杭州北新桥取古塘，截西路，打靠湖城门的一路水军头领正偏将，正是李俊和浪里白条张顺，鉴于大部队的状况，他们也只得屯兵不动。

这种进退不得的情形，使骁勇而冲动的浪里白条张顺急躁郁闷不已，他思前想后，仗着自己那一套翻江倒海的本领，策划了个从西湖水下潜至涌金门水门入城的方案。他对正将李俊说：

"小弟今欲从湖里没水过去，从水门中暗入城去，放火为号。哥哥便可进兵取他水门，就报与主将先锋，教三路一齐打城。"

李俊道："此计虽好，恐兄弟独力难成。"

张顺道："便把这命报答先锋哥哥许多年好情分，也不多了。"

李俊道："兄弟且慢去，待我先报与哥哥，整点人马策应。"

张顺道："我这里一面行事，哥哥一面使人去报。比及兄弟到得城里，先锋哥哥已自知了。"

当晚张顺身边藏了一把蓼叶尖刀，饱吃了一顿酒食，来到西湖岸边，看见那三面青山，一湖绿水，远望城廓，四座禁门，临着湖岸。那四座门？钱塘门、

张顺像 引自《水浒叶子》

涌金门、清波门、钱湖门。看官听说，原来这杭州旧宋以前，唤作清河镇。钱王手里，改为杭州宁海军，设立十座城门：东有菜市门、荐桥门；南有候潮门、嘉会门；西有钱湖门、清波门、涌金门、钱塘门；北有北关门、艮山门。高宗车驾南渡之后，建都于此，唤作花花临安府，又添了三座城门。目今方腊占据时，还是钱王旧都。城子方圆八十里，虽不比南渡以后，安排得十分的富贵，从来江山秀丽，人物奢华，所以相传道："上有天堂，下有苏杭。"……

　　这西湖，故宋时果是景致无比，说之不尽。（〔明〕施耐庵《水浒传》第一百一十四回《宁海军宋江吊孝　涌金门张顺归神》）

此时，心潮澎湃的张顺，在朦胧的月影下疾步奔往前方，夜晚的潮湿空气混杂着飘忽的花香，轻抚着他的面孔，让他的心中平添了一份难以名状的温情，这份温情，使本来就义无反顾的张顺，更坚定了必胜的信心。

后面发生的故事，说的是张顺与杭州的永恒之缘。

张顺来到西陵桥上，看了半晌。时当春暖，西湖水色拖蓝，四面山光叠翠。

张顺看了道："我身生在浔阳江上，大风巨浪，经了万千，何曾见这一湖好水！便死在这里，也做个快活鬼！"

说罢，脱下布衫，放在桥下，头上挽着个穿心红的髻儿，下面着腰生绢水裙，系一条搭膊，挂一口尖刀，赤着脚，钻下湖里去，却从水底下摸将过湖来。此时已是初更天气，月色微明。张顺摸近涌金门边，探起头来，在水面上听时，城上更鼓却打一更四点，城外静悄悄地没一个人。城上女墙边，有四五个人在那里探望。张顺再伏在水里去了，又等半回，再探起头来看时，女墙边不见了一个人。

张顺摸到水口边看时，一带都是铁窗棂隔着。摸里面时，都是水帘护定，帘子上有绳索，索上缚着一串铜铃。张顺见窗棂牢固，不能够入城，舒只手入去，扯那水帘时，牵得索子上铃响，城上人早发起喊来。张顺从水底下，再钻入湖里伏了。听得城上人马下来，看那水帘时，又不见有人，都在城上说道："铃子响得跷蹊，莫不是个大鱼，顺水游来，撞动了水帘。"众军汉看了一回，并不见一物，又各自去睡了。

张顺再听时，城楼上已打三更，打了好一回更点，想必军人各自去东倒西歪睡熟了。张顺再钻向城边去，料是水里入不得城。扒上岸来看时，那城上不见一个人在上面，便欲要扒上城去，且又寻思道："倘或城

〔日〕一勇斋国芳《水浒传豪杰百八人》里的张顺像

上有人，却不干折了性命，我且试探一试探。"摸些土块，掷撒上城去。有不曾睡的军士叫将起来，再下来看水门时，又没动静。再上城来敌楼上看湖面上时，又没一只船只。原来西湖上船只，已奉方天定令旨，都收入清波门外和净慈港内，别门俱不许泊船。

众人道："却是作怪！"口里说道："定是个鬼！我们各自睡去，休要睬他！"口里虽说，却不去睡，尽伏在女墙边。

张顺又听了一个更次，不见些动静，却钻到城边来，听上面更鼓不响。张顺不敢便上去，又把些土石抛掷上城去，又没动静。

张顺寻思道："已是四更，将及天亮，不上城去，更待几时？"却才爬到半城，只听得上面一声梆子响，众军一齐起。张顺从半城上跳下水池里去，待要趁水

神归涌金门　引自〔明〕刘君裕刻绘《忠义水浒全传图》

次时,城上踏弩、硬弓、苦竹枪、鹅卵石,一齐都射打下来。可怜张顺英雄,就涌金门内水池中身死。才人有诗说道:

浔阳江上英雄汉,水浒城中义烈人。天数尽时无可救,涌金门外已归神。([明]施耐庵等《水浒传》第九十四回《宁海军宋江吊孝 涌金门张顺归神》)

看至此,没有人不为张顺的死感到痛心疾首,但痛心之余,还有一种巨大的憋屈,一种深深的挫败感。一条鱼,为什么让它在水里淹死!江上呼风唤雨玩了一世水的张顺,竟然栽倒在了这个一平如镜的小小涌金池中!

张顺的首级,次日被竹竿挑起,挂着号令,悬在涌金门城头上示众,以显军威。"涌金门外水滔滔,一点离魂何处飘?"还有什么,比这两句诗更能表现张顺之死的惨然与憋屈吗?

宋江得知张顺之死的噩耗,悲痛欲绝,不顾危险,让人在西湖边给张顺扬了一块白幡,进行祭奠。

只等天色相近一更时分,宋江挂了白袍,金盔上盖着一层孝绢,同戴宗并五七个僧人,却从小行山转到西陵桥上。军校已都列下黑猪白羊金银祭物,点起灯烛荧煌,焚起香来。宋江在当中证盟,朝着涌金门下哭奠。戴宗立在侧边。先是僧人摇铃诵咒,摄召呼名,祝赞张顺魂魄,降坠神幡。次后戴宗宣读祭文。宋江亲自把酒浇奠,仰天望东而哭。([明]施耐庵等《水浒传》第九十四回《宁海军宋江吊孝 涌金门张顺归神》)

西泠桥与涌金门之间,隔着半湖绿水,不知道张顺是否感到了随着灯烛焚香而来的为他超度的摇铃诵咒,听到了歌颂他凄凄惨惨的祭文,喝到了宋江向西湖中含泪洒下的酒水。像是要给浪里白条张顺的离魂一个更广阔的空间,像是要给读者足够的时间来理解这种憋屈、这种挫败感,因为,这只是梁山好汉集体悲剧的开端。

于是,在下一个章回中,施耐庵暂且抛下众人的悲悲切切,笔锋一转,写起了杭州和西湖。

> 话说浙江钱塘西湖这个去处,果然天生佳丽,水秀山明。正是帝王建都之所,名实相孚,繁华第一。自古道:江浙昔时都会,钱塘自古繁华。休言城内风光,且说西湖景物:有一万顷碧澄澄掩映琉璃,列三千面青娜娜参差翡翠。春风湖上,艳桃秾李如描;夏日池中,绿盖红莲似画。秋云涵茹,看南园嫩菊堆金;冬雪纷飞,观北岭寒梅破玉。九里松青烟细细,六桥水碧响泠泠。晓霞连映三天竺,暮云深锁二高峰。风生在猿呼洞口,雨飞来龙井山头。三贤堂畔,一条鳌背侵天。四圣观前,百丈祥云缭绕。苏公堤,东坡古迹;孤山路,和靖旧居。访友客投灵隐去,簪花人逐净慈来。平昔只闻三岛远,岂知湖上胜蓬莱。有古词名《浣溪沙》为证:
>
> 湖上朱桥响画轮,溶溶春水浸春云。碧琉璃滑净无尘。　当路游丝迎醉客,隔花黄鸟唤行人。日斜归去奈何春。(〔明〕施耐庵等《水浒传》第九十五回 《张顺魂捉方天定　宋江智取宁海军》)

三

从张顺不幸丧生归神的涌金门、宋江祭奠亡灵的西泠桥说开去,杭州城市的历史变迁,城池之外西湖的四季景色和主要看点,被施耐庵信手拈来,洋洋洒洒,如数珍宝地描述了一番，更显得这里人杰地灵，风光无限。

一句"休言城内风光，且说西湖景物"，挑明了涌金门城外与城内迥然不同的风貌，如同"天上与人间"的概念，而梁山好汉张顺命丧黄泉之处——涌金门，恰好是杭州城市井与城外风景的交界处。

初听这个城门名字的人，也许会以为它的寓意在于"涌出金子"，但其实并非如此。宋代赵彦卫的《云麓漫钞》中有这样的记载：

> 钱湖一名金牛湖，一名明圣湖，湖有金牛，遇圣明即见，故有二名焉，钱湖即本名也。今万松岭下西城第一门曰钱湖门，可验其实；行次北第二门曰涌金门，即金牛出见之所也。（〔宋〕赵彦卫《云麓漫钞》卷五）

涌金门得名于"涌金池"，吴越国国王钱俶那年去汴京招贤纳士，将整个国家委托给了一位守将掌管，这位名叫曹杲的人，是当时的金华令。曹杲傍城凿了三个大池塘，将西湖的水引入池中，以此为城中供水。池塘成型初期，三个池为上池、中池和下池，各有明确的功能，分别可汲水、洗涤和饮马。

> 宋初，吴越王入朝，委（杲）以国事，遂即城隅浚三池，引湖水入城，以便舟楫。王归，嘉之，题曰"涌金"，立石池上。（〔明〕田汝成《西湖游览志》卷十六《南山分脉城内胜迹》）

> 金华将军庙，在涌金门里水池上，神姓曹，名杲，真定人，后唐为金华令，仕于钱王，尝于城隅浚三池，建门名涌金，邦人德之，为立祠。（〔宋〕吴自牧《梦

《金牛出水》雕塑

梁录》卷十四《土俗祠》）

正是这座靠湖城门拥有的水门，才让浪里白条张顺有了潜水入城的念头，因为在涌金门，会有这样的感觉，仿佛一脚尚踏在城门口，一脚就已经可以踏到荡漾在西湖中的游船上去了。事实上也差不多如此，明朝永乐年间（1403—1424）的进士夏时，在他的《钱唐湖山胜概记》中，曾这样描述过："由城而西出涌金门（旧名丰豫），行三十步许，至西湖。"

一直以来，傍水的涌金门都是人们登舟游西湖的最佳出发点，无论是平民还是皇帝，他们暂且抛开日常琐事的烦恼，心怀着对城外一片美好景色的向往，走出涌金门，眼前顿时呈现青山如黛、湖水碧蓝的美景，那是一种多么美妙的体验啊！

历代的文人墨客，为涌金门、涌金池而作的诗文数不胜数。元代的诗人贡性之，写了这首题为《涌金门见柳》的七言绝句："涌金门外柳垂金，三日不来成绿阴。

折取一枝入城去，使人知道已春深。"

宋代的杨蟠，写的《题涌金池》一诗，将涌金门一带的春色，如同一幅色彩斑斓的图画，展示在人们眼前："涌金春色晚，吹落碧桃花。一片何人得，流经十万家。"

乘舟游湖，是出涌金门之后的最佳选择，历代的文人雅士皆热衷于从此处登舟，就连皇帝也不例外，故涌金门少不了面湖背城的"上船亭"，也少不了酒香怡人的"丰乐楼"，在亭中静候，在楼上小酌，环顾四周，青山碧水尽收眼底，尚未游湖，心已陶醉。

清代的大才子、大玩家袁枚，也常从涌金门外登舟游湖，喜欢独辟蹊径的他，寻找的意境的确不同寻常，"春宵知是可怜宵，柳下呼舟月下摇"。但早他几百年的苏东坡，这游湖的舟船么，既喜欢在月华满地时摇，也喜欢在艳阳普照时摇，而且，泛舟游湖之后的好心情，带来的是令人愉悦的"办公效率"。

> 东坡镇余杭，遇游西湖，多令旌旗导从出钱塘门，坡则自涌金门，从一二老兵，泛舟绝湖而来。饭于普安院，徜徉灵隐、天竺间。以吏牍自随，至冷泉亭，则据案剖决，落笔如风雨，分争辩讼，谈笑而办。已，仍与僚吏剧饮，薄晚则乘马以归。夹道灯火，纵观太守。
> （〔宋〕费衮《梁溪漫志》卷四《东坡西湖了官事》）

那么，不妨随着东坡先生乘马走过的道路，在某天黄昏的柔和光线中，将心神从湖水与青山中收敛回来，披着梦幻夕阳的余晖，或戴着漫天星斗的清光，手上拈一条柳，嘴里嚼一朵花，进涌金门，傍涌金池，借着夹道灯火，从天堂美景走入喧嚣而生机勃勃的市井中；要不，就乘清晨雾霭尚未散尽，走出城去，这时，沿街的

〔清〕钱维城《西湖晴泛诗意图》

商家店铺的门板紧紧关闭着,上面挂着夜间潮湿留下的暗影,但已经能嗅到城外传来的郁葱草木上露水的清凉味道。

四

《白蛇传》的男一号许仙(《警世通言》作"许宣"),就曾这样走过很多次。

临近清明节的一日,许仙带着纸马、蜡烛、经幡、钱垛等物,到官巷口打工的中药店告假后,出发去保俶塔寺祭祖。这一日的所有场景,都是杭州典型的初春场景:清明时节,大地复苏万物生长,祭祖、郊游正处高峰,西湖一带宝马香车,熙来攘往;湖畔云气连着水汽,烟霭云雾,时雨时晴,尽可雾里漫步,雨中泛舟。

人间男子许仙和妖界女蛇白素贞那段离奇曲折的爱情故事,就在这个特殊的烟雨迷蒙之季,正式拉开了序幕。

出涌金门一蹚然

　　许宣离了铺中,入寿安坊、花市街,过井亭桥,往清河街后钱塘门,行石函桥,过放生碑,径到保叔塔寺。寻见送馒头的和尚,忏悔过疏头,烧了笾子,到佛殿上看众僧念经。吃斋罢,别了和尚,离寺迤逦闲走,过西宁桥、孤山路、四圣观,来看林和靖坟,到六一泉闲走。不期云生西北,雾锁东南,落下微微细雨,渐大起来。正是清明时节,少不得天公应时,催花雨下,那阵雨下得绵绵不绝。许宣见脚下湿,脱下了新鞋袜,走出四圣观来寻船,不见一只。正没摆布处,只见一个老儿,摇着一只船过来。许宣暗喜,认时正是张阿公,叫道:"张阿公,搭我则个!"老儿听得叫,认时,原来是许小乙,将船摇近岸来,道:"小乙官,着了雨,不知要何处上岸?"许宣道:"涌金门上岸。"这老儿扶许宣下船,离了岸,摇近丰乐楼来。(〔明〕 冯梦龙《警世通言》卷二十八《白娘子永镇雷峰塔》)

　　不忙进城,也不说后面许仙的船如何被白素贞和小青拦下求搭乘，由此有了后面借船钱、借伞、还伞等众所周知的戏剧化情节，首先，来看一下这座著名的丰乐楼。

南宋一位别号为"耐得翁"的文人，写了一本名为《都城纪胜》的著作，篇幅不大，但"叙述颇详，可见南渡以后民风之大略"。在书中《酒肆》一章中，就有宋代官办酒库丰乐楼的记载，虽然丰乐楼和其他的官库并列，但作者在文中特意标明它的具体地点、历史沿革和得天独厚的地理优势。可见在宋代，丰乐楼就以它毗邻湖光山色的独特性，受到了人们的青睐。

> 官库则东酒库曰大和楼，西酒库曰金文库，有楼曰西楼，旧有"楼攻媿"书榜，后为好奇者取去。南酒库曰升旸宫，楼曰和乐楼。北酒库曰春风楼。正南楼对吴、越两山，南上酒库曰和丰楼。西子库曰丰乐楼，在今涌金门外，乃旧杨和王之耸翠楼，后张定叟兼领库事，取为官库，正跨西湖，对两山之胜。（〔宋〕耐得翁《都城纪胜》之《酒肆》）

宋代的周密，也记载过宋代酒官库的情况，特别点明其中陪酒女郎的存在和金银酒器的奢华程度，其中自然包括丰乐楼。

> 和乐楼、和丰楼、中和楼、春风楼、太和楼、西楼、太平楼、丰乐楼、南外库、北外库、西溪库。以上并官库，属户部点检所，每库设官妓数十人，各有金银酒器千两，以供饮客之用。（〔宋〕周密《武林旧事》卷六《酒楼》）

在后人的笔下，无论是诗词、戏剧、杂史、笔记，还是白话小说中，面湖而立的丰乐楼的出镜率都很频繁，使它成了涌金门附近的地标性建筑。其中，明代田汝成文中的丰乐楼，更是让人心向往之，试想在这楼上，倚着窗，面对湖上看不尽说不完的诗情画意，一樽美酒在手，耳边丝竹轻袅、悄声漫语，会是怎样神仙般的享受。

> 出涌金门而北，为丰乐楼。丰乐楼，宋初为众乐亭，寻改耸翠楼，政和中，改今名。淳祐九年，安抚赵与𥲅重构之。瑰丽峥嵘，掩映图画，俯瞰平湖，千峰连环，一碧万顷，柳汀花坞，历历栏槛间，亭榭翚飞，远近映带，游舫冶骑，菱歌渔唱，往往会合于楼前。（〔明〕田汝成《西湖游览志》卷八《北山胜迹》）

酒楼的位置和陈设、服务固然重要，但酒的好坏，却是最重要的。丰乐楼既然是宋代的主要官方酒库之一，那么，市面上能提供的最好的酒，就应该被斟在能够上丰乐楼的文人雅士的杯中——在这里喝酒是有门槛的，"往往皆学舍士夫所居，外人未易登也"。

清代的朱彭，在他的《南宋古迹考》中，记下了俞德邻《次韵赵提举》中的诗后说道："'涌金门酒甜如蜜'，知当日涌金门酒亦甚著名。"

虽然这"甜如蜜"美酒的名字现在已不得而知，但它肯定是南宋众多品类酒中的佳酿。在南宋西湖老人的《西湖老人繁胜录》和周密的《武林旧事》中，列举了宋代杭州市面上最受追捧的酒品，其中不乏有很多具有诗情画意、让人望之就如痴如醉的名字，如玉练槌、珍珠泉、蔷薇露、流香、凤泉、玉醑、清白堂、万象皆春、蓝桥风月、第一江山、胜茶等。

五

饮好酒、品美景、赏新曲的地方，一般肯定是个能产生各类奇遇和奇迹之处，丰乐楼自然也不例外。

南宋时，一个异常不平凡的、让后世众多书生羡慕不已的故事，就发生在这丰乐楼上。

成都府有个叫俞良的清贫书生，饱读诗书，抱一腔家国情怀，在濯锦江边长大的他，却无限向往都城杭州。离朝廷春试还有很长时间，他就张罗打点，择一吉日，告别父老乡亲，骑上家里的瘸驴，匆匆往江南赶，心里期待着能金榜高中，谋个一官半职，为国家贡献自己的才华，还能让家人过上好日子。忠孝两全，是俞良人生最高的向往。

他离开温润的成都时，正值秋暮，濯锦江边的几树金桂初绽，芬芳隐约，俞良嗅着怡人的花香，坚信自己能在西湖岸边桃红柳绿之际赶到那里。

但天有不测风云，起早贪黑赶路的俞良，走了一半路程，却偶感风寒，又稍稍疏忽了一点，没想到小恙竟成大病，直至卧床不起。这一病就是半个月，不但用尽所携的少量银两，就连那头瘸腿毛驴，也不得不变卖掉了。

还未待病体痊愈，心急如焚的俞良，就又踏上了通往江南的漫漫长路。没有了毛驴代步的读书人，犯了一个初次远行者常犯的错误——他买了一双新草鞋穿上。只几日，双脚就被新鞋磨得鲜血淋漓，行走颇难，但俞良却咬着牙硬撑了下来，再也耽误不起时间，他怎么能轻易放弃自己在途中无数次描绘的美好目标呢！

万般艰辛磨难中，俞良终于到了杭州。但西湖边桃花落尽、柳荫已老,他来不及惆怅,来不及准备,就马上进了考场。很快,他的惆怅就叠加到了落第的失意中。

在杭州贡院前桥下的孙婆旅店里,本来极重颜面又讲道理的成都学子俞良,无奈中,成了一个酒鬼和老赖。他到处蹭茶、蹭酒、蹭果腹之需,赖能够赖掉的账。最后,小旅店的老板娘,见实在收不上房钱来,就主动倒贴他两贯钱,只要他当天走人就行。

> 俞良本待不受,其奈身无半文。只得忍着羞,收了这两贯钱,作谢而去。心下想道:"临安到成都,有八千里之遥,这两贯钱,不勾吃几顿饭,却如何盘费得回去?"
> 出了孙婆店门,在街坊上东走西走,又没寻个相识处。走到饭后,肚里又饥,心中又闷。身边只有两贯钱,买些酒食吃饱了,跳下西湖,且做个饱鬼。
> 当下一径走出涌金门外西湖边,见座高楼,上面一面大牌,朱红大书:"丰乐楼"。只听得笙簧缭绕,鼓乐喧天。俞良立定脚打一看时,只见门前上下首立着两个人,头戴方顶样头巾,身穿紫衫,脚下丝鞋净袜,又着手,看着俞良道:"请坐!"俞良见请,欣然而入。直走到楼上,拣一个临湖傍槛的阁儿坐下。(〔明〕冯梦龙《警世通言》卷六《俞仲举题诗遇上皇》)

酒保见俞良文质彬彬,只当他是个好客,旋即摆上了全套白银食具,海鲜、可口菜肴、时令果品铺陈了一桌,从闪亮的银酒缸子里,殷勤地筛酒伺候。

面对这美酒佳肴,俞良一时难以下箸,他手扶雕栏,下视湖光,倍加伤感:自己千里迢迢来到这里,到头来不仅没得高中,反而搞得心力交瘁、颜面全无,自己满腹经纶,难道就真的没有施展才干之处吗?想到自己的号为"仲举","仲举——中举",他不由得连连摇头苦笑,瞬间,轻生之意涌上心来。

他让酒保拿来笔墨,在丰乐楼的雪白粉壁上,挥笔写下一首《鹊桥仙》:"来时秋暮,到时春暮,归去又还秋暮。丰乐楼上望西川,动不动八千里路。……"

俞良书罢搁笔,推窗想往下跳,但在最后一刻,却又迟疑了起来,要是跳下去一下子摔不死,白白折了腿脚,岂不更是雪上加霜?他踟蹰良久,解下腰间的衣带,搭在屋子的梁上,作上吊绳用。

可事情不尽如人愿,俞良没有死成。他被丰乐楼众员工大呼小叫,救下之后,羞愧之下,索性就势推醉耍赖。这样,非但没有付五两银子的酒钱,而且还被专人护送到原先住的小旅店,在老板娘孙婆的怨声和白眼中暂且安歇下来。俞良虽觉得窝囊,但内心确实不想就这样了此余生,乐得又有了姑且安身之处,也就咬咬牙,继续装醉了。

可这时,他的命运有了不寻常的转机。俞良死也不敢想,自己这么个诸事不顺的晦气佬,居然阴差阳错,入了南宋天子宋高宗的梦中,并且是作为"流落在杭州的外地贤人"的身份出现的。

那一夜,当他心灰意懒地蜷曲在小旅店阴冷房间的角落之际,他还不知道,在今后的岁月中,他将是丰乐楼最具传奇色彩的客人之一。

宋高宗自传位孝宗之后,倍感当太上皇的诸多不爽,毕竟退居二线有在位时不存在的纠结、猜忌,以及对继位者的种种看不惯和不满意,此人之常情,皇帝也不能幸免。所以,当他梦见西湖上出现了象征"贤人"心怀怨愤的黑气时,不由得生出了同病相怜的感情。

次日一早,他扮成文人秀才模样,带几个贴身随从,离开德寿宫,信步出城,希望有所奇遇。

宋高宗行至宾客如云的丰乐楼,抵不住门前着紫衫的迎宾侍者的殷勤相邀,走了进去。楼里笙歌酒香扑面而来,让他一时忘却了这段时间的诸多不快。

酒楼包厢全部客满,只有那个"晦气"的包间还可以坐,店里还没有来得及对此施行杭州民间用来驱邪的"打醋炭"仪式——把烧红的炭块放到醋里熏屋子,所以一直锁着不待客。高宗并不介意,让酒保立刻打开。

自称秀才的宋高宗,不经意地听着酒保讲述那"不顺溜"穷书生的故事,走进了那间阁子。

他第一眼看到的,是粉壁上写着的茶盏大小的字,那是一首《鹊桥仙》词,字写得龙飞凤舞,狂傲不羁,看得出书者的功底和气质不同寻常。

宋高宗尚未读罢,就感到词中那深深的无奈和怨气,竟和他近期来化不开的郁闷之情如此相似,再细想了一会儿,他心中突然明白过来,没花什么力气,竟找到了出现在自己梦中那怨气冲天的外来"贤人"。

这一刻,幸运的成都秀才俞良,尚沉浸在自哀自怨的情绪中,完全不知情,他已经被一股巨大的不可解释的力量,推上了成为国家栋梁的起跑点。

随后,他被自信慧眼识珠的宋高宗召到德寿宫,又被想调解与父亲紧张关系的宋孝宗赏官,最终衣锦还乡,回到了他位于濯锦江边的故里。这一切,几乎都在"一瞬"间发生了,而这些奇事的焦点在于,走投无路的俞良,在恍恍惚惚的状态下,出了涌金门,上了这座在人们眼中充满神奇色彩的丰乐楼。

后来,杭州坊间常有人拿着俞良时来运转的故事作例子,这样"柳暗花明"的命运转折,只有在丰乐楼上才能发生。

六

涌金门内的万家灯火,随着时光的流逝,像一只只疲惫的眼睛,在深夜的淡淡雾气中,显得游离不定,最后终于缓缓合上。

丰乐楼的悠扬丝竹和婉约如梦的歌声,也不知道在什么时候消停了。大门口身着紫衫的邀客侍者,此时终于得以放下脸上堆了一整日的笑,耷拉下疲惫不堪的眼皮,板着表情麻木的脸,打着连绵不断的哈欠,白天的殷勤和精干已荡然无存。

侍者望了眼湖上的天空,方才还在眼前的那一轮明月,不知道什么时候升到了中天,天空湖上波光相映,能看到湖面上有只飘飘悠悠的小舟,微风送来了隐隐的、不连贯的箫声,在夜间显得有点像呜咽,有点像梦呓。

他快步走进酒楼,双手搭上了丰乐楼那被夜露打湿了的朱漆大门。随着沉闷的门轴声,紫衫侍者用力将被月光照得玲珑剔透的西湖、不知哪位有闲情逸致的泛舟文人,通通关在了丰乐楼的门外。

可惜,他要是读过苏东坡那首《夜泛西湖》的第四首,一定会停顿片刻,凝望暗夜中的湖水,也许,等月亮下去了,能看到"非鬼亦非仙"的湖光。毕竟,并不是所有的人,都有缘一见东坡居士笔下的那派美景:

菰蒲无边水茫茫,荷花夜开风露香。
渐见灯明出远寺,更待月黑看湖光。

丰乐楼高悬的灯笼熄灭了,夜色正浓之时,月亮会渐渐远去,那时,仿佛西湖上就只剩下了湖光。

其实不然。

清代"南袁北纪"中的纪昀就知道,热爱西湖月夜和"湖光"之夜者,除了苏公一班文人雅士之外,还大有"人"在!

纪晓岚在他的《阅微草堂笔记》中,托一位名叫李樵风的人的口,讲述过这样一个故事。

一个清朗的晚上,在游人散去的湖上,笼罩着一种美好的静谧。

涌金门外,有只小渔船泊在五龙王庙的旁边。一整天没有什么收获的渔夫,此时闲坐在船头,双脚从船舷垂下,浸在尚带太阳余温的湖水中。他特地把小舟停到这里,祈求龙王神灵保佑他第二天能有所获。

方才,一只豪华的画舫,从他的小舟前方滑行而过,留下了一阵酒香和淡淡的脂粉香,船上丝竹早已消停,只有一个低低的女声还在吟唱着什么,歌声如此婉约轻柔,仿佛随时都能融化在静静的湖水中。

〔明〕程嘉燧《西湖画舫》

画舫的浅色轻纱帷幕,被夜雾打湿,垂在透雕的花窗边,带着浓浓的倦意,显得不那么飘逸了。

大船划过后推开的水波,缓缓地在湖面扩散开,向渔舟伸过来,如同暗夜中一只大鸟无声舒展开的一双翅膀。待第一波水纹碰到小舟的船舷时,小舟左右晃动了起来,渔夫忙抓紧船板,稳住了身子。他闭上眼睛,享受这微微让他眩晕的轻柔动感。

夜色阑珊,画舫早已消失很久,湖面也恢复了平滑如镜的状态,但躺在舟中的渔夫并无睡意,他的耳中有一些声音,时而嘈杂、时而隐约,随着夜风飘来。他几次起身探头向舟外张望,除了夜里湖面的波光和远处的山影,什么也看不到。

渔夫索性坐了起来,屏息凝神良久,判定声音是从五龙王庙中传来的。不一会儿,他清晰地听到有个威严庄重的声音在大声呵斥：

"你们这些大胆的孤魂野鬼，怎么胆敢如此无礼，丝毫不尊重读书人，罪孽深重，理当刑以鞭笞！"

旋即，有人一字一句地辩解：

"龙王爷，尊贵的神啊，您看，我们这些幽魂结伴游湖，运气甚佳，遇上了这个清朗寂静的明月夜。乘这浓浓暮色，人迹杳然，来到此处，想借此良辰美景，来稍稍排遣吾辈游魂的幽怨和烦恼。不想这二位迂腐夫子，只一个劲儿地大谈诗书学问，没人听得懂他们在说些什么，但二位心中唯有自我，无善解人意之美德，喋喋不休，聒噪不堪。扰了吾辈的心境事小，但辜负了这湖山胜景朗月清风，岂不是不顺应天意！所以，我们几个暗地里小声商量，怎么找到一个最合适的方法，向二位夫子表达我们的不满，让他们离我们稍微远一点，以维护这里的清静氛围，但真的没有丝毫不尊重他们的意思啊！"

辩护者恭敬的语调中带着一股正气，言辞中句句皆与情理无悖。

神沉默了半晌，最后开口说道：

"二位先生，按说谈论书经诗文是件风雅之事，但也要顾及地点和对象的选择，二位夫子，今天就到此为止吧。"

渔夫听到这里，忍不住笑出声，忙掩上嘴。过了一阵按捺不住，索性大胆地探头到舟外，眼巴巴地盯着神祠看。

终于，极富戏剧性的场景出现了：

  俄而磷火如萤，自祠中出，遥闻吃吃笑不已，四散而去。（〔清〕纪昀《阅微草堂笔记》卷十一《槐西杂志一》）

要是有谁觉得，在五龙王庙中挺身而出，为众幽魂竭力辩护的，就是在涌金池中被乱箭射死的梁山英雄张顺，相信所有人都会欣然认同。

想象一下，"一点幽魂"留在杭州的浪里白条张顺，肯定不会甘心在那小小的涌金池中栖身，这池水实在太平静、太清浅。

这位"曾经沧海难为水"的英雄豪杰，会很快显现出梁山泊好汉狂傲不羁的性格，他不再面对西湖的烟雨静波黯然伤神，为自己那憋屈的死法而纠结。他一定想明白了，潇洒自在的生活，并不只存在于浔阳江的万千巨浪上和水泊梁山的忠义堂前，而是存在于心中的那个自由世界，无拘无束的自由境界，才是他一生追求的最理想的归宿。

人们也许会在湖边的夜色下与他偶遇，那么，也犯不着诧异或惊慌。因为，无论是银光普照的月夜还是湖光熠熠的无月之夜，张顺都会和湖上众游魂结伴出游，没有黯然，不存纠结，他们尽情地领略杭州的风花雪月清风细雨，沉浸在与白日不同的西湖韵味中。

自锄明月种梅花

逐一看来,环山叠翠,如画屏列于几案;一镜平湖,澄波千顷,能踞全湖之胜,而四眺爽然者,惟孤山。细察其山分水合,若近若远,路尽桥通,不浅不深,大可人意。遂决意卜居于此,因而结茅为室,编竹为篱。(〔清〕古吴墨浪子《西湖佳话》卷五《孤山隐迹》)

一

那是宋天圣四年(1026)春天的一个丽日,范仲淹一袭白袍,风流洒脱,与几个书生打扮的人,在西湖的孤山附近弃舟登岸。

此时,湖边桃红柳绿,春意正浓,范仲淹兴致勃勃,不时感叹、赞美眼前这派让诗人难以忘怀的景象。

时任江苏兴化县令的他,难得有如此的闲暇时光,来观赏西湖的春色。其实,这次的出游并非简单地在西湖周边走一下,而是有个非常明确的目的——拜访孤山隐士林逋,这位在此栖居了二十多年的诗人,在当时的文化圈子里备受推崇。

范仲淹像　引自
《吴郡名贤图传赞》

  这是范仲淹慕名而来的第二次了。不久前,范仲淹曾约几位好友,从兴化出发,专程来杭州拜访林逋。可出发之后,天气突然变化,连日风雨交加,船不得向前,无奈,只得满怀遗憾地返回。但马上,他就给林逋寄了一首诗,约定待雨过天晴之时,重新启程再来杭州孤山。

  这次,他的运气非常好,举目四望,看到的,是这样的景色:"碧嶂浅深骄晚翠,白云舒卷看春晴。"(范仲淹《和沈书记同访林处士》)晴日的孤山,在层林的掩映下,郁郁葱葱,几棵古松和香樟的茂密枝杈间,传来啁啾的鸟啼,更显出白云悠悠的处士之所的幽静。

  范仲淹沿着一条弯曲的小石径,往前走去。沿途的景色让他心怡,使他难以忘怀。很久之后,他还清楚地记着那里湖山映衬、花树交集的美,那种远离尘世的理想国的清远氛围。在诗僧智圆的《寄林逋处士》诗中,我们也可以感受一二:

> 湖山淡相映，世尘那得侵。
> 杳杳烟波色，苍苍云木阴。
> 苔荒石径险，犬吠桃源深。
> 中有上皇人，高眠适闲心。
> 花开还独酌，花落还独吟。
> 空庭长瑶草，幽树鸣仙禽。
> 不见已三载，鄙吝盈虚襟。
> 终期秋月明，乘兴闲相寻。

范仲淹读过林逋的诗，看过他的画，熟知林逋的故事，他想象过很多次孤山上的情景：白衣隐士林逋在梅花丛中漫步，在夕阳的余晖中静坐，身边伴着温顺而驯良的小鹿，处士仰头几声长啸，呼唤回那两只在天空中展翅的白鹤，一切都是那样的超凡脱俗。

还未走近岁寒岩，范仲淹就看见了这位后来被他美誉为"山中宰相"的林逋。挺拔的他，白须飘飘，笑意恬淡，沐着阳光，静静地立在青苔斑驳的巨石边，孤独但丝毫没有落寞感，仿佛乾坤万物、日月交替，都被收在他那睿智而平静的目光中。范仲淹想，真正洁身自好的隐士形象，应该就是这样的吧。

两位理想抱负和现状都大不相同的人，一个是正当壮年胸有大志，一个年过花甲早已遁出江湖，在那个春日，坐在了一起。

梅花在他们周围静静地开放着，时时有零落的花瓣飘下来，在空中打旋，拂着他们的衣袍，飞过他们肩膀远去，或悠悠地落在他们的头巾上。面前两杯酒、一张琴，他们从"入世"与"出世"之间的狭长地带谈起，不一会儿，竟然谈到了整个宇宙天地，两人倍觉趣味相投，大呼相见恨晚。这次长谈，让范仲淹留下了这样的诗句：

"莫道隐君同德少,樽前长揖圣贤清。"(范仲淹《和沈书记同访林处士》)

在那个春天的日子里,范仲淹看到的林逋,是已经在此隐居了二十多年的资深隐士了,他老了,变得更豁达、更智慧了。二十多年间,林逋的无数次头脑风暴,以及在这里发生过的事情,只有一部分流传至今。

从林逋选了在孤山栖居的那一天起,在人们的心中,他就已经是洁身自好的林处士了。从那天起,杭州的孤山,孤山上的梅花,就永远和他的名字连在一起了。

二

很多年前的一天,杭州城乍暖还寒,林和靖早早地出了门。

那时,他还不是后来古画中的人们习惯看到的样子——宽袍大袖,头上戴着黑色的风帽,一派仙风道骨的模样。他那天的装束,是典型的宋代初年寻常读书人的样子:淡青色的葛布长袍,浅褐的朴素头巾,腰间挂

〔清〕费丹旭《孤山探梅图》

着一个玉石挂件——他身上的唯一饰物,随着他的步子,挂件有节奏地晃动着,使他的身体有一种灵动感。

林逋不紧不慢地出了涌金门,沿着西湖岸边,在淡淡的晨雾中向北边走去。他微微眯起细长眉毛下的一双凤眼,环顾着湖水后面若隐若现的山峦的柔和曲线。他走着,深深地吸几口新鲜空气,让一夜无眠的心情渐渐平静下来。

他的步子从容悠闲,不时抬头看山,低头观水,或让目光追随一只飞鸟直上天空,最后消失在杭州天空独有的迷蒙蓝色中。有时,路边树干上长着苍龙鳞般的老松树会让他驻足,他倚着有着鳞甲般树皮的粗壮树干闭眼休憩,很久不挪身;有时,从风中颤动的新竹上滴下来的露珠,会让他略显严肃的脸上绽开率真的笑容。

他朝来暮往漫步所见的杭州山水景色,在他日后的诗作中都有体现,如"湖水混空碧,凭阑凝睇劳。夕寒山翠重,秋静鸟行高"(《湖楼写望》),或是"瘦鹤独随行药后,高僧相对试茶间。疏篁百本松千尺,莫怪频频此往还"(《林间石》)。

这样仿佛漫无目的的漫步，他已经进行了好多天，每次总是在清晨时分开始，待到月上树梢才结束。以涌金门为中心，他沿着西湖，朝南北两个方向走，南边直到南屏山脚下，北面涉足灵隐寺等处。人们会以为这是个挚爱西湖的不倦观光客，殊不知，林逋是在精心选择自己后半生的安居之处。

是什么原因，驱动了在杭州土生土长的林逋，放弃杭州城内的祖宅，决定去湖上隐居？这故事说来有点长。

> 林逋，字君复，杭州钱塘人。少孤力学，不为章句。性恬淡好古，弗趋荣利。家贫，衣食不足，晏如也。初，放游江淮间，久之，归杭州，结庐西湖之孤山，二十年足不及城市。（《宋史·隐逸传》）

林逋的祖父是吴越王朝的官员，吴越王钱俶献土归宋之后，南方小国的很多事情都有了巨大的变化，许多人的命运，也随之有了天翻地覆的变化。

林逋的祖父失官，父亲离世，这个原本是书香门第的官宦之家，一转眼，就落入了贫寒家庭之列，家里穷得连吃饭穿衣都成了难以维持的事情。

虽贫寒但满腔家国情怀、骨子里高傲正直的林逋，悬梁刺股，刻苦攻读，他的理想是有朝一日学以致用，为国为民谋利。

北宋景德元年（1004）九月，辽军攻宋，直扑澶州（今河南濮阳）城下，宋真宗在宰相寇准的力主下，御驾亲征，举国振奋，士气空前，终于在澶州给辽军以强有力的反击。

当时的政治大背景，使一介书生林逋激情高昂，他

林逋旧居图　引自《孤山志》

毫不迟疑，仗剑北上，期望能在这种形势下，找到为国贡献学识和力量的机会。

这样，林逋坚定地关上了杭州贫寒但安宁的家门，满腔豪气、一身戎装，往与澶州一河之隔的山东曹州出发了。他的征途节奏坚定而急促，骑着喂饱了的驴子，着一身侠客的剑装，林逋告别江南的迷蒙烟雨，在辽阔的北方大地上"早早行"。这就是他那首意气风发的《汴岸晓行》："驴仆剑装轻，寻河早早行。孤烟开道店，平野喝农耕。老木回堤暗，初阳出浪明。羁游事无尽，尘土拂吾缨。"

宋辽双方签订"澶渊之盟"，虽暂时平息边境的干戈，暂时恢复了安定，但宋代朝廷却又生出别的事来。宋真宗接下来的夜接"天书"事件以及随之而来的"泰山封禅"典礼，在朝野引起很大反响，天书封祀对当时的政治和财政产生了巨大影响。

林逋"飞花饮"
引自〔清〕任熊《列仙酒牌》

尚未到达真正的前线,更谈不上实现自己理想的林逋,在这种举国上下亢奋的活动筹备气氛中迷茫了,"游既久,见人所逐之利,所趋之荣,与己颇不相合"。沮丧后的失望,失望后的不平,最终被一种超然所取代,他不愿意在这场很多文人趋之若鹜的活动中充当任何一个角色。江南和家园,此时,在强烈地呼唤着他。

林逋在北方的连绵阴雨中,脚踏着贫瘠土地上坚硬的茅草丛，在郊外午后黯淡阴沉的客栈外，叹息着，陪伴他回程的毛驴，孤独地立在无情的雨水中。可就在此时，他猜想，江南正酝酿勃发的春色，清清的湖水承着小船，岸上的细腻芬芳的沙土，一连串他最熟悉的家乡景象，驱走了他心中的悲凉和落寞，他知道，自己该回家了。

林逋急急折返，归而高卧于家。这时，有人劝他出去做官，有人劝他成家立业，对此，他都一笑了之。曾经气度豪爽、仗剑走天涯的林逋，虽然是伴着失落而归，但此时，已经有了自己明确的人生目标。

他觉得，人生最难能可贵的，也是每个人最难明白、最难得到的，就是过一种与自己理想情怀无缝对接的生活，所谓"志之所适，方为吾贵"。他的人生追求，既不是有家有室，过普通人生儿育女的俗世生活，也不是拥有仕途利禄、功名富贵。

> 只觉青山绿水，与我情相宜。而鼓钟琴瑟未尝不佳，以我志揆之，则落英饥可餐，笑举案齐眉之多事；紫绶金章未尝不显，以吾心较之，则山林偏有味，愧碌碌因人之非高。
> 和靖胸中自存了此念，则那不娶不仕之志，已坚如石矣。又过了许久，只觉得城市中所见所闻，与疏懒不相宜，遂朝夕到湖上，去选择一结庐之地。六桥浅直而喧，两峰孤高而僻，天竺灵鹫已为僧僚之薮，石屋烟霞皆藏道侣之真。逐一看来，环山叠翠，如画屏列于几案；一镜平湖，澄波千顷，能踞全湖之胜，而四眺爽然者，惟孤山。细察其山分水合，若近若远，路尽桥通，不浅不深，大可人意。遂决意卜居于此，因而结茅为室，编竹为篱。（〔清〕古吴墨浪子《西湖佳话》卷五《孤山隐迹》）

三

林逋对孤山一往情深，可谓独具慧眼。后人对孤山也有过各种赞美，其中最主要的，也仍然是当年林处士眼中最值得称道的特征：

> 山在重湖之间。其形平坦，绵邈肖介，碧波环绕，独立不群，因名孤山。以其浮于水上似岛屿然，又名孤屿。以其四面皆水，宛若仙境，又名瀛屿。地故多梅，寒香稠叠，又名梅花屿。（胡祥翰《西湖新志》卷一《山水一》）

林逋在孤山结茅为室，编竹为篱，开始了远离城市的隐居生活，在此后的二十年中，他没有再跨入城市一步。

他把自己的热情和精力，把他的审美趣味和对诗意生活的想象，都投入到了这山水之间的梅花屿上，他种梅养鹤，泛舟月下，煮茶清谈，吟诗作画，把酒抚琴，仿佛他所有生活的轨迹，都在这高雅与悠闲中铺呈。但其实，这只是后人在他的诗作中或别人赞美他的诗作中看到的一部分，走下圣坛的梅花岛诗人，有过出乎人们意料的十分接地气的生活。

林逋结庐的孤山，是一个野趣横生的所在。他移居此地后，面临的最重要的问题，就是设法解决温饱。在城里生活贫寒的他，到了孤山，依然贫寒。所以，在移居孤山的头几年中，他全力以赴地投身于名副其实的田园劳作中，过的是真正的农夫生活，渔、樵、耕等，是他日常劳作的主要内容。

可以想象一下，家徒四壁的林逋，不但要顾及一日三餐，还要操持其他日常生活的琐事。

他在湖边撒网捕鱼,在清澈的溪流中钓鱼,时常会有意想不到的收获。捕鱼归来,他会将散发着鱼腥味的渔具挂在茅屋的后墙上,那里是背阴面,已经长出了些许浅绿的苔藓,房中充满混杂着水草气息的淡淡鱼腥味,这种气味让他特别享受,他觉得,这更能凸显自己的隐居地远离市井嘈杂的最原汁原味的静谧氛围,于是,就有了他笔下集视觉和嗅觉为一体的诗句:"四壁垣衣钓具腥。"

林逋的挚友,玛瑙寺的智圆禅师,后来特地写了一首《赠林逋处士》诗,称道他的人格和才华、品性和志向,但诗中最美的句子,却是与他的劳作生活状态相关的:

满砌落花春病起,一湖明月夜渔归。
风摇野水青蒲短,雨过闲园紫蕨肥。

孤山隐迹　引自古吴墨浪子《西湖佳话》

春日悠长，落英堆砌满地璀璨，一颗再无入世之念的心，对着满目春光，淡定地任凭时光流逝。他最喜看的是微风拂过屋外池塘的水面，脆生生的青蒲正在发芽，而明月夜，天空如水，云淡风轻，一叶扁舟泛湖上，则是他渔歌唱晚的最好时光。

樵，也是林逋的日常，同时，也是他观察天地万物的好时机。他偏爱落日之后登高入林的晚樵，"峰后月明秋啸去，水边林影晚樵还"是他追求的意境。一路上，在夕阳的光照下有稠重感的溪水，已经不再闪烁白日的清光，淙淙流过松松的草地，仿佛被什么神秘的力量牵引着一路向前。黄昏时分的土壤，在接受了一整天日照之后，散发出奇异的浓烈芬芳，让他陶醉，让他心中诗意万千。《孤山后写望》诗云：

> 水墨屏风状总非，作诗除是谢玄晖。
> 溪桥袅袅穿黄叶，樵斧丁丁斫翠微。
> 返照未沉僧独往，长烟如淡鸟横飞。
> 南峰有客锄园罢，闲倚篱门忘却归。

如若说林逋的渔樵之举，对孤山来说是"取"，那么，他从生活于此的第一刻起，也同时在"给"。

迁居孤山之后，他即刻动手："相地栽花，随时植树，不三四年之间，而孤山风景已非昔日矣。"

> 园中艳桃秾李，魏紫姚黄，春兰秋菊，月桂风荷，非不概植，而独于梅花更自钟情，高高下下，因山傍水，绕屋依栏，无非是梅。和靖所爱者，爱其一种缟素襟怀，冷香滋味，与己之性情相合耳。（〔清〕古吴墨浪子《西湖佳话》卷五《孤山隐迹》）

梅花的"缟素襟怀，冷香滋味"，和林逋性情气质相契合，他对"暗香浮动""疏影横斜"的梅花，有一种特殊的痴情。花开之际，他可以"不辞日日旁边立，长愿年年末上看"。他喜欢园中占尽风韵的梅花，喜欢月下、雨中和雪夜、霜天、晨曦中的梅花，他在梅花下焚香吟诗、弹琴作画，他像是要将梅花的花魂召唤出来一样，殊不知，他在不自觉中，就已经化身梅花。

林逋种梅，先是绕屋种，随后沿着孤山坡地种，日积月累，当种下第三百六十棵时，他停住了，心中暗暗计算，倍觉欣慰，"这一定是天意吧，这个数字恰好与一年的天数吻合，是上苍有助我，让我可以依赖种下的梅树全年衣食无忧"。

梅花一年一度盛开，总是在暮冬初春时节，伴着沁人肺腑的芳香，用云霞般的颜色映照孤山。

接下去的几年，暗香浮动之后，花落结果。

林逋将每棵树上所结的梅子包成一包，出售每一包之后，把所得到的钱单独包好，这样，待梅子全部卖完，他就有三百六十包钱。林逋规定自己每天随机取钱一包，无论钱多钱少，那一天的所有开销就以此钱的数目为标准。

有了卖梅子的经济来源，林处士就悠闲多了，他的渔樵劳作也逐渐变成偶尔为之。这种不必为生计而为的劳作，就成了一种纯粹的身体和精神上的享受。他每天的生活变得更从容，一种惬意的慵懒，如和煦的微风，吹动着横在湖上的隐逸小舟。他的《小隐自题》，呈现的就是这样的情景和心境："竹树绕吾庐，清深趣有余。鹤闲临水久，蜂懒得花疏。酒病妨开卷，春阴入荷锄。

尝怜古图画，多半写樵渔。"

每年，随着梅花的盛开，来孤山上的人，会迅速增多。而林逋此时的态度，体现出真正的处士品格——豁达大度。面对络绎不绝的赏花者，他不骄不躁，只是在山阁的门上贴出这样的字："休教折损，尽许人看。不迎不送，恕我痴顽。"

此时的他，心如止水，已经达到了大隐于市的境界。有人对他的行为不解，问道：

"先生，此处是您的居所，梅花是您的梅花，理应归您独自欣赏，虽然旁人不会将此折损，但为什么就这样让人轻易地窃去美色和香味呢？"

林逋笑了，花开花落是大自然的恩惠，花的香色不可能被窃去，没有吝啬的道理，为什么不乐得做一回爽快的人呢？他回答道：

> 梅花开后，诚恐无和，非煮茗而细咀山色，则衔杯而深领湖光。朝霁看云，夜良坐月；午睡足，弄笔晴窗，长吟短咏，只觉天地清明之气，与西湖秀韵之容，只供和靖一人之受用，而攘攘者竟不知也。（〔清〕古吴墨浪子《西湖佳话》卷五《孤山隐迹》）

有人慕名来访孤山，但凡叩门求见的人，林逋来者不拒，绝不会以来客的地位和名声作为见与不见的标准。很多人觉得自己的才识和境界与他的不可相提并论，有时虽已到孤山，也会在门前却步，返棹而去。

尽管如此，还是有几位高僧诗友往来孤山，煮茶论诗、抚琴作画，而林逋"旷达襟怀，除梅花盛开之日，杜门不出，

〔宋〕马远《林和靖图》

余日则闲放小舟,遨游湖曲,竟日不归,殊无定迹"。

为了不失与友人相遇,处士想出了一个绝妙的办法,他买了两只小白鹤,养在山阁的园子里。不久,白鹤养熟了,被放出去,飞一阵后,会回到园中。每当饥饿时,鹤们就会围着林逋鸣叫不已讨吃的,每当他晚上回到山阁时,两只鹤会在门前跳着迎接他,伸长脖子依偎左右。林逋满心欢喜,常说:"它们就像我的孩子一样啊!"为此,还专门写下这样两句诗:"春静棋边窥野客,雨寒廊底梦沧洲。"(《荣家鹤》)

从此,当有客来访,而他在湖上山中云游联系不到时,家僮就会放出白鹤去,林逋见湖上鹤飞,便掉舟而还,耽误不了和朋友的清谈阔论。

林逋在孤山的生活,在社会上被传为高士的"修行",他的名声很快传遍了大江南北,甚至连宋真宗也得知此事并大为仰慕,特地吩咐杭州的府县行政部门,定期去慰问他,给他送一些生活必需品。林逋欣然接受,面上未有受宠若惊之色,心中更是波澜不惊。

这样一来,宋代文人圈中的诸多大佬,以及官场中一些附庸风雅之人,也都纷纷慕名而来,希望和他深交。

其一时名公,如陈尧佐、梅尧臣、龚宗元辈,皆有诗推赞和靖,而和靖视之漠如也。惟以风花雪月,领湖上之四时;南北东西,访山中之百美。初阳旭日,洗眼拜观;静寺晚钟,留心谛听。芳草多情,看走柳堤之马;昼长无事,坐观花港之鱼。烹泉不便,暂入酒家;倚树多时,闲过僧院。缓步六桥,受用荷香十里;情期八月,消磨桂魄三更。花前小饮,不喜同人;

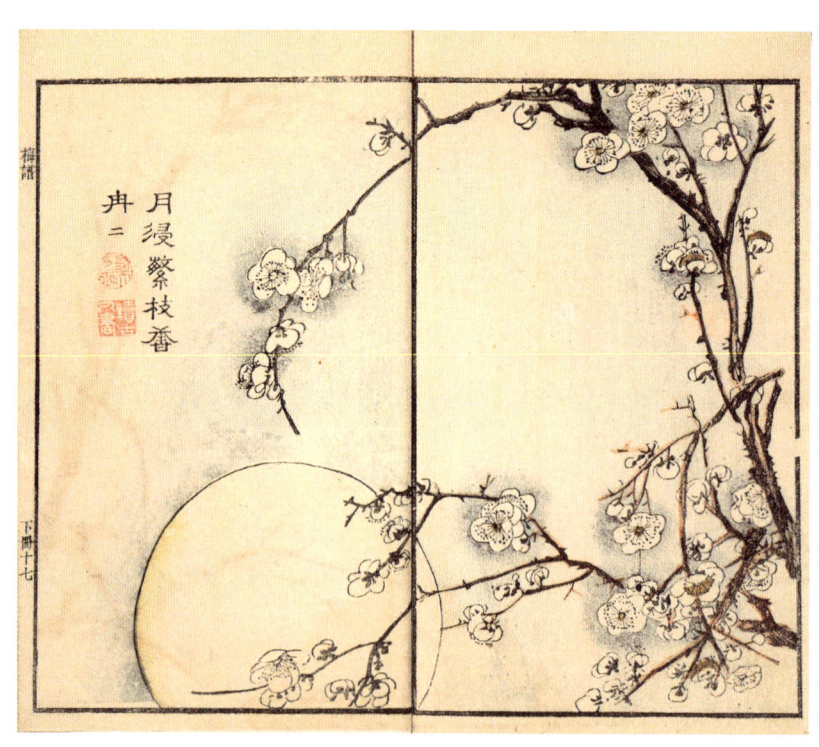

〔清〕王槩等《芥子园画传》二集《梅谱》

柳外听莺，何妨独往。至于调鹤种梅，又其性命也。（〔清〕古吴墨浪子《西湖佳话》卷五《孤山隐迹》）

林逋的生活一如既往，他不随波逐流，不沽名钓誉，初心不改的真正隐士本质，在这种时刻完全体现出来了："故和靖能高卧孤山，而足迹不入城市者三十余年。而从无一日不怡然自足，诚甘心于隐，而非假借也。"

他继续过着恬淡的隐居生活，并沉醉于这种与世无争的生活中："湖水入篱山绕舍，隐居应与世相违。闲门自掩苍苔色，过客时惊白鸟飞。卖药比常嫌有价，灌园终亦爱无机。如何天竺林间路，犹到秋深梦翠微。"（《湖上隐居》）

一生无室无子的田园诗人林逋，走到了他生命的终点。山阁旁，竹林畔，他的墓室早已完工，他从未想到要离开清晨放鹤、月白归舟的生活，离开孤山和他的梅林。

临终前，林逋写下了这样一首绝句，再次为自己未曾趋炎附势感到欣慰。面对湖上青山，他想做的，是永远的隐士。

> 故和靖临终，曾题一绝句，以自明守正之意，兼讥刺当时。诗云："湖上青山对结庐，坟前修竹亦萧疏。茂陵他日求遗稿，犹喜曾无封禅书。"（〔清〕古吴墨浪子《西湖佳话》卷五《孤山隐迹》）

诗成，他放下笔，漫步园内。满园郁郁葱葱，远处湖山依旧，白鹤立在池边，悠闲地梳理着身上的羽毛。

林逋将白鹤双双揽入怀中，长久地抚摸着它们柔顺的羽毛，轻声说道：

〔清〕钱杜《孤山梅隐图》

"我将离去,此次不是泛舟湖上,而是永别。你们看下面,这西湖水波粼粼,云落雾升,山南山北,遍布修竹嘉木、奇花异草。我不在后,你们可以自由地到处飞翔,不用再惦记着做信使了。"

白鹤们听着他的声音,不由得引颈起舞吟唱,也许,它们并未明白林逋之意。

接着,林逋转向他挚爱的梅花林,他的目光,陷入了梅林的最深处:

"这二十多年来,我享受你们毫无保留的奉献,我和你们,亲密无间如同一体。我走之后,花开花落、枯荣盛衰,你们大可随性。"

林逋告别了他的梅花与白鹤,无疾而终。

在林逋死后发生的事,有这样的传说。

首先,是那两只被他视为孩子的白鹤,它们守着山

自锄明月种梅花

阁边上的坟墓,再也没有离开过孤山。它们没有听林逋生前嘱咐的话,飞向自由的天空,飞向云雾缭绕的南山北山。后来,它们随着主人西去,有人在林逋的墓边上挖坟安葬了它们,将之命名为"鹤冢"。

还有,林逋走后的第一个春天,孤山的梅花,如同深夜降下的一场大雪,盖遍了孤山的每一个角落,它们在月光下悄然开放,令人惊叹的是,梅花,都是素白色的。林逋种下的各色梅花,从此以后,就全成了宛如月光般的白色。

林逋去世之后,被宋仁宗赐号为"和靖先生"。

他尚在世之时,就有很多欣赏、推崇和敬仰他的人,他们中间不乏当时在文化界、艺术界非常有声望的人,后来,有更多的人为他高远出世的政治理想、淡泊清贫的处世哲学,他的才情、他的隐逸方式以及他的诗意生活所倾倒,为此倾注了大量的笔墨,留下了许多优美的诗篇和言辞,留下了至今都令人观之无限向往的丹青墨宝。

宋代著名诗人梅尧臣,就是林逋的死心塌地的崇拜者,后来,受林逋家族之托,编次林逋所著《林和靖先生诗集》,并为此写下了充满倾慕敬佩之情的序:

> 天圣中,闻宁海西湖之上有林君,崭崭有声,若高峰瀑泉,望之可爱,即之愈清,挹之甘洁而不厌也。
> 是时,予因适会稽还,访于雪中。其谈道,孔、孟也;其语近世之文,韩、李也。其顺物玩情为之诗,则平淡邃美,读之令人忘百事也。其辞主乎静正,不主乎刺讥,然后知趣尚博远,寄适于诗尔。(〔宋〕梅尧臣《林和靖先生诗集序》)

晚林逋许多年的苏东坡,有多首赞美孤山和林逋的诗作,其中有这样精彩的诗句:"先生可是绝俗人,神清骨冷无由俗。我不识君曾梦见,瞳子了然光可烛。"(〔宋〕苏轼《书林逋诗后》)

〔宋〕马麟
《林和靖图》

明代的才子张岱，亦有赞叹孤山的美文：

> 盖闻地有高人，品格与山川并重；亭遗古迹，梅花偕姓氏俱香。名流虽已代迁，胜事自须人补。在昔孤山逸老，高洁韵同秋水，孤清操比寒梅。疏影横斜，远映西湖清浅；暗香浮动，长陪夜月黄昏。今乃人去山空，依然水流花放。瑶葩洒雪，乱点冢上苔痕；玉树迷烟，恍堕林间鹤羽。兹来韵友，欲步先贤，补种千梅，重开孤屿。凌寒三友，早连九里松篁；破腊一枝，远谢六桥桃柳。伫想水边半树，点缀冰花；待披雪后横枝，低昂铁干。美人来自林下，高士卧于山中。白石苍崖，拟筑草亭招素鹤；浓山淡水，闲锄明月种梅花。有志竟成，无约不践。将与罗浮争艳，还期庾岭分香。实为林处士之功臣，亦是苏东坡之胜友。吾辈常劳梦想，应有宿缘。（〔明〕张岱《琅嬛文集》卷之一《补孤山种梅叙》）

黄庭坚、陆游、欧阳修大力称道他的书法绘画，范仲淹崇尚他的琴艺。

四

文人和艺术家的传播能力是无穷的，林和靖"梅妻鹤子"的故事，通过他们的诗作和绘画，在社会上传播开来了。林处士曾经的隐逸生活，像一本被风吹开的书，摆在了世人的眼前，一页一页地被翻看，被赞叹，被羡慕。这些书页，渗透着神秀的西湖和如诗如幻的孤山，月下伴着荷叶的一丝柳条，夜里悄然开放的"半沾残雪不胜清"的脱俗梅花，溪边翠鸟的清脆啼唱，云间寂寥清远的仙鹤之歌。这一切，都在召唤着人们来这里"朝圣"，来这里体验，来这里尝试过一回"处士"的生活。

就这样，孤山不再寂寞、不再孤独，在林逋昔日生活之处，有了许多"胜迹"：可眺望远山平湖的"岁寒岩"，处士种梅的"梅坞"，居所边上的"小池"，还有巢居阁、小轩、碑亭、放鹤亭、处士桥、和靖祠、和靖墓。

围绕着林逋昔日的山阁，傍着他的梅林，挨着他的茶园，出现了几多别业和佛寺，向往能感受到隐逸之美的人们，在林和靖的孤山上，期待着能体会到"雪满山中高士卧，月明林下美人来"的真正含义。

前宋时，杭城西隅多空地，人迹不到，宝莲山、吴山、万松岭，林木茂密，阒无民居。城中僧寺甚多，楼殿相望，出涌金门，望九里松，更无障碍。自六辈驻跸，日益繁艳，湖上屋宇连接，不减城中，有为诗云："一色楼台三十里，不知何处觅孤山。"其盛可想矣。（〔明〕田汝成《西湖游览志余》卷二十三《委巷丛谈》）

不经意间，或许有人觉出，孤山人气太旺了些，世俗间最现实的生活，被带到了这片曾经的隐居地，渐渐地，世俗和世外，凡间和冥间，人和妖，就开始在孤山并存了。

于是，明代笔记小说中，就出现了些在这里发生过的神奇迷离的故事。

万历壬寅，明州闻庄简公之来孙某，弱冠美风调，携其侄才十五岁，同诣杭州。（〔明〕钱希言《狯园》卷十三《奇鬼·孤山女妖》）

这位从宁波来的翩翩美少年，在来杭州城的路上，遇到了一位姓吕的年轻书生，他碰巧是余姚人。两人一见如故，大有相遇恨晚之意，于是欣然结伴而行。

〔清〕关槐《西湖图》

来到杭州的第一件事,便是寻找客栈。

书生们信步来到湖边,湖光山色令人陶醉,脚下未觉倦,却已经到了黄昏。此时秋风乍起,凉意扑面,眼前已是"日薄西山满湖金",他们这才想起宿处还未寻定。

走近沉寂在大树阴影中的孤山寺,不知盛开在何处的菊花,略带苦味的残香,伴着微风,吹在路边微微颤动的落叶上。

寺边一所韶华已尽、古风犹存的老客栈,吸引了他们的目光,一打听,得知古馆与张氏梅花屿、水仙祠都只有一矮墙之隔,有句赞美此处的宋诗,涵盖了这里的特殊意境:"一盏寒泉荐秋菊。"两人欣然,就此处落脚。

时值秋夜,暧月朦胧,邻钟响断。两生颇工吟咏,徘徊于庭。忽闻垣西有妇人笑语声,俄而履迹渐近,灵香袭衣,启扉伺之,遥见三女郎自树影中来。一着冠,年稍长。其二则绾肉髻,垂鬟如鸦,皆丽色也。
([明]钱希言《狯园》卷十三《奇鬼·孤山女妖》)

在这寒意渐浓的秋天,陌生的古驿馆中,寒泉的滴水声,在云间沉浮的月色,更显出丽人们妩媚笑靥的艳丽。

两位乌发如鸦的姑娘,毫不扭捏地挨近两个书生,挽手相视,含情脉脉。头戴金冠的女郎显然落了单,她见两对卿卿我我的年轻人,朗声笑道,此时她留在此地就是个多余的,倒不如索性去找自己的如意郎君"水月上人",说完,飘飘如仙而去。

两对情人缠绵到四更天,姑娘们才离去,临别没有留下姓名,也没有约定再次相会之期。

两位久久沉醉在夜里艳遇而不能自拔的书生,恍恍惚惚感到一切都在梦中。

明日起视,但见树深云乱,水流花开,杳无行迹。邂逅水月上人自灵芝寺掠湖而至,因话夜来梦见一丽人求偶,某不肯从,绝与两生所见年长者无异。语及大怪,共为嘘唏。

旬月之内,三人相继病卒。水月者,故楚中少年僧也,豫知亡期,嘱备后事。中秋夜,忽谓其同衣曰:"前生之冤业至矣。"辞别亲友,自题神主而逝。
([明]钱希言《狯园》卷十三《奇鬼·孤山女妖》)

故事如此终结,听者皆不免怅然。也许没有人再记得宁波余姚因艳遇而亡的书生，也已忘记楚中少年僧水月上人的叹息。但只要夜间偶游孤山，便会想起那个夜晚，隔墙寺院钟声沉寂之后的宁静，秋天如水的夜晚，伴着清脆笑声和袭人芳香飘然而至的姑娘，融合在孤山寂寥神秘的气质中。

五

孤山的女妖们是大胆而快乐的，她们踏着月色和湖水的雾气，身上散发着迷人的芬芳，她们巧笑倩兮、美目盼兮，选自己最心仪的男子，献上和获取一段欢爱，然后，腾云驾雾重回妖界，她们大多是幸运的，胜过人间的很多女子。

> 西湖，行乐地也，花索笑，鸟寻欢，春去秋来，皆供人之怡悦，何尝有恨？孰知人事不齐，当赏心乐意之场，偏有伤心失意之人如小青者，因而指出，为西湖另开一凄凉景界。（〔清〕古吴墨浪子《西湖佳话》卷十四《梅屿恨迹》）

故事这样开篇，谁都能明白，肯定是个悲剧，可是，悲到何等地步，却是常人难以想象的。

世界之所以美丽，是在于它的多样。山川河流、树木花草景象万千，但最主要的，是人们的命运各不相同，有人一生福星高照、万事顺意，有人出师不利但时来运转，有人因祸得福，有人乐极生悲，但也不乏像冯小青这样生来不幸且终生不幸的人。

早春的西湖，时晴时雨，云雾缥缈。一位四处云游自称煮鹤生的人，来到了杭州。

自恃经纶满腹且颇工吟咏，又有个不同凡响别号的煮鹤生，其实也逃不出无数文化人来杭州的套路。他先泛舟湖上，几杯酒下肚，便对着晕染着青黛色的远山近水，诗兴勃发。诗人的情绪，在平常人看来，是没有理由的大起大落。煮鹤生放眼望去，水天一片，所乘之舟宛如在画中漂浮，便乐极生悲，让船家泊于孤山石畔。

此时满山梅花正盛，映衬着孤山一带翠色欲滴的树木，斑斑点点，如云霞一般闪烁。

煮鹤生踏着芬芳的绿草，寻到冯小青墓前，"但见一冢草土，四壁烟萝，徘徊感怆，立赋二绝以吊之"。

煮鹤生在小青坟前作的诗，虽情真意切，充满了忧郁伤感与怜香惜玉的情调，但他自己也稍觉肤浅。他在墓前久久徘徊，听着树叶长大、梅花瓣在寂静中落下的声音，直到红日西沉才缓缓离去。

是夜月明如昼，烟景空蒙，煮鹤生小饮数杯，即命舣舟登岸，只捡林木幽胜之处，纵步而行。

忽远远望见梅花底下，有一女子，丰神绝俗，绰约如仙。其衣外飏翠袖，内衬朱襦，若往若来，徜徉于花畔。

煮鹤生缓缓迹之，恍惚闻其叹息声。

及近前数武，只见清风骤起，吹下一地梅花香雪，而美人已不知所适矣。

煮鹤生不胜诧异曰："斯岂小青娘之艳魄也耶。"
遂回至船中，又续二章云：
梅花尝伴月徘徊，月泣花啼千载哀。
夜半岩前风动竹，分明空里佩环来。

其　二

不须惆怅恨东风，玉折兰摧自古同。

昨夜西泠看明月，香魂犹在乱梅中。（〔清〕徐震《女才子书》之《小青传》）

月泣花啼之夜，如流云般潇洒的煮鹤生，在孤山的葱郁和梅花的影子里，偶遇冯小青绰约如仙的魂魄，且闻其叹息，触景生情，于一片香雪海中，吟出上面两首绝妙的诗。

煮鹤生的风雅之举，得到了许多名流韵士的仿效，冯小青昔日清冷的墓前，有了探望者、猎奇者和鲜花香烛，又有谁能知道，生前就与孤独和寂寞为伴的冯小青，是否会厌恶这一切。从她的诗词中看得出，若是她在意的是死后有人打理她的坟头，那她就不是人们心目中那个红颜薄命、凄凄惨惨的小青了。小青也一定不会喜欢后来那些对她进行各种"考据演绎"的文人，她的身世、她的经历，以多种传记版本构成了明清两代的"冯小青现象"。

人们愿意想象，在孤山的山林和泉水声中，在春去秋来花开花落间，在这座体现林和靖洒脱而简朴生活理念的梅花岛上，小青最愿意做的事情，必定是摆脱一切世俗羁绊，清除爱与恨的纠结，超越生和死的界限，自由地活着。对她来说，既是复活，更是永生，这一次，她是为她自己活着。

十六岁的扬州姑娘冯小青，是坐船到杭州的。

一路上，她沉默寡言，心思紊乱，不愿意抬起眼睛看她的新郎冯生。而春风得意的他，却不时用白皙的手指轻轻捏住她的下巴，让她抬起眼睛来与他对视。每当此时，小青的眼中就会笼上一层薄雾，她摆脱他的手，

〔元〕钱选《孤山图》

重新低下头去。

冯生见此更是得意非常,欢喜之情溢于言表,他爱看她不敢与他对视的样子,他觉得这是她的娇羞和矜持,这让他很享受,他喜欢感受征服者强势力量带来的优越感。

他却不明白,冯小青的矜持,远远没有此时她心中其他的感触强烈,是这些感触让小青不愿抬头,她心如刀绞却要强颜欢笑,初涉世事的她,被迫直视人性的阴暗面。

她不能理解母亲在利益面前的绝情,经过一番讨价还价,如同卖掉一件东西那样,以一个好价钱,将自己卖给了从杭州来的富豪公子冯生。这位有钱有势的冯生,在小青的眼中一无是处,他平庸无才,粗俗势利,甚至连附庸风雅的姿态也懒得作,难怪小青一见他,"不觉

泪如雨下，惨然叹息曰：'我命休矣！'小青之怨自此始"。他身上唯一闪光的东西，就是囊中的银子。

冯小青悲叹个体价值和人格，在瞬间被完全摧毁。她被专程来扬州购买小妾的冯生一眼看中并买下之后，立刻就只能被旁人和自己唤作"小青"，因为她和她的郎君同姓，为了不犯忌，从今往后，她就不能再拥有自己的姓。如此，她的过去不再重要，而她的未来，都只能作为买下她的冯姓男子的附属品。

同时，她感受到了丈夫家中剑拔弩张的氛围，为此深感恐惧。冯生一娶到小青，不敢耽误片刻，立即就挂帆返杭，只因他的正妻就丈夫纳妾一事，曾有过明确的规定：一是不能在杭州当地选人，怕是老相好感情笃实；二是一定要在半个月之内把人带到她面前，逾期不候，

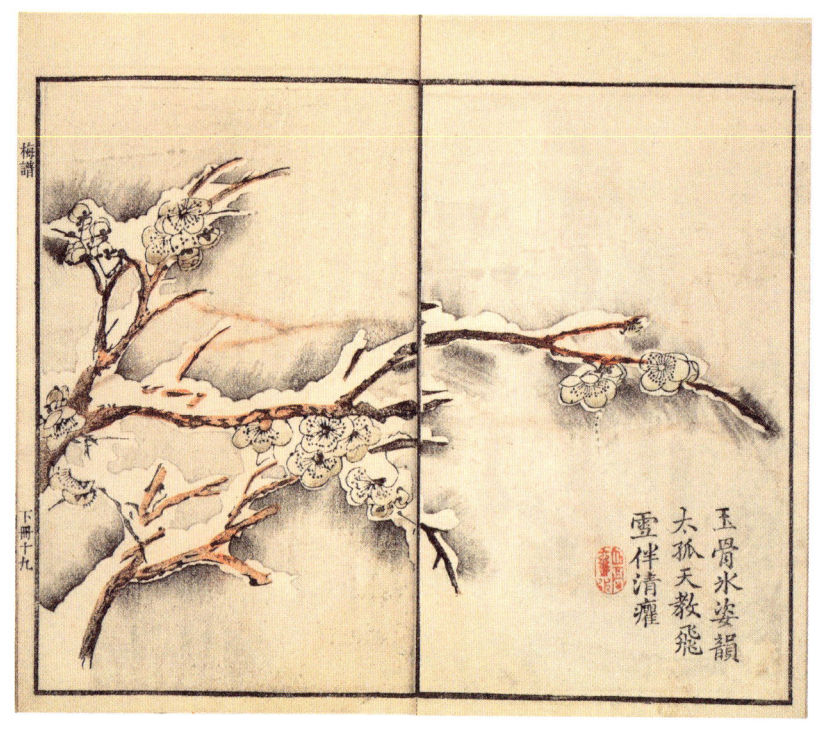

〔清〕王槩等《芥子园画传》二集《梅谱》

时间被设得如此紧迫,是希望丈夫在仓促中搞不定。

显然,冯生的正妻,低估了丈夫扬州之行爆发的强劲行动力。他顺利且满意地买到了心仪的侍妾。

黯然神伤的小青,还没来得及理清这些在很短的时间内发生的事情,船就在杭州的湖墅码头靠岸了,薄命的她,被一顶小轿抬进了冯府。

> 小青,广陵人。十岁时,遇老尼口授《心经》,一过成诵。尼曰:"是儿早慧福薄,乞付我作弟子。"母不许。长好读书,解音律,善弈棋。误落武林富人,为其小妇。大妇奇妒,凌逼万状。(〔明〕张岱《西湖梦寻》之《小青佛舍》)

小青和冯生的正妻一见面，双方都为之一震。

聪慧的小青，事先就想象出冯妇会有嫉妒至极的心情，所以，她特地选了一身暗色的日常衣裳穿，素面朝天，低着头迈着小碎步，跟在意气风发的冯生后面，恨不得做个隐形人。

冯妇一见丈夫的样子，心中早已不快，再仔细看他身后的小青，更是妒火中烧。她一直听说，扬州的女孩儿不但貌美，而且吹拉弹唱样样在行，但她也知道，但凡有钱有势的想要寻小妾的人，都会冲着扬州去，要有相貌特别出众的，也许轮不到自己的丈夫，最多只能买回个寻常姬妾而已。所以当初她思前想后，最终答应了冯生的请求。

可现在，当小青亭亭地站在她的面前，她却无法淡定了。

吼声如雷，含怒而出。只见小青黛眉不展，容光暗淡，袅袅然恰似迎烟芍药。妇自上至下把小青仔细看了一会，但冷笑曰："标致！标致！"小青回鬟掩泪，愈加愤懑，然已是笼中鹦鹉，只得曲意承顺，而妇妒嫉之念不能少解。"（〔清〕徐震《女才子书》之《小青传》）

随着这几声"标致"，冯妇从含怒状态升级到了仇恨的顶点。

及见了小青之面，虽低眉下气，不敢稍露风流，而一段嫣然之态愈隐愈彰，冯妇之妒心遂已百结不磨矣。小青至此，无可奈何，唯曲意下之。妒妇见其卑下，愈疑其有深心，时刻自随，不令丈夫私一笑语。小青所带脂粉，尽皆撒去，书籍尽为烧毁，拘禁内房，

不通半线。(〔清〕古吴墨浪子《西湖佳话》卷十四《梅屿恨迹》)

小青低眉顺目的谦卑态度,丝毫没有使她得到冯妇的善待,反倒是让这悍妇更肆无忌惮地虐待她,用冯生的话来说,是"一骂就是三朝四夜,一打便到万紫千红,甚觉难堪"。

可怜的小青,欲哭无泪,度日如年。举目无亲的她,从来没有想到自己的命运会是如此悲惨。她自幼聪慧过人,跟随当女塾师的母亲学得多样斯文技艺,出入各种雅集,广交名媛,见识不凡。

所往之家,都是名闺宦室,遂能工习诗词,妙解音律。且江都故佳丽地也,每当诸闺秀云集之时,茗战手语,谈笑纷然。小青偏能随机酬答,出人意表,因此人人喜爱,惟恐小青不肯少留。虽则素闲仪范,而风情逸绝,绰约自好,其天性也。(〔清〕徐震《女才子书》之《小青传》)

所幸冯生有一姑妈是个通情达理的善心人,见小青眉清目秀,温雅不群,就设法暗中帮助她、保护她。最终得以说服冯妇,让小青迁居冯家在孤山的佛舍。冯妇虽然心中暗暗欢喜,但仍然不依不饶,给小青定下了一套苛刻的规矩:

孤山梅屿是我家别业,山水幽雅,甚与汝相宜。无论避郎隐秀,即有时见郎,或亦不碍我之眼。但我有约法三章,汝须遵守:非我命而郎至,不许接见;非我命而郎有手札至,不许开拆;汝有书札,必由我看,不许私递与人。若有一差池,决不轻恕。小青闻言,唯唯奉命。自放她住在梅屿内。

小青见了山明水秀，园中花木芬芳，池阁游鱼戏水，枝头好鸟嘤鸣，胜似在家日闻狺吠。但小青每自念："我之来，实是彼之聘，罪不可突加。今置我于此闲地，又明戒我不许一毫举动，必然广布腹心，暗藏耳目。略有风吹草动，定借莫须有之事以鱼肉我；则彼有词矣，我焉可不慎？"遂深自敛戢。虽有佳山水，亦不敢推窗纵观。（〔清〕古吴墨浪子《西湖佳话》卷十四《梅屿恨迹》）

六

孤山，本是个烟波环绕中的世外桃源，但却成了小青的囚牢。她怎么也看不到众多诗人笔下孤山的美景，诸如"门径独萧然，山林屋舍边。水风清晚钓，花日重春眠"，"十里湖光染绿衣，满船灯火夜忘归。凭谁寄语林和靖，近年梅花学雪飞"，自然也无法体会"钱塘之胜在西湖，西湖之奇在孤山"的含义。她放眼望去，满湖皆是眼泪，低头沉思，涌上心来的只有断肠句。

山在苏公堤畔，乃林和靖之故址。梅畦竹径，一水千峰，虽幸狺语得离，耳目清逸，然当梦回孤枕，听野寺之钟声；烟染长堤，望疏林之夕照，又未尝不黯然下泪也。因书一绝，以寄其幽怨云：春衫血泪点轻纱，吹入林逋处士家。岭上梅花三百树，一时应变杜鹃花。（〔清〕徐震《女才子书》之《小青传》）

孤独的小青，用幽怨为自己编织了一张密不透风的网，她不与人交往，也很少和人交谈，冯生有时会过来陪她一会儿，但小青对他早已心灰意冷，她从来就没有奢望在他的身上找到爱情的归宿。她同冯生姑妈送来的书籍相伴，她与自己的倒影说话，因为只有影子，才是最理解她的。她写诗作画，满纸都是心酸和悲凉。

小青病了,从她的内心到她的身体。

孤山的幽雅环境,被小青拢进了她深深的忧郁中,诗写到最伤情处的夜晚,总是"雨声淅淅,乱洒芭蕉;风响萧疏,斜敲窗纸;孤灯明灭,香冷云屏。而愁心耿耿,至晓不能成寐"。

小青之怨自此益深,而其幽愤之怀俱托之诗。或作小词,又好与影语。或斜阳花际,烟空水清,辄临池自照,对影絮絮如问答,婢辈窥视则不复尔,但微见眉痕惨然,似有泣意。(〔清〕徐震《女才子书》之《小青传》)

最后,她病入膏肓,感觉到自己的身体,连轻薄罗衣的重量也不能承受了,她喉肺如火般灼热,使她在一切食物面前忍不住干呕,无法下咽。

在留下一封绝命信之后,小青自觉不久于人世。

每天,她坐在床上看阳光在雕花窗扉上的移动轨迹,如此缓慢但又如此坚定,宛如她每时每刻都在失去的生命活力。她闭上眼睛,想象自己将会是一只终于挣脱了束缚、逃出了罗网的小鸟,在绿水如锦缎的西湖上展翅,她愿意在春花和秋叶中飞翔,愿意在寒风和白雪中飞翔,她的身体和她的灵魂,渴望的是同一样东西,那就是自由。

小青越来越觉得自己就是一只小鸟,她拒绝食物,每天只喝一盏梨汁来维持生命。她瘦得脱了形,但每天晨起必会挣扎着梳洗,对镜理妆,换上洁净明丽的衣服,就连身子孱弱到连坐起来都困难的时候,她也拒绝蓬头垢面地躺在床上。

那一天，太阳尚未升起，醒来已经很久的小青，觉得久违的生机又回到了她的身上。拿出被自己翻旧了的《牡丹亭》，她想，或许，自己还有一次机会，她愿意以自己所剩的所有精力和时光，来换取这个机会。

她叫年迈的女佣给久不露面的冯生带话，让他请一位画师来给她画像。

画师到了，很快，他就画完了眼前如仙人般姑娘的小像。

小青端详了一会儿挂在面前的小照，又转脸对着镜子细细看着自己的面容，最后长叹一声，轻轻说道：

"画得很像，但得形未得神。"

然后，乞求画师重画一张。

看了画好的第二张画像之后，小青摇了摇头，说：

"神韵虽然有了，可惜风姿未动。是因为我摆的姿势太过矜持僵硬，还要烦劳再画一幅。不要拘束了您的眼睛，我自闲耍，师自临摹。"

说完，小青起身和女佣一起扇火煮茶，或整理案上书籍，或微整衣衫，或与画师论说衣服内红外翠颜色的调配等，谈笑自若，仿佛又回到了她少女时在扬州赴雅集的开心时刻，此时的小青，神采飞扬、姣美绝伦，宛若一朵夕阳下熠熠闪烁的秋海棠。

须臾，图成，果极风雅之致。小青始笑道："如今都是了。"

画师走了，小青却没有倦意，她久久地看着面前的画像，画中人正当青春年少，面容姣好，眉眼之间的聪慧灵气中，却有抹不掉的忧郁。

她长叹几声，挂好了画像，在几前点上几支好香，浅浅地斟上一盏梨酒，躺了下来，一时泪如雨下。

香在白烟环绕之中静静地燃烧，仿佛在烧尽一寸寸短促的光阴。待香燃尽烟散去之时，小青望了一眼透过雕花窗扉照进来的阳光，斑斓雅致，像是为她的画像配上的一道镶边。她笑了，向自己即将逝去的青春生命作了最后的告别。

日向暮，冯生踉跄而来，披帷视之，见小青容光藻逸，衣态鲜好，如生前无病的一般，但少言笑耳，

〔清〕王槩等《芥子园画传》二集《梅谱》

不禁哀号顿足，呕血升余。徐捡得诗一卷，遗像一幅。读到《寄杨夫人》诗云：百结回肠写泪痕，重来惟有旧朱门。夕阳一片桃花影，知是亭亭倩女魂。（〔清〕古吴墨浪子《西湖佳话》之《梅屿恨迹》）

小青闭上眼睛之前的那一瞬间，她熟视无睹却从未真正领略过的西湖与孤山美景，像一幅幅长卷在她的眼前缓缓展开，她看到了湖上波光如银，堤上绿柳成荫，桃花夹着雨滴，在空中缠绵飞舞，紧接着，金黄的银杏叶落下了，在寂静中，叶子被风吹着回旋打转，如此安详、如此温暖。后来，黄昏未到，雪却已经默默地落下来，覆盖在不知什么时候悄然盛开的梅花上。

小青终于抬起了头，她脚步轻盈，朝她生平见过的最美丽的梅花走去——那是林和靖处士亲手栽下的最后一棵梅树。她知道，有一天，自己一定能像《牡丹亭》中的杜丽娘一样，在孤山的花海中，死而复生。

此后的某个明月当空之夜，一身素衣的冯小青，荷锄徐行，沿月华皎洁的小径，在孤山林处士的梅林边缘，种下第一株属于她的梅花。

新开双朵玉芙蓉

陶师儿,淳熙初行都角妓也。与浪子王宣教相眷恋,为恶姆所间。一日,王生拉师儿游西湖,比夜,舟泊净慈藕花深处,相抱投水中死。都人作"长桥月""短桥月"以哀之。(〔清〕徐逢吉《清波小志》卷下)

一

王生来到杭州的时候,正值江南梅雨季节,但他以前却不识何为黄梅雨季,只记得曾经读过晏几道的《鹧鸪天》:"陌上蒙蒙残絮飞,杜鹃花里杜鹃啼。年年底事不归去,怨月愁烟长为谁。 梅雨细,晓风微,倚楼人听欲沾衣。故园三度群花谢,曼倩天涯犹未归。"尤其是词中那句"梅雨细,晓风微,倚楼人听欲沾衣",像一幅略带忧愁的美妙图画,触动了他年轻而敏感的心。

他如其他来杭州寻找美好的人一样,去西湖边漫步,在西湖中泛舟。湖上一片细雨烟云,后头的青山影影绰绰,人在舟中,如在云雾中飘浮。王生向来自恃才高,但此刻,面对这良辰美景,欲想表述,却只觉江郎才尽,羞愧不已。待眼前这山光水色如落花飞走,如流水逝去,而他却连

〔明〕周翰《南屏烟雨图》（局部）

半点也留不到纸上。

王生的郁闷，并不是他独有的。自古以来，多少看过杭州梅雨季节的文人才子，放眼这时而云雾缭绕、时而阳光耀目的湖山，都有这种才思枯竭的感觉。

明万历年间（1573—1620），有位名叫尹伸的大才子，游西湖后写下了这样的文字，是被公认深得梅雨季西湖美景最佳意境的。

> 若乃梅时多雨，飘风终日，湖始波，波始声，水情始活，游情始壮，绮罗箫管始匿，渔蓑钓筏始见，此湖始专为吾辈所有，而湖上诸峰，出没于鬘云冷烟之中，偏全奇正，莫可端倪。其他市肆僧蓝，歌楼舞榭，柳堤竹屿，塔影桥虹，亦为烟水所转，摇曳模糊，别开生面。又或雨而或霁，霁而复阴，向之所谓模糊摇曳者，复变而明映萧远。一日之间，盖不知几春秋、几朝暮矣。（〔明〕尹伸《西湖游记》）

王生的才气，与这位明代大才子的距离实在太大了，他写不出类似这样优美高雅的文字，但这又有什么关系呢？这并不妨碍他——玉树临风的宋代青年王生，专为享乐、为风流、为美好而生而活。他看世界，有着不同常人的新奇视角，他有文化，有品位，有感觉，上天赋予了他出众的相貌和气质，他玩物但不丧志，玩什么都一定要玩出个高雅或独特的调调来。美，被他不停地发现、发掘，又被他不停地挑剔、遗忘。王生的生活哲学风雅而脱俗，但他有他的软肋，而且是无法被忽视的软肋——他并不富有。

家境一般的他，虽然从小就被赋予了读书科考做官的艰巨使命，但却没能成为人们期待中的少年俊才，更谈不上成为跳龙门的金鲤鱼了。过了弱冠之年，才是个迪功郎。迪功郎又称宣教郎，这种寄禄官，是宋朝文官等级中最低一级的官员，虽有官职，但无差遣，说白了，就是个领点朝廷俸禄、但没有在任何机构有任何职位的文人。

王宣教似乎并没有要在官场立志开拓的理想，他宁愿把时间花在走遍大江南北、领略四季变幻、歌唱风花雪月之上。

在这个初夏，他带着有限的银子，和一颗浪子之心，陶醉在让他略觉郁闷的江南梅雨季。

既然作不出令人耳目一新的诗文来，王生就暂且放弃了在舟中苦思冥想，让这出没于鬓云冷烟之中的湖上诸峰，在烟雨缥缈中自在。

他将视线，从仙境转向了人间。

二

接下来的几天，王生走遍了杭州城里最有名的几家大酒楼,同时,也没有错过清河坊周边的酒肆、茶楼和歌馆。在这些地方,留下了他的足迹和金钱,留下了一大堆借着酒兴与人唱和的诗句,大俗大雅,就如同酒肆外忽雨忽晴的杭城天空。

王生眼前的杭州,是个多么令人陶醉的地方!

那时宋高宗南渡已二十年,临安花锦世界更自不同。且把临安繁华光景表白一回,共有几处酒楼:熙春楼、三元楼、五间楼、赏心楼、严厨、花月楼、银马勺、康沈店、日新楼、虼蟆眼(只卖好酒),翁厨、任厨、陈厨、周厨、巧张、沈厨、张花、郑厨(只卖好食,虽海鲜、头羹皆有之)。

话说这几处酒楼最盛,每酒楼各分小阁十余,酒器都用银,以竞华侈。每处各有私名妓数十人,时妆艳服,夏月茉莉盈头,香满绮陌,凭槛招邀,叫做"卖客";又有小鬟,不呼自至,歌吟强聒,以求支分,叫做"擦坐";又有吹箫、弹阮、息气、锣板、歌唱、散耍等人,叫做"赶趁";又有老妪以小垆炷香为供,叫做"香婆";又有人以法制青皮、杏仁、半夏、缩砂、豆蔻、小蜡茶、香药、韵姜、砌香橄榄、薄荷,到酒阁分俵得钱,叫做"撒暂";又有卖玉面狸、鹿肉、糟决明、糟蟹、糟羊蹄、酒蛤蜊、柔鱼、虾茸、鳝干,叫做"家风";又有卖酒浸江瑶、章举、蛎肉、龟脚、锁管、蜜丁、脆螺、鲎酱、虾子鱼、鳘鱼诸海味,叫做"醒酒口味"。凡下酒羹汤任意索唤,就是十个客人,一人各要一味,也自不妨。过卖、铛头,答应如流而来,酒未至,先设看菜数碟,及举杯则又换细菜,如此屡易,愈出愈奇,极意奉承。或少忤客意,或食次少迟,酒馆主人便将此人逐出。以此酒馆之中歌管欢笑之声,每夕达旦,往往与朝天车马相接。虽暑雨风雪,未尝少减。(〔明〕周清原《西湖二集》

〔宋〕李嵩《货郎图》

卷十一《寄梅花鬼闹西阁》）

还有那些让人流连忘返的歌馆，虽没有酒肆名目繁多的吃食，但热闹程度也不在其之下。

平康诸坊，如上下抱剑营、漆器墙、沙皮巷、清河坊、融和坊、新街、太平坊、巾子巷、狮子巷、后市街、荐桥，皆群花所聚之地。外此诸处茶肆，清乐茶坊、八仙茶坊、珠子茶坊、潘家茶坊、连三茶坊、连二茶坊，及金波桥等两河以至瓦市，各有等差，莫不靓妆迎门，争妍卖笑，朝歌暮弦，摇荡心目。凡初登门，则有提瓶献茗者，虽杯茶亦犒数千，谓之"点花茶"。登楼甫饮一杯，则先与数贯，谓之"支酒"。然后呼唤提卖，随意置宴。赶趁祗应扑卖者亦皆纷至，浮费颇多。或欲更招他妓，则虽对街，亦呼肩舆而至，谓之"过街轿"。（〔宋〕周密《武林旧事》卷六《歌馆》）

在歌馆里讨生活的艺伎们，也不同寻常，"皆以色艺冠一时,家甚华侈"。

那一天,酒喝嗨了,诗作尽了,酒酣耳热之余,不知怎的,王生突然乐极生悲,消沉下来,心头突然涌上的一句"帘外雨潺潺,春意阑珊",让他陷入了无名的抑郁情绪中。

他若有所失,痴痴地望着窗外。

就在这时,她,宛如一个幻影,出现在他的视野中。

身穿如湖水绿色的衣裙的妙人儿,袅袅婷婷,从远到近,飘然而至。她白皙的面容,在梦幻的烟雨中时隐时现,头上的几枚珠翠,随着细碎的步子,上下颤动,如同在微风中开出的花朵。

她是来陪酒的角妓,芳名陶师儿。

在宋代的杭州,无论是私人聚会还是官方应酬,无论是在官库酒楼还是私营酒肆,都少不了呼唤些陪酒女郎,弹琴的、唱曲的,或者与客人一起吟诗作对、探讨艺术,甚至直接讨论哲学与人生的,也大有人在。

> 如府第富户,多于邪街等处,择其能讴妓女,顾倩祗应。或官府公筵及三学斋会,缙绅同年会、乡会,皆官差诸库角妓祗直。……诸酒库设法卖酒,官妓及私名妓女数内,拣择上中甲者,委有娉婷秀媚,桃脸樱唇,玉指纤纤,秋波滴溜,歌喉婉转,道得字真韵正,令人侧耳听之不厌。(〔宋〕吴自牧《梦粱录》卷二十《妓乐》)

一个出色角妓的风光模样,永远是很多人世界中的绚烂火花。

暂且撇下王宣教看到的陶师儿,来说另外一个与此相似的故事,故事的男主人公,是随着南渡人群到杭州的汴京人——卖油郎秦重。当他第一眼看到临安城的角妓、花魁王美娘时,她,就成了他活着的唯一理由,得到她的青眼,就意味着攀上了他心目中美好生活的顶峰。

秦重在寺出脱了油,挑了空担出寺。其日天气晴明,游人如蚁。秦重绕河而行,遥望十景塘桃红柳绿,湖内画船箫鼓,往来游玩,观之不足,玩之有余。走了一回,身子困倦,转到昭庆寺右边,望个宽处,将担子放下,坐在一块石上歇脚。近侧有个人家,面湖而住,金漆篱门,里面朱栏内,一丛细竹。未知堂室何如,先见门庭清整。只见里面三四个戴巾的从内而出,一个女娘后面相送,到了门首,两下把手一拱,说声请了,那女娘竟进去了。秦重定睛观之,此女容颜娇丽、体态轻盈、目所未睹,准准的呆了半晌……他原是个老实小官,不知有烟花行径,心中疑惑,正不知是什么人家。([明]冯梦龙《醒世恒言》卷三《卖油郎独占花魁》)

卖油郎秦重,被天大的幸运击中,他被派去美人家送油,他的满足感是巨大的,想象着每天能遇到这位美人,心中欢喜不迭。

正欲挑担起身,只见两个轿夫,抬着一顶青绢幔的轿子,后边跟着两个小厮,飞也似跑来。到了其家门首,歇下轿子,那小厮走进里面去了。秦重道:'却又作怪,看他接什么人?'少顷之间,只见两个丫鬟一个捧着猩红的毡包,一个拿着湘妃竹攒花的拜匣,都交付与轿夫，放在轿座之下。那两个小厮手中一个抱着琴囊，一个捧着几个手卷，腕上挂碧玉箫一枝，跟着起初的女娘出来。女娘上了轿，轿夫抬起望旧路而去。丫鬟小厮，俱随轿步行。（〔明〕冯梦龙《醒世恒言》卷三《卖油郎独占花魁》）

王美娘的悲惨身世和不幸命运，在这样雅致而奢华的排场前，被扫得荡然无存。

陶师儿和王美娘的命运如出一辙，集美貌和才艺于一身的她，除擅长吹拉弹唱之外，还精通诗书文辞，无论走到哪里，约会什么样的人，她都是出类拔萃的角妓。多年风尘生活的表面，是锦衣玉食、风光无限。人们看到的陶师儿，始终是笑靥如花的美人，似乎她从来不会不美丽，从来不会有伤心之时。久而久之，就连她自己，也似乎忘却了她的不幸。她是一只在金笼里生活的小鸟，笼子里的生活，是她的全部；她亦以为，金笼子，就是世界的全部。

三

浪漫才子王生，在看到陶师儿的那一刻，瞬间明白了自己失落伤感的理由。他的人生，如同一只断裂的玉玦，而她，恰好就是能补上那裂口的金箔，他们的相遇，不应该只是风月之约，而将会是金玉之盟。

从那个"春意阑珊"的梅雨天开始，陶师儿和王宣教就成了如胶似漆的一对恋人。

世人实践爱情的过程和方式大同小异，就连说的话、许的愿，都是那么相似。爱情的区别，只能在它的结局中看。风尘女子的爱情，向来以悲剧结局为多，陶师儿的也不例外。

随着王宣教钱袋饱满程度的下降，他们的爱情日渐艰难。对于妓家来说，陶师儿的定位，本就是一笔定要有大回报的投资，一棵果实丰硕的摇钱树，赚钱永远是刚需，摆在第一位。至于妓与客之间的感情嘛，也未尝不可以存在，毕竟，让她情意绵绵地赚钱，既会很养眼，也会很顺畅。

人常说，有了爱情，"就有了软肋，同时也有了盔甲"，可王生的软肋却实际得多，没多久，他的软肋带来的致命效应，出现了。

当他的钱袋开始瘪下时，陶师儿的鸨母，以她的敏锐和经验，及时发现了危机。她对满眼只看到爱情的两个年轻人旁敲侧击，想打探出是否有重新填满这迅速瘪下去的钱袋的希望。很快，她的猜疑得到了证实，依旧傲气逼人的王生，在她的眼中，只是一盏即将熬尽油的灯，继续让他与陶师儿交往，是桩十足的赔本买卖。

鸨母开始对王生恶言相向，不失时机地向他索要繁多的额外费用。混迹江湖多年的她，早就看透了这位年轻人。他表面的潇洒，掩盖不住捉襟见肘的窘态，鸨母自然不放过任何冷嘲热讽的机会。她眼看着陶师儿泥足深陷，颇不甘心，便开始为她寻找别的金主，她软硬兼施，让女儿冷落王生，去赴别的宴席和歌会。

王生的心情极坏，他的自尊心促使他无法忍受鸨母的鄙视，他有时会赌气，试图重新拾起以前放浪形骸的生活，但很快，他就开始厌倦这些，他发现自己拥有了一种全新的情感，这就是猜忌和嫉妒。

梅雨季的爱情，交缠着有着无名花香的湿润，掺和着忽雨忽晴的游戏，是含蓄腼腆的，是温文尔雅的。

接下来，随着火热的夏季来临，王生的爱情开始升温，同时升温的，还有他对陶师儿强烈的依恋和妒忌。

那是个晴热的早晨，他踱步来到湖边的茶楼，登楼眺望，只见湖中晨霭已退，水波粼粼，几只小舟悠悠荡荡，在荷花丛中穿行。在湖中央，停着一只画舫，也许是昨夜笙歌妙舞，通宵达旦，此时，只有一个绿衣女子静立船头，她云鬓未理，抬着头，痴痴地望着西湖南面的荷花。

见此情形，王生突然生出无限感叹，他想起了他的陶师儿，想起了她在夜宴应酬之后，在晨光中不知酒醒何处、红妆待整的样子，他的心不由得阵阵发疼。

就在昨晚酒酣之时，她送给他了一个香囊，浅红色的簇新细绢，捏在手上温软馨香，就像她的微笑："这是用新摘的玫瑰花瓣，在月亮下晾七天后做的，带在身上，遇到体温，香味会更浓郁，持香时间也会很长的。"

整夜，怀里揣着香囊的王生，被包围在那玫瑰花浓郁的香气中，心旷神怡。可当他醒来时，却突然记起了玫瑰花的别称，名曰"徘徊花"。

  玫瑰花，类蔷薇，紫艳馥郁，宋时，宫院多采之，杂脑麝以为香囊，芳氤袅袅不绝，故又名徘徊花。（〔明〕田汝成《西湖游览志余》卷二十三《委巷丛谈》）

王生愿意屈膝于徘徊花的颜色和芬芳，在她的身边流连徘徊，永不离去。但同时，他也情不自禁地想到，陶师儿送他徘徊花的寓意，会不会是在表明她不知何去何从的心迹?

胸前的香囊散发出一阵阵浓郁的玫瑰甜香,望着湖上连天的碧绿荷叶,王生萌发了一个念头。

黄昏时分,王生牵着陶师儿的手,上了泊在湖边的小船。晚风吹来了荷花的气息,陶师儿一身白衣,罗带飘飘,宛若天人。

小船在湖上漫无目的地行着,缓慢得像是在徘徊。

船不觉行至长桥,陶师儿低头,抚了抚身上白色的长裙,看到裙裾竟被晚霞染成了金红色。目光移入湖中,但见湖面金波粼粼,炫人眼目,雷峰塔顶挂着几块浓艳的红色云彩。这种喜庆的色调,让她近日郁闷的心情稍有缓解。

青楼的时光在日夜笙歌、灯红酒绿中,伴着角妓的青春流逝,如同大运河一去不返的逝水。

从她遇到王生的那一刻起,她的笑语欢歌,她在琴弦上的轻拨散弹,她在镜中的笑靥,微醺时的俏语,都仅仅是为了他。但王生的银袋,却如同一股越来越干涸的小溪,无法长久地滋润浇灌她。青楼女子,是个必须永远美酒满盈的金杯,她的枝头,无论春夏秋冬,都应该挂满奇花异果。

不知何时,天空和湖面已褪尽红霞,夏日的明月升上来了。她为他斟酒倒茶,浅吟低唱,想将这世上一个女人能给一个男人的温存,在一夜间全数奉献给他。

良宵苦短,船在长桥边泊了已久,艄公的一句话,竟成全了她的满腔痴情：

"客官，城门已闭，游湖么，也游到了尽头。"

"那么，就索性把船摇到湖深处，把酒言欢，赏花看月，岂不是人间第一乐事！"王生一声高喊，船，又缓缓地走了起来。

素手撩开细密的竹帘，只见湖上一座三孔石桥，双顶六檐亭子依偎在桥边，甚是秀丽。水面上的荷花，在月色下婷婷袅袅，清香扑面。

陶师儿心头一颤，自己为何不能是朵出淤泥而不染的荷花？眼前的西湖，霁月清风、荷香清露，不正是合她心意之处？湖水的轻柔，胜过她所有的绫罗绸缎，而荷花的香气，也会盖过金银錾花香熏里的沉香。

此时湖上的夜色，是苏轼《夜泛西湖》那首诗的写照：

菰蒲无边水茫茫，荷花夜开风露香。
渐见灯明出远寺，更待月黑看湖光。

王生和陶师儿的目光，在月光下相遇了，在彼此的目光中，他们看清了自己的宿命，验证了他们刻骨铭心的爱，没有彷徨，哪里来的徘徊？

舟往湖中划去，他们并没有像词人李清照那样，"兴尽晚回舟，误入藕花深处"，而是特意选了荷叶最密集之处。

早已愿意生死相随的王生，紧紧揽住了陶师儿的腰，两人抱在一起，四目相对，轻轻一跃，就滑入了荷花丛中，在莲藕的缠绵中，缓缓沉入湖底。

那夜，长桥边山色苍茫，月光如水。

从那时起，长桥，也就有了"双投桥"的叫法。有钱塘人吴礼之这样吟唱："意切，人路绝，共沉烟水阔。荡漾香魂何处，长桥月，短桥月。"（〔清〕徐逢吉《清波小志》卷下）

陶师儿，淳熙初行都角妓也。与浪子王宣教相眷恋，为恶姆所间。一日，王生拉师儿游西湖，比夜，舟泊净慈藕花深处，相抱投水中死。都人作"长桥月""短桥月"以哀之。（〔清〕徐逢吉《清波小志》卷下）

陶师儿和王生，从此以后，让长桥成了杭州的爱情桥，但如果仔细想想，可以说，他们选择了在长桥附近的西湖上殉情，也许是为了这里的荷花，在清代徐逢吉的《清波小志》中，长桥被描述成这样："长桥，相传旧在白莲洲。桥截湖面，水口甚阔。桥分三门，长亘里许，有亭临之，壮丽特甚。其旁植桃柳，与苏堤、白堤争胜。后浸淫填徙，两涯皆民居矣。"

他们投水处荷叶茂密的长桥，是后来"长桥不长"说法中的桥，但想必湖中的荷花，却和长桥还"壮丽特甚"时，没有很大差别吧。

四

元代诗人董嗣杲，写过这样一首诗："南港虚明驾石梁，寺楼钟鼓几斜阳。相传亭跨危基壮，谁见桥横古道长？澄水闸荒沙草碧，清波门近市尘黄。凤凰山在阑干外，玉抹烟屏鹭一行。"（《长桥》）

山川有异，风月无改，这首诗，把长桥古去今来的脉络，把周边那些具有代表性的地方，都描绘了一番：岁月悠长，被大自然浓缩了的长桥，斜阳下悠长清远的寺院钟声，传说中桥上那飞翼秀美的亭子，以及被草地覆盖了的古时出水闸口，已成了长长的古道，直通往那红尘喧嚣的清波门。凭栏眺望，近有白鹭飞掠而过的青翠南屏山，远处，是皇气褪尽仍悠然相向的凤凰山。

长桥周边的大小寺院众多，但古老净慈寺的晨钟暮鼓，应该是能传得最远的，年年月月日日，试图传递着，在世界万千变幻中，那些永恒不变的道理，那些向善的召唤。

最早称为永明禅院的净慈寺，是五代时吴越国国王钱俶为高僧永明禅师而建，是当时杭州最大的寺院建筑群。在后来的岁月中，寺里高僧云集，寺院的声望日重，规模不断扩大。宋代是净慈寺的鼎盛时期，这里高德汇聚，儒释交融，有着强烈的人文气息，可与灵隐寺比肩。两寺各居杭城南北，被列入东南地区最重要的禅院行列。

自建寺以来，多逢天灾人祸，屡毁屡建。到了南宋嘉定年间（1208—1224），净慈寺无论从建筑规模还是从寺僧的数量上来说，都达到了巅峰状态。当时该寺有中心五层主殿，再加上偏殿，各类阁、堂、轩、楼等三十余座，寺僧数千人。

这古刹净慈寺本是风水宝地，人杰地灵。高僧禅师的传奇甚多，还有许多仙道之辈、世外高人，常在此流连忘返，生出些新鲜的事情来。

有个名叫李芨（字定国）的年轻书生，读多了圣贤书，觉得枯燥起来，一心想看看世界有多大，更想看看繁华的杭州。某一天，他收拾行囊，不畏路途遥远，千里迢迢从山东济南来到江南名都。

李芨借宿于临湖的军营中，四处上课听讲座，也寻点书生力所能及的事情做做，挣点口粮，日子过得逍遥自在，也算是一段愉悦的游学经历吧。

在闲暇时光，李芨游遍了杭州的山山水水，听尽了市井间形形色色的奇闻逸事。

有一天，他听到了一个自觉迄今为止最神奇的故事，所以，他下决心要重新去一趟故事的发生地。

李芨听到的这个传奇故事，就发生在净慈寺中。

"杭州西湖之净慈寺，一名南屏"，很多年前，四个年轻的书生，借宿于净慈寺的僧舍中，在读书弹琴、舞文弄墨之余，少不了常常出寺散心闲逛。一日，一个拄着拐杖的道士，从远处径直向他们走来。此人像是从远古时代穿越而来，相貌奇特，双眼炯炯有神，漆黑的长髯垂在胸前，长达一尺多。他一身古装，宽袍大袖，步态从容洒脱。

这个不同凡响的人物的出现，在四人眼中，就像是幻觉。待他们揉眼细看之时，道士已经大大方方地跟他们打招呼了。

四个书生惊奇异常，争先恐后地与他交谈，问他从何处来、到何处去。道士不慌不忙，逐次回答，他口若悬河，妙语连珠，而且说古道今，无所不知。

众人更是惊呼不迭，再三邀请他去他们住的僧舍继续聊。

〔清〕麟庆《鸿雪因缘图记·净慈坐禅》

到了寺中,年轻人们拿出吃食茶酒招待道士,并腾出一间房来让他留宿。

从此,奇特的道士在净慈寺的僧舍中住下了,他很安静、很低调,白天出门、夜里回来,没有人知道他去哪里,更不知道他每天都在干什么。

就这样,两个月过去了。有一天,道人突然与众人说,不日他将要离去:

"贫道久寓于此,费诸郎君薪水不赀。今方告归,凄眷如何!明日请张筵作别,兼有薄赠。"众皆笑,心计道士不持寸赀,何由设宴召客?谬许之。(〔明〕钱希言《狯园》卷三《仙幻·南屏寺幻戏》)

第二天,果然,直到天色渐暗,道士尚踪迹全无。

四个年轻人也一笑了之,本来就觉得这是个天大的玩笑嘛,道士只是一时冲动乱许愿而已,哪会有什么离别宴席!

就在这时,道士回来了。他两手空空,迈着优哉游哉的步子,哪里像个要张罗晚宴的人!

见此情形,四人觉得有必要讽刺他一下,太不甘心被他白白戏弄了!

"大师啊,我们都饿着肚皮,在等着您许诺的宴席呢!这白天等了一整天没等到,难道非要等到夜里才有得吃吗?"

"诸位君子,诸位君子,不用担心!请你们把这案上的书籍和琴什么的,都移到别处去,腾出地方来好大摆宴席呀。收拾完了请各位先出屋,锁上门,候着就行了。"道士哈哈大笑一声,道。

平日里没少听他说些不着边际之事,书生们虽觉得他此言莫名其妙,但事到如今,也就随他的意,想看他究竟如何收场。只用了一会儿,就将摊了一桌子的东西收拾好了。

俄而道士与四书生携手闲步,不觉行至雷峰塔下,徙倚半晌,忽谓四书生曰:"计此时薄设将毕矣,盍反乎?"众应声而还入寺,隐隐闻笙歌鼓吹之声,不知何等,渐近则即其室也。启户视之,绮筵罗列,水陆毕登,器物金银犀玉之属,目所未睹,歌童舞女,递近于前,幕帘茵凭,华焕无比。([明]钱希言《狯园》卷三《仙幻·南屏寺幻戏》)

四个书生被眼前这样豪华奢靡的排场,搞得晕头转向，难道这些山珍海味、金银玉石犀角美器，这些侍仆和绮丽的歌舞者，就是道士方才口口声声的"薄设"吗？

他们在心中暗暗叫奇之余，想起方才对他的"妄语"嗤之以鼻的态度，都免不了有点难堪，坐在席前忐忑不安，迟迟不敢下筷。唯有道士像没事人一样，吃喝自如，谈笑风生。

这场豪华宴席一直延续到夜深才散，道士将案上所用的金银器拢在一起，分作四份，赠与四书生每人一份，以此来答谢他们对他一直以来的关照。

四个年轻人这才回过神来，难不成遇上的是真正深藏不露的高人？他们齐齐下拜，恳请道人透露他的尊号。

"诸位君子，难道你们从未听说过曾广吗？"

"嗯嗯，那位大名鼎鼎的异人，自然听说过。"

"本人即是。"

"曾广在江陵被擒，在京师已伏法被处死，如今大师怎么又自称是曾广呢？"

道人听罢，哈哈大笑，说，当初天下人造反，他觉得，此时不出世，天下人就不会知道有曾广。学仙得道之人，岂是灾祸和武器就轻易能伤害的。在众目睽睽下，当官兵在长安即将擒到他的时刻，他略施技法，隐形而遁。江陵官府为了威慑众人，从狱中提出一个死囚犯斩首，谎称是他，欺骗了天下人。

道人抚着漆黑的长髯，继续笑道：

"回忆起当年长安闹市中所用的幻术，呵呵，其效果啊，现在想想，真像是个梦啊！"

四个书生听到此，心中无限折服，一同齐齐下拜："大师果然是活神仙！是否可以屈尊做一二幻术，让我们也开开眼界？"

道士也不推辞，呼众生一起出屋，下了台阶。然后，他一人倚墙而立，瞬间，他像是被墙面吸进去了一般，在众人面前消失了。

书生们呆若木鸡，半晌才反应过来。迅速冲回屋里，眼前的一幕更让他们惊讶到怀疑人生：方才伺候宴席的侍仆与歌舞音乐者已杳无踪迹，只有桌上的金银器皿，还在灯光下熠熠发光。

次日，闻听杭州城中一官宦人家夜宴，极尽奢华。宾客满堂之时，丝竹鼓乐奏起，歌舞升平。突然，歌妓舞女无故倒地，皆如患急症。旋即，厅中怪风四起，宾客大惊，纷纷遁走。直到后半夜，倒地诸人方才醒来，但席上金银器物丢失甚多，官府就此在四处稽查，缉拿盗贼，但无果。

四书生闻此，相视良久，然后迅速分头收拾，在那天夜里悄悄地关上净慈寺僧舍的门，离开了杭州。

后来，江湖上流传说，他们将金银器皿变卖之后，就好似在这世界上销声匿迹了，如同长髯道士曾广一样，只留下了这段传奇。

再说李芨，听闻这事之前，也曾到过净慈寺，但现在，伴着这个神奇的故事，他要再去体验一下。

细雨如酥的早晨，济南书生走上了去净慈寺的路。

他走上长桥，伫立四望，南屏山被雨雾遮得严严实实，眼前的西湖，雾气袅袅，如水墨绘成一般，依稀可见的雷峰塔，在缭绕的云中，如海上楼阁。

方才从远处看到的那一团绿色云雾，随着他的步子，变得清晰了——是一片青翠的竹林。在春天的雨中，每一片竹叶都在无拘无束地舒展。他知道，离净慈寺不远了，"净慈寺向有乔松修竹，望之郁然深秀"。

李芰被这纤尘不染的青葱打动了，他走进竹林，抚摸着湿漉漉的竹竿，叶子上的水珠滴下来，流在他的脸上，一种从未领略过的清凉沁入肺腑中，他在竹林中陶醉了，竟然迷失了去净慈寺的道路。

在竹林的深处，依稀可见一个青衣人的背影，李芰轻拨竹枝走近，只见一位高髻道士在专注地挖笋。

李芰施礼后低声问路，说欲往净慈寺膜拜五百罗汉塑像。道士点了点头，微笑着说，先不要急着去，留在这里，等烧好笋，一起吃了再去不迟。

李芰欣然应允，寻来几块洁净青石，在细雨微风中同道士坐食烤笋。笋之鲜美脆嫩，是他有生之年从未尝到过的。

只一会儿，方才的小雨突然变大，且刮起了大风，林中竹浪翻涌，遮住了天光。

待风雨稍小，李芰突然发现，方才坐在一起同食笋的道人，已不知去向。他大惊失色，双腿发软，伏在地

氤氲南屏

上久久不敢起身。

> 俄风雨晦冥,失道人所在。菱惶惧,伏林间。少顷雨止,寻径而出,至寺门下,觉身轻神逸,行步如飞。洎归舍,不复饮食。(〔宋〕洪迈《夷坚志》夷坚丁志卷十八《李菱遇仙》)

五

可不管怎么讲玄幻故事,怎么描绘那些走过长桥、出入净慈寺或隐居于南屏山的神仙道士、世外高人,无论他们的幻术、辟谷术或长生不老术如何出神入化,但在杭州这一带,他们的名气,永远不能与一位和尚比肩。

关于他,在各种史料尤其是笔记小说中,有各种版本的描述,比如:

济颠者，本名道济，疯狂不饬细行，饮酒食肉，与市井浮沉，人以为颠也，故称济颠。始出家灵隐寺，寺僧厌之，逐居净慈寺。……人有为之赞曰："非俗非僧，非凡非仙。打开荆棘林，透过金刚圈。眉毛厮结，鼻孔撩天。烧了护身符，落纸如云烟。有时结茅宴坐荒山巅，有时长安市上酒家眠。气吞九州，囊无一钱。时节到来，奄如蜕蝉。涌出舍利，八万四千。赞叹不尽，而说偈言。"（〔明〕田汝成《西湖游览志余》卷十四《方外玄踪》）

孝宗时，一僧募缘修殿，日餍酒肉而返，寺僧问其所募钱几何，曰："尽饱腹中矣。"募化三年，簿上布施金钱，一一开载明白。一日，大喊街头曰："吾造殿矣。"复置酒肴，大醉市中，握喉大呕，撒地皆成黄金，众缘自是毕集，而寺遂落成。僧名济颠。识者曰："是即永明后身也。"（〔明〕张岱《西湖梦寻》卷四《净慈寺》）

这位被描绘成"其母梦吞日光而生"的天台人，应该算得上净慈寺中最精彩的出家人了，他就是道济和尚，世人称他为济公。

当陶师儿和王宣教双双投水，在花繁叶茂的荷花中沉下湖底的那个时间段，也是净慈寺中那个与桥上桥下所发生的许多故事有关的济公，在长桥上走过频率最高的时候。

济公出家前的名字叫李修元，这是国清寺长老赐给他的名字，他的慧根与命运，在出生的那一刻，就被天台山国清寺的长老锁定了，并嘱咐李家，让他到了弱冠之年就赴杭州灵隐寺，拜长老慧远为师。

十八岁时,他离开故乡来杭州,这一路,让他着实开了眼界。

> 迤逦过钱塘江,登岸入城,径到新宫桥客店安歇。次偕早所随带侍者,绕城闲玩,至晚乃还,谓主人曰:"久仰临安盛概,小生特来闲玩。"主人曰:"此城市中,无非官府、衙门、街坊、铺店,有何好处。若要闲戏,盍在南北两山诸寺?西湖胜景,天下罕有。"元曰:"有一灵隐寺却在何处?"主人曰:"此寺正在西山飞来峰对。"元曰:"路从何达?"主人曰:"出钱塘门,便是西湖。过保俶塔下,沿湖北山,至岳武穆王坟入西,乃是灵隐寺。前有石佛洞、冷泉亭、呼猿洞,无穷佳景,水明山秀。"元曰:"此寺有几多僧众?"主人曰:"约有三五百僧,上年殁了住持长老,往苏州虎丘山请得一僧,名远瞎堂,此僧善知过去未来之事。"元曰:"来早即当往见。"(〔明〕沈孟桦《钱塘湖隐济颠禅师语录》)

李修元次日去灵隐寺找到了慧远长老,剃度出家,名为道济。

道济的和尚生涯颇为艰辛,主要是他虽有慧根但无出家人应有的表相,这表里的不统一,让他在出家人中算得上一朵奇葩。

他不遵守出家人的规则,不喜打坐念经,却嗜好酒肉,衣衫褴褛,混迹于市井间,常做怪事、说疯话,被人称为"济颠"。师父慧远圆寂之后,道济被排挤出了灵隐寺,被南屏山的净慈寺收留,净慈寺的住持德辉禅师,是个能透过现象看本质的豁达之人。

到了净慈寺后,道济仍旧癫狂无忌,我行我素。他

灵隐寺

的言行,常被寺中其他出家人诟病,冲突不断。但他并不在意,他在寺外到处走动,在社会上广交朋友,经常做些救死扶弱的事情。无论是在官府做事的人,还是市井间的小商贩,甚至是妓家,他都一视同仁。在寺中念经打坐参禅,似乎不是济公乐意做的事情,他更愿意穿着那领长满虱子的破直裰,每天在杭州城内外奔波,募缘妆佛,做些超度法事,助人为乐。

自然,也少不了到处痛快喝酒、一醉方休。长桥上王公的馉饳儿店，对他来说，是处温暖而轻松的落脚点，他在这里无拘无束，吃喝下棋聊天，不亦乐乎。

> 忽一日济公闲步出山门，走至长桥堍下，只见卖馉饳儿王公，在门首擂豆。王公曰："济公多时不会。"济公曰："我被灵隐寺赶出来，今共你做邻居。"王公曰："你坐一坐。待我买卖静些，同你下棋。"就掇条凳子，在门前按下棋盘。济公曰："我侬赢得，迟一盘馉饳；若输了，你便打我一个栗爆。"王公大笑。二人下了五六盘，济公却输了一盘。王公曰："出家人不打你，只与我写一招牌。"（〔明〕沈孟柈《钱塘湖隐济颠禅师语录》）

长桥王公卖的馉饳儿，是宋代杭州街头常见的小吃，应该是北方传过来的，是种面皮中裹馅，用油煎或水煮的面食。

《武林旧事》的《市食》篇提到的街头小吃中，它被排在首位：

> 鹌鹑馉饳儿、肝脏夹子、香药灌肺、灌肠、猪胰胡饼、羊脂韭饼、窝丝姜豉、划子、科斗细粉、玲珑双条、七色烧饼、杂炸、金铤裹蒸……（〔宋〕周密《武林旧事》卷六《市食》）

明代洪楩的话本小说《清平山堂话本》中，也有关于这种吃食的相关描述，这里的馉饳儿，看上去是油炸的。

东京汴州开封府的枣槊巷中，有个小小的茶坊。一天，有个相貌猥琐的探子，来到茶坊落座。

> 只见一个男女托个盘儿，口中叫："卖鹌鹑馉饳

儿！"官人把手打招，叫："买馉饳儿。"僧儿见叫，托盘儿入茶坊内，放在桌上，将条篾篁穿那馉饳儿，捏些盐，放在官人面前，道："官人吃馉饳儿。"（〔明〕洪楩《清平山堂话本》卷一《简帖和尚》）

鹌鹑馉饳儿，应该是面皮包的馉饳，有着类似鹌鹑鸟的形状。

长桥上卖馉饳儿的王公，生意做得不错，他的性格和气，手艺过硬，用来做馉饳儿和其他点心的食材新鲜，工艺上从无半点懈怠。再加上长桥在寺院附近，地处城区和西湖游览区之间，每天人来人往，就连到了晚间也很热闹，这摊头的地段，给他的买卖带来了很高的人气。

王公是个聪明人，他意识到了广告的重要性，宁可放弃在济公脑袋上敲个实实的"爆栗子"的痛快，也要让他给自己写一个招牌。

济公是个爽快人，对王公的要求，他满口答应，只是先不索要笔墨纸砚，而是到对门的万家酒店里，一口气喝下了十五六碗酒；这才回到王公处，提笔在白纸上写下了十个大字："王家清油细豆大馉饳儿。"王公大喜过望，忙不迭地仔细收起来，待明日去托人做招牌用。

可谁也没想到，有一天，王公家出大事了！

早起，济公乐颠颠地从寺中出来，优哉游哉，闲行至长桥边上，看见王公店铺门上贴着米白纸的讣告，里面传来阵阵哭声。济公大惊，心想肯定有什么不测，便夺门而入，只见全身素白重孝的王婆，守在棺材旁边哭泣：卖馉饳儿的王公，昨夜间突然去世了。

王婆一见他,更是泣不成声,她请求济公道:

"阿公和你素好,后日出殡,你来送葬,就请你下火。念阿公平日之面,说两句禅机,令他西方去。"

济公忙应诺,低头走出王公家,拖着步子走至桥上,仿佛再也走不动了, 他闷着头坐在长桥上,望着脚下的湖水,半晌不动。

给王公出殡的那天,济公起了个大早,到了火化处。

丧事将起身,济公曰:"我一发替他引路。"口念云:

"馉饳儿王公,秉性最从容。擂豆擂了千来担,蒸饼蒸了千余笼。用了多少香油,烧了万千柴头。今日尽皆去散,日常主顾难留。灵棺到此,何处相投?

济公像

咦！一阵东风吹不去，鸟啼花落水空流。"

一壁起棺。行至方家峪烧化，济公手提火把，亲自点火，将老友王公的棺木点燃，送他去极乐世界。（〔明〕沈孟柈《钱塘湖隐济颠禅师语录》）

济公主持的火葬仪式还有很多场，其中不但有人的火葬仪式，还有蛐蛐儿的，他在持火把点燃棺木之前，都会以他的才情和睿智，念上一首充满禅意、诙谐但不失亲切的"法语"，来慰藉死者的亲朋好友。

陶师儿和王生，在长桥边的荷花丛中，相拥着投水而死之后，两家人将尸体从湖中打捞上来，入殓后，分别停放在西湖边的两座寺院中，陶师儿的棺材停在金牛寺，而王宣教的，则被放在了兴教寺。

两个寺院按照丧事仪式的流程，念完经、做完法事，准备火葬。可奇怪的是，无论是陶师儿棺下的柴堆还是王生棺下的柴堆，无论怎样都点不着火，这可不是个好兆头。

不知所措的两家人，赶紧找来了杭州城里处理"奇异事件"能力最强的和尚——道济。

济公问了陶师儿和王生的故事，心中明白了事情的原委。他先赶到了金牛寺，在陶师儿的棺木前，念了起来：

恭惟秀玉小娘，手扳雪浪，魄散烟波。饮琼液以忘怀，跟银波而失步。易度者人情，难逃者天数。昨宵低唱阳关，今日朗吟薤露。母老妹幼，腹断心酸。高堂赋客，黄昏无复卷珠帘。伴寝萧娘，向晚不去褰绣幌。化为水上莲花，变作泥中玉树。

咦！波平月照绿明间，莫问王郎归甚处！（〔明〕

沈孟桦《钱塘湖隐济颠师语录》)

念罢,遂移陶师儿的棺材,往兴教寺同化。

济公立于桥上,手执火把,道:"大众听着:
切见王生宣教,陶氏秀玉,原欠前世,鸳鸯债负。荆棘丛中连理,爱欲池中比目。双双共堕波心,两两同沉沙渍。今朝带水拖泥,怎免这场劳碌。王公呜呼且住,陶母暂停悲哭。陡顿这些公案,山僧与你判牍。咦!赁此火光三昧,各认本来面目。"
念罢,只见两道红光,合做一处。(〔明〕沈孟桦《钱塘湖隐济颠禅师语录》)

这样,两个生前相爱而不得圆满的年轻人,在济公的帮助下,以"两道红光,合做一处"的形式,永远合为一体。

六

宋代的火葬比较普遍,主要原因有几个,佛教的世俗化和平民化,城内居住者在购买土葬墓地时的各种困难,都使很多人,尤其是城市居民选择火葬形式,地少人多的杭州城中的居民,也是如此。

有经济能力的人们,即使采用为逝去亲人火化的形式,也要采用与土葬仪式相同的一些方式,请僧人或道士在火化堆前念经超度,并焚烧大量的纸钱及纸糊成的陪葬品,其中会有马匹、奴婢、骆驼、鞍具、装饰品等。在元代到过杭州的意大利旅行家马可·波罗,在他的游记中,就有类似的记述。另外,很多佛教寺院,也具有火化场所的职能,就像陶师儿和王生故事里提到的杭州的金牛寺和兴教寺一样。

在古人的小说传奇中，有关宋代最有名的殡葬行业团头，肯定要数施耐庵笔下的何九叔了。追溯他如何处理武大郎"害心疼病暴死"事件，就能看出，当时的火葬，从仪式到具体操作，都已经非常成熟，应该是普及很广的殡葬方式。

何九叔被潘金莲的帮凶王婆请去查看尸体时，突然"大叫一声，望后便倒，口里喷出血来。但见指甲青，唇口紫，面皮黄，眼无光"，昏倒在地。因为他察觉出了武大郎是中毒身亡，但在那个节骨眼上，他没有勇气指出，可又怕日后武松回来找他算账，只好佯装晕倒，也算是缓兵之计，回家后和老婆想出了应对之策。

随即，他叫来了"火家"，让这个具体操办火化的人去帮着入殓。

火家听了，自来武大家入殓。停丧安灵已罢，回报何九叔道："他家大娘子说道，只三日便出殡，去城外烧化。"火家各自分钱散了。何九叔对老婆道："你说的话正是了。我至期只去偷骨殖便了。"且说王婆一力撺掇那婆娘，当夜伴灵。第二日请四僧念些经文。第三日早，众火家自来扛抬棺材。也有几家邻舍街坊相送。那妇人带上孝，一路上假哭养家人。来到城外化人场上，便教举火烧化。（〔明〕施耐庵《水浒传》第二十六回《偷骨殖何九叔送丧　供人头武二郎设祭》）

走完火化前的仪式流程，何九叔这才有机会获得证据。他假装来火化处给武大郎烧纸，悄悄地从火中捡出两块骨头，又趁没人注意他，将其浸在池水中，骨头酥黑的样子，确证了他的猜疑。

南宋吴自牧在《梦粱录》中，记载了当时杭州有关火葬的故事。

有位叫蔡汝拨的人，不认可母亲死后被父亲火葬的做法，认为这样的葬法没有墓地，无处可去祭奠追忆母亲，每当说起此事便悲伤至极，泣不成声。他成人之后，用木头雕刻出母亲的人形，给雕像穿上衣服，按照土葬的做法，用棺椁入殓埋在地下，并在此处起了坟头，请僧人常年念经供奉。

木娘墓，在艮山门太平乡华林里蔡塘东。昔蔡汝拨之庶母沈氏卒，汝拨尚幼，父用火葬，汝拨伤母无松楸之地，尝言之辄泣。自后长成，以木刻母形，以衣衾棺椁择地葬之，仍置田亩，造庵舍，命僧以奉晨香夕灯，乡人遂称为木娘墓。（〔宋〕吴自牧《梦粱录》卷十五《历代古墓》）

清代的笔记小说家朱海，在他《妄妄录》中的一篇题为《鬼畏火葬》的小故事中，开篇就这样写道：

杭俗尝有不葬其亲，亲死以棺焚之，收其骨至于缶而瘗之。

有一天，一位诸暨的官员，出公差到杭州，诸事繁多，没有算好回城的时间。结果事情办完，欲想入城时，城门已紧闭。

无奈，只好在候潮门外泊舟，静候天明。

时明月如水，清露未下，登岸独自散步，见有夫妇相持痛哭，旁有一叟慰藉之曰："江干有瑜伽会，且去杯酒乐。"答曰："烈火之惨在明日，念而战栗，复何心饮酒耶？"

因询之,叟与夫妇忽不见。视其侧,有三棺暴露于道。

次日,进城谒上宪出,见二棺架火已烬,因乞诸上司严禁火葬之俗。惜政虽慈而令不行,至今余在武林时见焚棺收骼者。(〔清〕朱海《妄妄录》卷二《鬼畏火葬》)

与这个故事中畏惧烈焰烧身的夫妇不同,在长桥下为爱殉情的陶师儿和王生,他们既然连死都不畏惧,又怎么会害怕肉体的"浴火之痛"呢?他们的魂,在冥冥之中,依旧坚守着他们许下的生死不分离的诺言。

或许,他们真的像济公等人看到的那样,肉体随着烈火灰飞烟灭,而烈焰之后,灵魂成了合为一处的两道红光,升腾到了一个更自由、更美好的空间中,在那里可以永远相随相爱。

但他们不会走远,他们终究不舍得离开这大好的湖光山色,不舍得杭州的三秋桂子、十里荷花,会留在了长桥下——他们失去生命、获得新生之处,就像元代富春诗人冯士颐的《和西湖竹枝词》中写的那样:

与郎情重得郎容,南北相看只两峰。
请看双投桥下水,新开双朵玉芙蓉。

仗剑行至断桥头

断桥又名段家桥,万柳如云,望如裙带。白乐天诗云:"谁开湖寺西南路,草绿裙腰一带斜。"(〔宋〕周密《武林旧事》卷五《湖山胜概》)

一

这世界上有一种人,可谓天之骄子:德才兼备,财力雄厚,豁达豪爽,智勇双全,外加玉树临风、相貌堂堂。这类人在芸芸众生中,着实是凤毛麟角,谁要是能拥有如此朋友,是件非常幸运而又难得的事情。

杭州城内有一个家道中落的李姓书生,老实本分、温和谦让、腼腆内向,又不善言语,是个普通人中的普通人。可他,却恰好有这样的幸运,有位符合上述品质特征的好朋友。

话说杭州府有一贾秀才,名实,家私巨万,心灵机巧,豪侠好义,专好结识那一班有义气的朋友。若是朋友中有那未娶妻的,家贫乏聘,他便捐资助其完配;有那负债还不起的,他便替人赔偿。又且路见不平,专要与那瞒心昧己的人作对。假若有人恃强,

他便出奇计以胜之。种种快事，未可枚举。（〔明〕凌濛初《初刻拍案惊奇》卷十五《卫朝奉狠心盘贵产 陈秀才巧计赚原房》）

李生家有老母，又没什么固定收入，生活一直窘困不堪。但他心气高，在朋友面前，从不多谈家事，尽量掩饰自己的窘态，更不愿意让人来解救他于水深火热之中，就这样惨淡经营多年，朋友圈中很少有人知道他真实的生活状态。只有细心又善解人意的贾实，对李生的情况有一些了解，他从来都避免直接询问李生，但会以各种得体而低调的方式帮助他，使他的自尊不受到伤害。

那一日，清明刚过，春色未老，城外风光绮丽，柳暗花明。踏春赏景的游人，把西子湖畔的每个角落，都填得熙熙攘攘。从二月中旬开始到端午节结束的西湖香市，给杭州带来了大量的外地香客，也带来了勃勃生机。本地人知道，候鸟般的香客们的来临，是杭州春天，这个最美丽季节开始的标志。

住在老城区的贾实，被这些天温柔的春风撩得心里痒痒的，起了玩兴，要去游湖，于是派书童去找久未见面的老友李生。他记得李生祖宅就在离断桥没几步的昭庆寺边上，就约了他在断桥边的酒肆喝酒畅谈。

之所以约在断桥边，是因为土生土长的杭州人贾实，太了解在西湖香市期间，这一带人来人往的热闹景象了。

贾实觉得李生住的昭庆寺那边，香客太多，过于嘈杂。人们，尤其是妇女们，穿着出客穿的新衣服，身上带着樟木箱深处的气息，大呼小叫地在商铺和摊头前购物，被汗水打湿的头发，有时会从发髻中散落下来，粘在她们因亢奋而烧得红红的脸上。

可当她们离开昭庆寺前的市场，走到断桥时，情形就不一样了。买的东西已经被收入斜背的粗布烧香袋中，散在脸庞上的乱发，也被重新细心塞入了发髻里；她们的呼吸变得平稳，脚步变得轻松，满足与幸福的笑容，如同花朵一样，绽开在她们乌黑的眼睛里。是啊，秘密在心中耕耘的许多向往和愿望，积攒了整个夏天、整个秋天和整个冬天的私房钱，都在这一天，找到了挥霍和宣泄的空间。此时，她们的快乐，是亢奋过后的放松，是紧张过后的从容，这是一种纯粹的快乐，它是宁静而深邃的。

西湖香市，是赋予许多人快乐、让他们长久拥有这种快乐的场所。快乐——这个人类珍贵的情感状态，在这里，有了最自然的实现。快乐，随着西湖的清波、暖风、鸟啼、花香，涌入人们内心深处，属于市集上的买主和卖主。

天竺香市　引自《雍正西湖志》

杭州人贾实,是个热爱快乐的人,他不仅希望随时给别人带来快乐,而且喜欢分享这世界上所有的快乐。

他享受西湖香市的快乐氛围,更享受香客们离开昭庆寺市场后,走到断桥时怦然心动而深邃的快乐。他会被人们这种发自内心的快乐、这种纯情的快乐感染,为这种快乐而倍感幸福。所以,他从不放弃在西湖香市期间踏春赏景的机会,以共享天下人的快乐。可他选择观人赏景的位置,自有他的讲究。

顾名思义,西湖香市,是根据进香客的需求而繁荣的市场。有关香市,历代存有许多记载描述,其中,要数明代大才子张岱的文字最为精彩。

> 西湖香市,起于花朝,尽于端午。山东进香普陀者日至,嘉湖进香天竺者日至,至则与湖之人市焉,故曰香市。(〔明〕张岱《陶庵梦忆》卷七《西湖香市》)

张岱与前人一样,写香市,先从江南一带的花朝节说起。

江南民俗,将农历二月十五日定为"百花生日",称之为"花朝节"。当西湖花开满园时,花朝节便到了。

> 仲春十五日为花朝节,浙间风俗,以为春序正中,百花争放之时,最堪游赏,都人皆往钱塘门外玉壶、古柳林、杨府、云洞,钱湖门外庆乐、小湖等园,嘉会门外包家山王保生、张太尉等园,玩赏奇花异木。最是包家山桃开浑如锦障,极为可爱。此日帅守、县宰,率僚佐出郊,召父老赐之酒食,劝以农桑,告谕勤勉,奉行虔恪。(〔宋〕吴自牧《梦粱录》卷一《二月望》)

二月十五，百花齐放，在这赞叹大地回春、草木葱茏的特殊日子里，为百花生日欢庆的人们，除了去踏青赏红之外，必定会到城内城外的庙宇道观焚香念经，祈求佛祖神灵的保佑。除了杭州本地人外，大批外地香客，从这一天起，就会成群结队地来到杭州，他们将走遍各大寺院佛堂，烧香祈福，同时，这些香客也是杭州西湖等地观光客的主要组成部分。

花朝节期间，杭州城内城外的各大寺庙道观，都会燃起华灯，为民祈福，佛事盛会上，幡幢飘扬，供桌上，满是各种奇花异果，庙堂内，悬挂明贤书画。寺院大型的涅槃会，一般也在此日举行。明代田汝成的《西湖游览志余》第二十卷《熙朝乐事》中写有："是日，宋时有扑蝶之戏，今虽不举，而寺院启涅槃会，谈《孔雀经》，拈香者麇至，犹其遗俗也。"

有人之处，必定有市，因有了虔诚香客组成的滚滚洪流，各行各业的繁荣也应运而生。西湖香市，就这样成型并迅速繁荣昌盛。

在杭州最奇葩和尚——济公生活的那个时代，香市呈现出的，是这般异常生动的情形：

> 日渐一日，各乡各镇，月渐一月，外省外府，如蚁似织，昼夜不断。钱塘门外松木场，便有许多香荡，停泊下路船只，倚荡俱开杂货铺店，骈集如鳞。店内之物，如灯笼、草纸、木屐、雨伞、泥人、纸匣、书籍、画片、箫鼓之类，比户相接，直至九里松香烛饭店而止，填街塞道，擦背挨肩。也有茶汤果品，摇鼓吹笙；也有调丝唱曲，卖解打拳；也有星相医卜、摆摊说撒；也有剪绺调包、装村乞丐等辈，不可胜数。上下三百余僧房，四方香客，相沿满座，饮食若流。门前轿马

> 喧阗，纵横满道，看来却也繁华。总皆指着观音大士圣像慈悲显化，养活这万万千千口腹。这也不在话下。（〔清〕香婴居士《新镌绣像麹头陀济颠全传》第二十二回《看香市沿途戏谑 借雷公拨正邪萌》）

> 然进香之人，市于三天竺，市于岳王坟，市于湖心亭，市于陆宣公祠，无不市，而独凑集于昭庆寺。昭庆寺两廊故无日不市者，三代八朝之古董，蛮夷闽貊之珍异，皆集焉。至香市，则殿中边、甬道上下、池左右、山门内外，有屋则摊，无屋则厂，厂外又棚，棚外又摊，节节寸寸。凡胭脂簪珥、牙尺剪刀，以至经典、木鱼、伢儿嬉具之类，无不集。（〔明〕张岱《陶庵梦忆》卷七《西湖香市》）

张岱写的杭州多个香市中，数昭庆寺前的那个规模最大，昭庆寺香市，在清代梁绍壬的笔记中，也有过非常生动的描述。

> 西湖昭庆寺山门前，两廊设市，卖木鱼、花篮、耍货、梳具等物，皆寺僧作以售利者也。每逢香市，妇女填集如云。孙渊如观察诗云："丝带束腰棉衬额，游廊叉手走东西。"描写下路妇人，形景如绘。（〔清〕梁绍壬《两般秋雨盫随笔》卷四《香市》）

二

众所周知，外地进香客以女性为主，来杭州进香，逛西湖香市，是这些女人们一年中最重要的远足活动。冲动型、群体型的消费，尤其是对外地香客来说，是再自然不过的事了。于是，在各大寺院前，在著名的景点边，就有了店铺、摊头，有了琳琅满目、能够吸引女人们注意力的货品：除古董珍玩、文具乐器等，最多的，还是

昭庆大佛图　引自杭州夷白堂刻本《新镌海内奇观》

零碎的闺房用品、家居摆设、孩童玩具，当然，也少不了最时尚的消费品、最稀奇古怪的小玩意儿。

在昭庆寺两廊摆放的摊头上，有一款杭州本地工艺品，销路极好，经久不衰。这就是"泥孩儿"，即泥做的小儿塑像，是宋代杭州经典的手工艺品，为此，杭州至今还有一条"孩儿巷"。据吴自牧的《梦粱录》记载："内廷与贵宅皆塑卖磨喝乐，又名摩睺罗孩儿，悉土木雕塑，更以造采装栏座，用碧纱罩笼之，下以桌面架之，用青绿销金桌衣维护，或以金玉珠翠装饰尤佳。"文中说的"摩睺罗孩儿"，就是杭州人称作泥孩儿的小泥塑像，它在七夕时特别热卖，但应该也是全年都很畅销的本土手工艺品。

为了这个杭州泥孩儿，南宋诗人许棐写过《泥孩儿》一诗，这样描述道：泥孩儿，原先不过是牧场上浅沟中的一块泥巴，艺人挖起这块泥，将它塑造、装饰得奢华无比，要不是因为泥孩儿体形小巧，泥胎脆弱，恨不能往它身上贴金挂珠！娇俏玲珑的泥孩儿，端坐在雕花的宝座上，头上顶着红绡小纱罩。刚怀孕的少妇，把它当成一种吉兆，越看那唇红齿白的小泥娃，越会心存欢喜。

关于这款人见人爱的泥孩儿，明代的田汝成，还曾记录下一个颇为惊悚的故事。

宋代时，临安城有个风俗习惯，郊游踏春逛香市的人，都会买些有特色的物什带回家，馈赠左邻右舍，以此来

卖泥孩儿　引自
《太平欢乐图》

分享春天游赏的美好，这些东西，被称为"湖上土宜"，在它们中，最受喜爱的要数泥孩儿、莺歌和花湖船。

有个少女，在香市买得一个"压被泥孩"，顾名思义，是个放在床边被褥间做装饰的玩具。

回家之后，少女将泥娃娃放在床前，左看右看，爱不释手，成天拿着它玩。

一天中午，少女春困不支，倒床沉睡。睡梦中，听到有人在她耳边唱歌，歌里有两句："绣被长年劳辗转，香帏还许暂偎随。"少女惊起，四顾，并无旁人。

那天夜里，月色朦胧，花影绰约，少女在梦中，又听到了那歌声。她在床上坐起，只见绣房帐子外面有个人影，这人唱着歌，慢慢地走近。

当他撩起幔帐时，她才看清，原来是个翩翩少年郎。

少年好言相抚受惊的少女，说自己就住在她家附近，暗恋她许久，从未有机会向她倾诉衷肠，今夜终于神游至此，希望她能够接受他的爱情。

少女对少年一见钟情，她爱他风姿秀逸，温柔含蓄。两人卿卿我我，缠绵不已。

天色渐白，依依不舍的爱人们要分离。少年临走时，将手臂上的金环褪下，留给她作为信物。

少女且喜且羞，小心翼翼地把珍贵的信物金环，藏在箱子的底层。

明日，启箧视环，乃土造者。女大惊，忽见压被孩儿左臂失去金环，遂碎之，其怪乃绝。（〔明〕田汝成《西湖游览志余》第二十六卷《幽怪传疑》）

泥孩儿的神奇传说，丰富了它作为热销工艺品的内涵。正值青春花季的女香客们，都愿意买几个藏在袋中，心中悄悄地幻想着，谁知什么时候，这唇红齿白的小泥人儿，会突然变成翩翩少年郎。

三

此刻，在热爱快乐的杭州人贾实眼中的西湖香市，与张岱笔下的西湖香市，没有半点儿区别。

香市以杭州阳春三月为背景，晨雾中、阳光下、夕阳里、月色间，"山色如娥，花光如颊，波纹如绫，温风如酒"的西湖，如天生丽质的佳人，风情万千，让人神往。在这大好时光中，湖上画舫轻舟，随波起伏漂荡，蒙着似有似无的水汽，桃柳相倚相映的岸边，再也找不到一只停泊在柳荫下的小舟；没有人愿意留在城中的寓所内，踏春，对于来杭州的游客或杭州本地人来说，是倾城而出的概念；于是，酒坊茶肆中人来人往、座无虚席，以至佳酿尽出，香茗殆尽，时常到无以待客的境地。

此时春暖，桃柳明媚，鼓吹清和，岸无留船，寓无留客，肆无留酿。袁石公所谓"山色如娥，花光如颊，波纹如绫，温风如酒"，已画出西湖三月。而此以香客杂来，光景又别。士女闲都，不胜其村妆野妇之乔画；芳兰芗泽，不胜其合香芫荽之薰蒸；丝竹管弦，不胜其摇鼓欹笙之聒帐；鼎彝光怪，不胜其泥人竹马之行情；宋元名画，不胜其湖景佛图之纸贵。如逃如逐，如奔如追,撩扑不开,牵挽不住。数百十万男男女女、老老少少,日簇拥于寺之前后左右者,凡四阅月方罢。恐大江以东,断无此二地矣。([明]张岱《陶庵梦忆》卷七《西湖香市》)

那时,从昭庆寺到断桥一带,大小酒肆茶楼,多不胜数。每当风和日丽,书生雅士、游人过客,每每聚集其中,边看景,边品茗饮酒。在吟诗作画附庸风雅之人间,不乏大文学家和诗人,留下了许多脍炙人口的名篇佳作。这种情形,被元代人曾瑞在他的《[正宫]醉太平》小令中这样描绘过:"相邀士夫,笑引奚奴。涌金门外过西湖,写新诗吊古。苏堤堤上寻芳树,断桥桥畔沽醹酥,孤山山下醉林逋。洒梨花暮雨。"

贾实信步走过人头攒动的昭庆寺前,到了断桥边和李生约定的酒肆。他选了个靠窗的座儿,放眼望去,西

昭庆寺旧址

湖水色清淡，波光粼粼，轻棹兰舟浮在水云间，宛如在画中。窗外不时走过些女香客，成群结队的，她们像乖顺而快乐的雏鸡，紧随在打头的中年男子身后——此人一般是村里派来带队的忠厚长者。

没过多久，李生，就出现在贾实的面前。他本来就消瘦单薄的身体，在一身洗得褪色的青灰色衣袍下，显得比以往更加孱弱不堪。贾实心中暗暗担忧，但面上却没有表露出来。

茶酒很快端了上来，配几样消闲果子和清淡小菜，这是春天白日里佐酒的最佳选择。

席间，贾实指点湖山、谈笑风生，可李生却神情恍惚、愁眉不展，话没几句，少顷，就连应付的精神也没了，只是低头喝闷酒。贾实是何等洒脱率真的人物，哪里看得了朋友的惨淡愁容！他再三询问，李生只是摇头垂目，长叹不已，最后，见贾实执着询问，才将烦心事的原委和盘托出。

李生家境虽贫寒，但祖上却给他留下了一样重要的财富，那就是与昭庆寺相邻的一处房产。房子虽然不很大，但面对湖水，毗邻寺庙，每日的湖光山色、晨钟暮鼓，皆入户中，实为难得。他和母亲生活清贫，但令人心旷神怡的西湖四季景色，时时抚慰着他们的心灵。祖宅的地段好、风景妙，估值自然高，市价值三百两银子。虽然价位不低，但还是不乏青眼有加之人。

在昭庆寺出家的恶僧慧空，就是其中之一。

前些年，李生因家境窘迫，无奈中曾向暗中放高利贷的慧空借过五十两银子，时过三载，连本带利，债务竟已积至一百两。

慧空在心中早已盘算好，债务到了这样的数额，应该是到了收网之时，于是，就日益加紧逼债。李生多次请求宽限，但了解他经济状态的慧空，却无恻隐之心，在死命催债之余，还多次拿李家祖宅说事儿。李生是个聪明人，自然明白慧空的意图，但实在没钱还债，只好顺着他的意思，建议慧空，按照房子的市价，扣除他的债款，出二百两银子就可以将房子买下。

慧空和尚的如意算盘可不是这样打的，他清楚这般房产实属那种有价无市的，在短时间内出手并非易事，就死盯着李生，每日数次紧逼，只寻着他还钱，不要他用房子来折抵。

李生走投无路，只好一次次降低房子的价格，直至降到白菜价时，慧空才不失时机地出手，甩给他三十两银子，将全部房产盘下，几天后就直接搬进去住了。

明知吃了大亏但无计可施的李生，满怀悲愤和委屈，收拾东西，伴着母亲离开了祖宅，去杭州城里租小房居住。可没过多久，囊中钱财用尽，再也付不出租金了，拖欠至今。本来还算宽容的房东，生怕长此下去收租更艰难，便勒令他们限时搬走。李母又惊又急，忧虑成疾，卧床不起，病情一日比一日严重。

坐在贾实面前的李生，全然没有心情顾及窗外的美丽春景，他长吁短叹，沮丧窝囊的失败感，几次让他低头哽咽不能语。

贾实听罢，怒发冲冠，拍着桌子痛骂慧空设套让人钻。过后，又埋怨李生不早将实情告知。末了，他问清了李生拖欠的房租数额，好言宽慰了他半天后，两人才散。

次日大清早，贾实到他的库房，取了一百四十二两白银，分成大小两包，拿着径直奔李家去了。

到了李家，他把两包银子交给李生，小包十二两，用来偿还拖欠的房租，大包里有一百三十两，是李生借高利贷连本带利的一百两、慧空买房子给的三十两，用来赎回慧空和尚低价入手的昭庆寺左侧的李家祖宅。

推辞再三的李生，最后，背着沉甸甸的银两包袱，出城疾步往西面走，没多久就赶到了昭庆寺。站在被强取豪夺拿走的老屋前，他悲喜交加，不由得想到，也许从今往后，自己又能回到他出生的屋子里，重与古寺、湖山朝夕为伴。

他一进宅门就喊着慧空和尚，说有意要赎回房子。

骨骼高大、长相彪悍的慧空，见来人是李生，面上顿时露出了无限藐视，他听完了李生想用一百三十两银子赎回老宅的说辞后，更是从心底里看不起这个穷酸书生。他冷冷地给李生算了一笔账，说，虽然当时是以这个价格买下的房子，但房子年久失修，他花费了许多银钱用来修缮，并造了些附属建筑，这就使房子目前的价值远远超出了一百三十两银子。

老实巴交的李生听了此话，放眼四顾，虽没有发现房子有什么变化，但他却选择了相信。其实，在潜意识中，他的心理障碍很大，让贾实这么破费地帮忙，李生觉得这件事自己亏欠他太多，说不定自己一辈子都没有能力偿还，心中非常不安。现在，怎么再去向他开口，让他再出一笔"装修、扩建"费用呢？

李生想到此处，反而觉出一丝宽慰来。罢了，罢了！索性把银子还给贾实，不再妄想赎回房子，这样一了百了，

众里寻他千百度　**HANG ZHOU**

十里西湖意，都来到断桥

仗剑行至断桥头

怎么也不能让贾实为自己的无能和懦弱买单啊!

虽是多年朋友,但李生确实还不完全了解贾实的为人。

眼中容不了沙子的贾实,见李生拿回银子还他,听了他支支吾吾的叙述,顿时怒不可遏:"当初如此卖,今只如此赎,缘何平白地要增加银两?钱财虽小,情理难容!"

他看了看气势颓靡的李生,心一下子软了,他强忍下怒气,不再说什么,只谋划着如何亲自去赎房。

> 贾秀才带了两个家僮,径走到昭庆寺左侧来,见慧空家门儿开着,踱将进去。问着个小和尚,说道:"师父陪客吃了几杯早酒,在楼上打盹。"贾秀才叫两个家僮住在下边。信步走到胡梯边,悄悄蓦将上去。只听得鼾齁之声,举目一看,看见慧空脱下衣帽熟睡。楼上四面有窗,多关着。贾秀才走到后窗缝里一张,见对楼一个年少妇人坐着做针指,看光景是一个大户人家。贾秀才低头一想道:"计在此了。"便走过前面来,将慧空那僧衣僧帽穿着了,悄悄地开了后窗,嘻着脸与那对楼的妇人百般调戏,直惹得那妇人焦躁,跑下楼去。贾秀才也仍复脱下衣帽,放在旧处,悄悄下楼,自回去了。([明]凌濛初《初刻拍案惊奇》卷十五《卫朝奉狠心盘贵产 陈秀才巧计赚原房》)

贾实这一计着实歹毒,连锁效应不呼自来。

慧空做梦也没有想到,自己在梦中已被算计。他素来不是善类,做坏事从来不会感到半点愧疚。方才用几句鬼话,就打发走了那穷酸的李生,又与人喝了酒,侃了大山,心中格外畅然,便倒头酣睡,无限放松。可惜美梦尚未圆,就被楼下嘈杂的声音吵醒。

只听得下边乒乓之声，一直打将进来。十来个汉子，一片声骂道："贼秃驴，敢如此无状！公然楼窗对着我家内楼，不知回避。我们一向不说，今日反大胆把俺家主母调戏！送到官司，打得他逼直，我们只不许他住在这里罢了！"慌得那慧空手足无措。霎时间，众人赶上楼来，将家火什物打得雪片，将慧空浑身衣服扯得粉碎。慧空道："小僧何尝敢向宅上看一看？"众人不由分说，夹嘴夹面只是打，骂道："贼秃！你只搬去便罢，不然时，见一遭打一遭。莫想在此处站一站脚！"将慧空乱叉出门外去。慧空晓得那人家是郝上户家，不敢分说，一溜烟进寺去了。（〔明〕凌濛初《初刻拍案惊奇》卷十五《卫朝奉狠心盘贵产陈秀才巧计赚原房》）

贾实很快就得到了慧空被痛打的消息，知道是自己的计策起效，心中大快。之后与李生约好，拿上那一百三十两银子，捡了一个好日子，一并从从容容地沿着西湖，去了昭庆寺边上李生的祖宅。

此时的慧空和尚，伤痕犹新，惊魂未定。一听有人叫门，免不了战战兢兢。他见来人是向来文弱的李生，由他人陪伴又来赎房，感觉凶多吉少。李生这个带着随从的同伴，面上的表情强势笃定，肯定是个富户不说，还明显不是个容易对付的角色。他的言行举止，让慧空看了心虚，他觉得，来人对自己的各种劣迹和最近的遭遇，都了如指掌，不由得就又怯了几分。

被打怕了的慧空，明白自己已经不能在此处居住，否则三天两头有挨揍的风险。于是，没多说话，就乖乖地和李生达成了赎房协议，李生给了他一百三十两银子，惠空就乖乖地将李家房契交了出来。

想必自此之后，慧空的贪欲之心和损人气焰会有所收敛，否则，他只能像讲故事之人说的那样，"机深祸亦深"。

而李生一家，则得以回到祖宅，重拾曾经的那些珍贵愉悦时日：母亲在隔壁昭庆寺传来的木鱼声和钟声中静坐，伴着这些声音的，还有淡淡的香烛气息，那掺杂着出世与入世纠结的、人间欲望与万事皆空博弈的气息，恒久而真实，会在屋子中缓缓地、坚定地移动，弥漫在这个生动的世界中。

李生和贾实的友谊，也愈加深厚了。两人都以自己的能力和机遇，走上了不同的道路，实现了人生的目标。在以后的岁月中，他们总不忘时常相约，最愿意去的地方，自然是沿西湖一带。常常是，贾实出城，到昭庆寺，叫上李生，或去离昭庆寺很近的望湖楼，或至北山那边的茶楼。无论是品茗还是醉饮，到末了，贾实都会随着李生的脚步去断桥边，回顾往事，笑谈未来。

又是一个温和的春天，昭庆寺前的西湖香市，一如既往地熙熙攘攘。

贾实和李生，信步走上断桥边那个属于他们的酒肆。在这里，贾实的慷慨和仗义，使李生艰难的人生，有了根本性的转变。

窗外的春日景色，和几年前那日一模一样，西湖水色清淡，波光粼粼，兰舟轻棹浮在水云间，宛如画中一般。酒肆里春意盈屋，桌上摆的青瓷瓶中，插着一枝缀着几朵花的金缕梅，花朵艳黄色的任性舒展的花瓣，像是放肆开怀又不失优雅的笑，簇拥着猩红色的花蕊，让花有着如同烟花在消失前那一刻脆弱而绚烂的美。二人深深嗅了花枝的悠长香味，将目光投向了窗外。

断桥，带着它春天最灿烂明快的调子，和着婉转的流莺啼唱与芳草、湖水的特殊味道，向他们扑面袭来。

四

热爱杭州的人，必热爱西湖，而爱此湖之人，又有谁能不爱断桥？

明代万历年间（1573—1620）的诗人、画家李流芳，踏上西湖第一桥——断桥时，已然不能控制自己的痴迷，他的赞叹脱口而出，如此直白、如此由衷。

> 往时至湖上，从断桥一望，便魂消欲死。还谓所知：湖之潋滟熹微，大约如晨光之着树，明月之入庐，盖山水映发。他处即有澄波巨浸，不及也。壬子正月，以访旧重至湖上，辄独往断桥，徘徊终日。翌日为杨职西题扇云："十里西湖意，都来到断桥。寒生梅萼小，春入柳丝娇。乍见应疑梦，重来不待招。故人知我否？吟望正萧条。"又明日，作此画。（〔明〕李流芳《题断桥春望图》）

在断桥上看西湖，销魂欲死，又何止李流芳一人！

年轻时的袁宏道，也是其中的一位。对自然山水情有独钟的他，也曾在断桥上流连忘返，舍不得从桥上放眼看尽这一派景色。他当然早就知道，西湖佳景春日为上、月夜为上，白天里，最美的是清晨薄雾笼罩下的一切，是夕阳徘徊在山间形成的彩色流霞。虽然他知道，这个时节，杭州城中繁花似锦，风景无数，但他，还是依依不舍地站立在断桥上，迷恋满目云霞蒸腾中的桃花，以及那如烟的嫩绿杨柳。为此，他甚至不惜错过傅金吾庭院中盛开的梅花，据说，那可是从清河郡王张俊的曾孙张功甫的玉照堂移去的老梅桩呢。

> 西湖最盛,为春,为月。一日之盛,为朝烟,为夕岚。今岁春雪甚盛,梅花为寒所勒。与杏桃相次开发,尤为奇观。石篑数为余言:"傅金吾园中梅,张功甫家故物也,急往观之。"余时为桃花所恋,竟不忍去。湖上由断桥至苏堤一带,绿烟红雾,弥漫二十余里。歌吹为风,粉汗为雨,罗纨之盛,多于堤畔之柳,艳冶极矣。(〔明〕袁宏道《西湖记述》之《春游西湖》)

> 断桥又名段家桥,万柳如云,望如裙带。白乐天诗云:"谁开湖寺西南路,草绿裙腰一带斜。"(〔宋〕周密《武林旧事》卷五《湖山胜概》)

绿色裙带般的断桥,轻盈地划过湖水,将西湖分为里西湖和外西湖,原先的桥上,曾有一亭翼然。远在唐代,诗人张祜笔下的断桥,笼罩在江南烟雨中,有着苔藓斑驳的寂寥淡然的调子。但在春天,它却是另一番情景,这座古桥,是"乱花渐欲迷人眼,浅草才能没马蹄"的西湖风景的重要部分,"春雨断桥人不渡,小舟撑出柳阴来",才是最经典的断桥春色。

五

被皇帝封号为"御猫"的南侠展昭展熊飞,是常州府武进县遇杰村人氏。在宋仁宗年间(1023—1063),他挑了一个春风洋溢的日子,特意来到常常萦绕于心的杭州,来断桥上看风景。

在清代人写的《三侠五义》中,展熊飞大气仗义且武艺高超,实属侠客义士中的翘楚。他相貌堂堂,气宇轩昂,谦和有礼,满身侠气,是人们理想中君子和侠客的完美结合体。

展昭与《三侠五义》中的主角包拯包青天的相识,极富戏剧色彩。在包拯进京赶考的途中,展昭路见不平,在金龙寺的凶僧刀下救了包拯,随即,又凭借着自己的超凡武功,成功地做了很多英雄仗义之事,包拯视之为知己,在他的举荐下,展昭被皇帝御封为御前四品带刀护卫。

对于皇上的任命,侠客展熊飞仿佛并不在意,他收到开封府四品武官头衔后,以"还乡祭祖"为由,旋即向皇帝告假两个月,回到了故乡常州。

到家的第二天,展熊飞扫墓祭祖,安顿好家事,次日,便起身往杭州来。他给老家人留下的说法,是在杭州有一门亲事要谈。

且说展爷他哪里是为联姻。皆因游过西湖一次,他时刻在念,不能去怀,因此谎言,特为赏玩西湖的景致。这也是他性之所爱。一日来至杭州,离西湖不远,将从者马匹寄在五柳居,他便慢慢步行至断桥亭

〔清〕钱维城《天竺诗意图》(局部)

上，徘徊瞻眺，真令人心旷神怡。正在畅快之际，忽见那边堤岸上有一老者，将衣搂起，把头一蒙，纵身跳入水内。展爷见了，不觉失声道："哎哟不好了！有人投了水了。"自己又不会水，急得他在亭子上搓手跺脚，无法可施。猛然见有一只小小渔舟，犹如弩箭一般，飞也似赶来。到了老儿落水之处，见个少年渔郎，把身体向水中一顺，仿佛把水刺开的一般，虽有声息，却不咕咚。展爷看了，便知此人水势精通，不由得凝眸注视。不多时，见少年渔郎将老者托起，身子浮于水面，荡悠悠竟奔岸而来。展爷满心欢喜，下了亭子，绕在那边堤岸之上。见少年渔郎将老者两足高高提起，头向下，控出多少水来。（〔清〕石玉昆《三侠五义》第二十八回《许约期湖亭欣慨助　探底细酒肆巧相逢》）

展熊飞在断桥上看到的这一幕，惊心动魄，也由此让他结识了那位救人的英俊少年渔郎。

被少年救起的老者，白发苍髯，形容枯槁，苏醒过来后，没有感激，反而满含抱怨，责怪少年渔郎多事。他本就是个不想活的人，现在，就连死也死不了，这岂不是真的上天无路、入地无门了。

原来，这位被救上来的老者姓周名增，在杭州中天竺有一家茶楼，日子过得妥妥帖帖。三年前的一个大雪天，他家茶楼的门口有一个倒在雪地里的年轻人，善良的周大爷命伙计们将此人扶入铺子中，又盖暖被又灌姜汤，救回了他一条性命。

这个叫郑新的外地人，父母双亡，也没有兄弟姊妹，在家乡无法生存，就来投靠杭州的远亲。可一路饥寒交迫，遇此大雪，实在扛不住，晕倒在了白雪中。

周增见他声泪俱下的可怜样子，动了恻隐之心，于是把他收留在铺子中，好吃好喝地照料着，慢慢帮他调养。郑新感激不尽，他聪明乖巧，又会写又会算，身体恢复之后，帮助周增在柜上料理各种事物，甚是殷勤。

位于中天竺的茶楼，生意向来不错，尤其是在每年大量香客来进香的时间段，都宾客盈门，一座难求。周大爷的铺子里，自从有了勤快的郑新搭手，运作得更好了。年轻人待人接物得体，又机灵又殷勤，老人家非常看好他。没过多久就决定，把自己唯一的女儿嫁给他。郑新做了周家的招赘女婿后，更是把茶楼的事看成自家的事，一心一意，没有半点懈怠。

可好景不长，婚后没多久，就在去年，周家的女儿红颜薄命，死了。过了一阵子，郑新又结婚了，娶进了王家的女儿。此时的周增，完全把郑新当成儿子看待，心中也为他高兴。

乘着进香的季节刚过，生意稍淡，茶楼按照往年的惯例，要里外收拾装修一番。借着这个由头，郑新提议，想要把"周家茶楼"改为"郑家茶楼"。周增虽然心中犯嘀咕，但转念一想，为了这茶楼，女婿确实也奉献了很多，自己要是不愿改，怕被外人说闲话。他还在犹豫中，周家茶楼就被改成了郑家茶楼，他也无话了。

可事情根本不是周大爷想得那么简单，换了招牌就等于换了主人，他自己也很快就意识到了，自己在家里的地位，随着此事，一落千丈。

故此，原周家茶楼的老掌柜周增心如死灰，痛恨郑新恩将仇报，不但辜负他的救命收留之恩，就连和周家女儿的夫妻之情也丝毫无所顾念，而且还贼喊捉贼，用如此下流的手段侵吞周家的产业。他越想越愤怒、越伤心，走到西湖边，看见这一湖碧水无边无际，一闭眼，就一头扎了下去，在人世他被欺负、被诬陷，也许，只有到阴曹地府去才能告状伸冤。

听了周增的叙述，救他上岸的年轻渔郎却笑了起来，他说，何不重新将周家茶楼开起来，来气气那恶人郑新。问清了开家茶楼需要三四百两银子后，他一口承诺会在次日午时，带着这个数额来到断桥上，与周增碰面，亲自交给他开茶楼的本钱。

周大爷不敢相信这一切都是真的，他睁着一双迷茫的眼睛，实在想不出这位渔郎为何要这样帮助他。

俗话说"英雄识英雄"，站在断桥上目睹一切的展熊飞，已经明白了年轻渔郎是个仗义疏财、路见不平拔刀相助之俊杰，于是他拨开围观人群，走上前去，安慰周大爷，并愿意为渔郎的承诺作保。

渔郎上下打量了展熊飞一番后，也不多问，从怀中掏出五两银子，给周增作为衣食之资，又唤来湖中央的渔船，取了干净的衣服让周大爷换上："待等明日午刻，见了银两，再将衣服对换，岂不是好。"

再三嘱咐次日不可错过午时的断桥之约之后，他轻点脚尖，一跃而起，像只水鸟般掠过水面，跳上小船。船悠悠荡荡地划向了湖心，引起了围观者的一阵阵惊叹。

展熊飞又宽慰了一番还未回过神来的老者周增，心中也已想好一番计策。

展爷回身，直往中天竺。租下客寓，问明郑家楼，便去踏看门户路径。走不多时，但见楼房高耸，茶幌飘扬。来至切近，见匾额上字，一边是"兴隆斋"，一边是"郑家楼"。展爷便进了茶铺，只见柜堂竹椅上坐着一人，头戴折巾，身穿华氅，一手扶住磕膝，一手搭在柜上；又往脸上一看，却是形容瘦弱，尖嘴缩腮，一对眯眯眼，两个扎煞耳朵。他见展爷瞧他，便连忙站起执手，道："爷上欲吃茶，请登楼，又清净，又豁亮。"展爷一执手，道："甚好，甚好。"便手扶栏杆，慢登楼梯。来至楼上一望，见一溜五间楼房，甚是宽敞。拣个座儿坐下。（〔清〕石玉昆《三侠五义》第二十九回《丁兆蕙茶铺偷郑新　展熊飞湖亭会周老》）

展熊飞点了杯雨前茶，与茶博士闲聊几句，就把茶楼的改名过程、周郑两家间的纠葛官司、茶楼的建筑结构及现任掌柜鸡零狗碎的情况等，摸得一清二楚。

之后，他放松地坐在那里，阳光把窗前的几株翠竹，投影在新糊的洁净窗纸上，如一幅细致典雅的工笔画。茶博士还没泡上茶来，"忽听楼梯响处，又上来一位武生公子，衣服鲜艳，相貌英华，在那边拣一座，却与展爷斜对"。

令茶博士诧异的是，武生向他打听的事情，同展熊飞方才问的如出一辙，就连两人点的茶，也是一样的雨前。

展熊飞注意到了他，仔细打量后，方才看清此人原是在断桥救人的少年渔郎。他还在思忖这事的微妙之处，少年郎显然早已认出他了，笑着过来行礼，两人便坐在了一桌。

互报姓名之后，展熊飞这才恍然大悟，怪不得那西湖上的渔郎，不但有仗义侠气的英雄本色，而且功夫也如此了得，原来，他是江湖中被称为"三侠"中的一位——丁兆蕙（丁兆兰、丁兆蕙兄弟合为一侠）。

英雄相见恨晚，伴着清茶美酒，两人闲聊甚欢，只是谁也不再提断桥上的周增及茶楼一事。

酒酣耳热，丁兆蕙先告辞，他站起身来，气度潇洒，如玉树临风：

"请吾兄明日午刻，千万到桥亭一会。"

展爷道："谨当从命。"

展熊飞又独斟一会儿，也离开了郑家茶楼。可他并没有走远，他在茶楼附近找了一处住宿，住了进去。

> 歇至二更以后，他也不用夜行衣，就将衣襟拽了一拽，袖子卷了一卷，佩了宝剑，悄悄出寓所，至郑家后楼，见有墙角纵身上去。绕至楼边，又一跃到了楼檐之下，见窗上灯光有妇人影儿，又听杯箸声音。（〔清〕石玉昆《三侠五义》第二十九回《丁兆蕙茶铺偷郑新　展熊飞湖亭会周老》）

在郑家茶楼的后楼里，郑新将用西纸包好、上面画着花押的银子放入柜中，又免不了听新娶的王氏一把鼻涕一把泪地，要他答应好好收拾周大爷，省得他到别处衙门再去告状生事。

俄而，屋里的人被院内突如其来的火球吸引，拿着烛头儿，跑到下面探究竟去了。

此时窗外展爷满心欢喜，暗道："我何不趁此时撬窗而入，偷取他的银两呢？"刚要抽剑，忽见灯光一晃却是个人影儿，连忙从窗牖孔中一望，只乐了个事不有余。原来不是别人，却是救周老儿的渔郎到了。暗暗笑道："敢则他也是向这里挪借来了。只是他不知放银之处，这却如何能告诉他呢？"心中正自思想，眼睛却望里留神。只见丁二爷也不东瞧西望，他竟奔假门而来。将手一按，门已开放，只见他一封一封往怀里就揣。屋里在那里揣，展爷在外头记数儿，见他一连揣了九次，仍然将假门儿关上。（〔清〕石玉昆《三侠五义》第二十九回《丁兆蕙茶铺偷郑新　展熊飞湖亭会周老》）

　　展熊飞见丁兆蕙这行云流水般的动作，暗地里连连称绝，随后，他也不再多停留，不动声色地使出轻功，夜鸟般地不留痕迹，飞出郑家后楼，回到下榻处，心满意足地睡了一个安稳觉。

　　次日，展熊飞优哉游哉地往断桥方向走去，这天云淡风轻，远山如黛，湖水清澈，岸边柳暗花明，春光正好，断桥如罗带，划破一泓碧水。展熊飞一路过来，连连赞叹这杭州西湖，不愧是天上人间最销魂处。

　　刚到桥上，就看到了断桥亭上的周增大爷，显然，他很早就到了，此时，正坐在那里，倚着栏杆打盹儿。

　　午时快到那刻，带着两个仆人的丁兆蕙也赶到了。

　　丁兆蕙跟周增商量片刻，就敲实了新开周家茶楼的地点。离原来周家茶楼一箭之地，有个倒闭了的书画楼，前段时间，被它的主人托付给周增帮助处理，眼下正好用得上。

丁兆蕙说道:"既如此,这茶楼是开定了,这口气也是要赌准了。如今我将我的仆人留下,此人是极可靠的,帮着你料理一切事体。"说罢,叫小童将包袱打开。

展爷在旁,细细留神察看。

包袱里有九封银子,就是夜间丁兆蕙从郑新家后楼柜子里取走的,只是原来包银子的西纸,被换成了一色的桑皮纸,银子共计四百二十两,远远比周增的预算宽裕。

周大爷大喜过望,作揖道谢不迭,丁兆蕙再三嘱咐,千万不能像上回那样粗心大意,让旁人随意改换店铺字号。

最后,丁二爷又叮咛道:

"若有人问你,银子从何而来?你就说镇守雄关总兵之子丁兆蕙给的,在松江府茉花村居住。"展爷也道:"老丈若有人问,谁是保人?你就说常州府武进县遇杰村姓展名昭的保人。"(〔清〕石玉昆《三侠五义》第三十回《济弱扶倾资助周老 交友投分邀请南侠》)

展熊飞与丁兆蕙的杭州断桥之传奇,此时暂且完满收尾。

两位侠客一同登舟,直奔松江府的丁家庄园。至于"御猫"展熊飞在松江府如何与丁家妹子联姻之事,却是另外一个故事了。

仗剑行至断桥头

断桥残雪

以后，他们一定会常回杭州，择风和日丽之时，或大雪纷飞之际，携手漫步西子湖畔，走上断桥亭，饱览一如既往秀丽诗意的湖山胜景。然后，他们会朝北山方向走，去被苍松修竹环绕的中天竺，在周家茶楼里，周增大爷的一杯香气清洌悠长的雨前茶，始终会在那里等候着他们。

在这世界上，有些风景，像是为某些故事而生，有些场景，像是为某些行为而设。如果说昭庆寺是西湖香市市井烟火的特定背景，那么，断桥，在大多数人的心里，是文士诗人用力着墨之处，是"杨柳岸，晓风残月"的境界，蒙着"西湖断桥路，想系马垂杨，依旧欹斜。葵麦迷烟处，问离巢孤燕，飞过谁家"的惆怅；是有情人伴着桃花柳枝，邂逅如花美眷之处，是"人约黄昏后"的最浪漫地点。

可这并不完整，断桥之美，是它在湖中裙带般绮丽秀美的韵味，春日桃花、夏日荷叶、寒冬残雪的风流，桥上桥下诞生过的永恒绵长或短暂炙热的爱情，但断桥，亦有它的风骨。"有骨江南"从来就不乏侠客和义士，在诗情画意的西湖边，以这座桥为舞台，演绎过许多精彩绝伦的传奇，断桥的气质中，怎么能少得了铮铮的侠客精神！

柳暗花明说湖墅

湖墅,乃北郭一隅耳。顾推而广之,则上自武林门,下至北新关,以及西则钱塘门,而抵观音关止,东则艮山门而抵东新关止,概谓之湖墅。(〔清〕高鹏年《湖墅小志》之《湖墅小志序》)

一

明明是个杭州的故事,冯梦龙偏要从东京汴梁说起:

话说东京汴梁,宋天子徽宗放灯买市,十分富盛。且说在京一个贵官公子,姓张名生,年方十八,生得十分聪俊,未娶妻室。因元宵到乾明寺看灯,忽于殿上拾得一红绡帕子,帕角系着一个香囊,细看帕上,有诗一首云:

囊里真香心事封,鲛绡一幅泪流红。

殷勤聊作江妃佩,赠与多情置袖中。

诗尾后又有细字一行云:有情者拾得此帕,不可相忘。请待来年正月十五夜,于相蓝后门一会,车前有鸳鸯灯是也。(〔明〕冯梦龙《喻世名言》卷二十三《张舜美灯宵得丽女》)

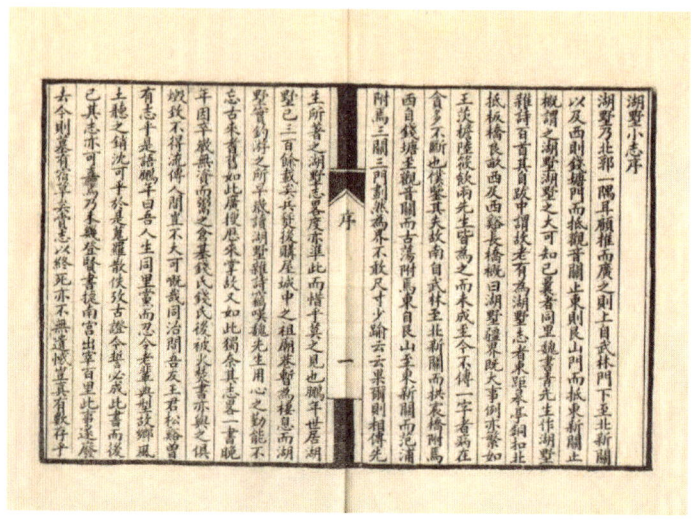

《湖墅小志序》书影

撇下张生与红绡帕子主人的美满结局不提,诗帕和一年之后大相国寺后门的鸳鸯灯,以及与鸳鸯灯主人相遇后会发生的诸事,若是放在平日,人们都会觉得唐突甚至冒险,但发生在元宵之夜的任何神奇故事,都可另当别论。

在杭州的张舜美固姓张,但此张生非汴梁的张生也,可元宵节的不夜城,烟柳画桥风帘翠幕的杭州,却有着丝毫不逊汴梁的景象。

正月十四这天,杭州城迤逦灯市正盛,白日和正月里的大晴天无相异,只是近黄昏时,斜照在杭州城上的阳光,突然变得柔软无比,它失去了清晰执着的亮度,却保留了冬日艳阳天的祥和暖意,将一切都笼在了朦胧慵懒的金色光线中,空气里荡漾着的,是典型暖冬傍晚特有的湿润和芬芳。

绍兴男孩张舜美,被这朦胧慵懒撩拨得有点心神恍惚。从窗外照进来的逐渐变化的光线，让他坐立不安。从住所花窗的镂空处，他向外面张望了多次，直到看见对面宅子挂着的灯笼被点亮。

张舜美闭目凝神片刻，方才，他把晶莹的玉佩挂到石青色长袍上的那一刻，他发现了自己青春的俊美和洒脱。

出屋锁上了房门，张舜美难以抑制心头满满的欢欣。这是他第一次独自过元宵节，且是在异乡过的元宵。等待他的，是满城辉煌灯火映照下的璀璨生活，是一切由自己做主的一个自由夜晚。

张舜美年前来杭城考举人，出师不利，名落孙山，但年轻的他，对此没有过多的郁闷，"不就是等三年后再重新考一次吗？"他觉得三年的时间太充裕了，既然在此地，为何不畅快地体验下这"东南形胜、三吴都会"的大都市的所有一切呢？洒脱的他，索性在杭州城中小客栈租得一寓所住下，一晃半年过去，这段时间如同白驹过隙。

"归心且在中元后"，张舜美决定全方位地享受这段快乐时光，杭州的元宵节华灯初上，已经让他眼花缭乱、如痴如醉，心中涌起唐代诗人白居易"灯火家家市，笙歌处处楼。无妨思帝里，不合厌杭州"（《正月十五日夜月》）的诗。

满街的花灯，晶莹剔透，遮住了白日市井街巷的真实和缺陷，一切都呈现出完美无瑕的纯净，如梦如幻杭州城，是不似人间胜似人间的天堂。关于元宵节灯会的盛况，尤其是灯品的千般明媚，曾有过许多细致精彩的描述：

> 灯之品极多,每以苏灯为最,圈片大者,径三四尺,皆五色琉璃所成,山水人物,花竹翎毛,种种奇妙,俨然著色便面也。其后福州所进,则纯用白玉,晃耀夺目,如清冰玉壶,爽彻心目。近岁新安所进益奇,虽圈骨悉皆琉璃所为,号"无骨灯"。(〔宋〕周密《武林旧事》卷二《元夕》)

此外,还有珠子灯、绢灯、走马灯、罗帛灯、羊皮灯,皆美不胜收。民间的灯固然巧夺天工,但民间匠人哪比得过皇宫里那些拔尖的能工巧匠?从大内出来的东西,是能让人瞠目结舌的精品、孤品。

比如,琉璃灯山,高五丈,硬木作架构,轻纱和五彩斑斓的琉璃料器为主材料,饰以各色宝石,中间有转心的大型灯具,其中人物状灯都由机械驱动,以便全方位欣赏,并专搭大型彩楼来放置。另外,还在殿堂、梁栋、窗户间设置涌壁,灯具上呈现着各种故事场景;还有龙凤喷水起舞,栩栩如生,精美绝伦,是花灯中的极品。

张舜美在涓涓筛过柳影的月光下,在溶溶如酒的初春气息中,在大街小巷、湖畔画桥间行走,他目不暇接地看着周围的一切,灯固然剔透精致,但杭州的女子,更让他心猿意马。

> 元夕节物,女人皆戴珠翠、闹蛾、玉梅、雪柳、菩提叶、灯球、销金合、蝉貂袖、项帕,而衣多白,盖月下所宜也。(〔宋〕周密《武林旧事》卷二《元夕》)

在他的眼中,这些金花玉簪插满头的白衣女子,飘飘然如同月中嫦娥。陶醉万分的张舜美不能自持,诗兴勃发。

且诵且行之次,遥见灯影中,一个丫鬟,肩上斜挑一盏彩鸾灯，后面一女子，冉冉而来。那女子生的凤髻铺云，蛾眉扫月，生成媚态，出色娇姿。舜美一见了那女子，沉醉顿醒，竦然整冠，汤瓶样摇摆过来。（〔明〕冯梦龙《喻世明言》卷二十三《张舜美灯宵得丽女》）

张舜美原先并不知道，这"电闪雷鸣一见钟情"，原来会是这般感受；更万万想象不到，"电闪雷鸣一见钟情"+"投桃报李"是何等感觉。眼下，人生所有美好和璀璨，都被他聚焦到了那个女孩的身影上。

他们一前一后地走着，她偶尔回头顾盼，他连眼睛都不敢眨一下，生怕在眨眼的这一瞬间，她会像个幻象一样消失。

此时，在他的周围，杭州城的夜市正盛，平日里便买卖昼夜不绝的店铺，怎么能放过这元宵节的好时光！宋人吴自牧，在他的著作中曾留下对杭州夜市这样的生动描述：

> 大街关扑，如糖蜜糕、灌藕、时新果子、像生花窠、鱼鲜猪羊蹄肉，及细画绢扇、细色纸扇、漏尘扇柄、异色影花扇、销金裙、缎背心、缎小儿、销金帽儿、逍遥巾、四时玩具、沙戏儿。春冬扑卖玉栅小球灯、奇巧玉栅屏风、捧灯球、快行胡女儿沙戏、走马灯、闹蛾儿、玉梅花、元子槌拍、金橘数珠、糖水、鱼龙船儿、梭球、香鼓儿等物。夏秋多扑青纱、黄草帐子、挑金纱、异巧香袋儿、木犀香数珠、梧桐数珠、藏香、细扇、茉莉盛盆儿、带朵茉莉花朵、挑纱荷花、满池娇、背心儿、细巧笼仗、促织笼儿、金桃、陈公梨、炒栗子、诸般果子及四时景物，预行扑卖，以为赏心乐事之需耳。（〔宋〕吴自牧《梦粱录》卷十三《夜市》）

可是，刚走上众安桥，张舜美就已眼花缭乱，在人来人往、摊贩成堆的桥上，灯光与河水交相辉映，花灯，在他紧张睁着的眼中，瞬间变为无数盏，人也变得影影绰绰。几秒钟后，待他屏气收神，脑袋却一轰：他居然把女孩给跟丢了！

男孩张舜美，一时间痛失了整个世界！他踉踉跄跄，用双手拨开笑语欢声的人们，四下张望，他要追上由那盏彩鸾灯护航的美丽女孩。

但枉然，杭州的元宵，原本就是灯和美人的世界。

正月十四夜，失魂落魄的绍兴男孩张舜美度过了他人生的首个不眠之夜。

次日，他苦苦挨到了黄昏，对面宅子的灯又被早早地燃起，张舜美依然身着石青色长袍，挂上晶莹玉佩，来到了昨晚遇见她的地方。

立了一会，转了一会，靠了一会，呆了一会，只是等不见那女子来。遂调《如梦令》一词消遣。

他的词里用了貌似不太在乎的词汇，什么"燕赏"啊，就是安然若泰的意思，什么"笑倚东风"之类的，但终究以"几度欲归还滞"结尾，他放下矜持，还是在那里死等。

伤情人吟毕，又苦苦地候了多时，居然，硬是把昨天的美少女给等到了！

仍然是在一盏彩鸾灯映照下飘飘而至，一样的笑靥、一样的顾盼。他这次不敢有半点懈怠，如影随形，就连呼吸也要调整得与她的同拍。

这一次，二人一前一后的距离缩短了，一直走到了众安桥东面的盐桥广福寺，从她柔软的阔袖中，突然飘落下了一个彩笺折成的同心结。

折成同心结形状的情书，内容十分简洁明了：人海中的邂逅，油然而起的一见如故之感，随即而至的，是她深深的爱慕。明晚，父母兄嫂要赶往江干看灯，她家的窗前将高高挂起的，是那盏他熟悉的彩鸾灯，她会焚香扫门，望穿秋水……附：姓名刘素香，地址十官子巷南八幢。

喜至癫狂的绍兴男孩张舜美，回到客栈，度过了第二个无眠夜。

好不容易等到了日落，张舜美整理衣冠，朝十官子巷走去。这条闹中取静的巷子，有如此高级的名字，从来住的都是富贵人家。

随后，他又度过了人生的第三个无眠夜，只是，这一次是在杭州城的十官子巷南八幢，和他深爱的刘姓女孩素香一起度过的。

一时欢情，刻骨铭心。张舜美理不清自己心中涌起的复杂情感，欢喜中夹杂着深深的忧虑和沮丧，他自愧事业尚未成功，前途未卜，承受不起素香的爱情。

张舜美环视着屋里的陈设、壁上的画和博古架上的文玩，皆珍稀之物，清雅绝尘，宋代名士圈中所推崇的焚香、点茶、挂画与插花这"四般闲事"所用之物俱备，心中暗想，这就是所谓"低调的奢华"吧。

越看，他心中越发虚：这富贵人家的女孩，怎么会看上我这既无功名又无钱财的人？不定是她一时冲动，阴差阳错地寻自己开心。

"小姐啊，被你如此垂青，是我人生中最大的幸福，可你要知道，我虽说不上一贫如洗，但跟你的距离实在太大了，我要是自不量力，也许今后给你带来的，只会是窘困甚至是痛苦。"

女孩却含泪说，她本是爱他到了痴迷，是爱他"胸中锦绣"而非"囊中金珠"。

"你说的距离，无非是功名和财富吧？难道这些就不能用两情相悦来填补吗？只要夫君是我喜欢的人，哪怕荆钗布裙、粗茶淡饭，也比锦衣玉食地陪伴不爱的人好上一百倍。"素香一脸坚定地说道，"在这个世界上活着，总不能事事求全吧？只要你我心心相印，再艰难的事也尽在弹指一挥间。"

素香向往的，是有情人终成眷属，是那种不离不弃的境界，她要的不仅仅是今宵，而且是永远。但永远在一起是有代价的，他一介布衣，注定不会被她的家庭看好，她父母看得上的，只是那些与她门当户对的王侯将相家的贵公子。

于是，二人在互诉衷肠、山盟海誓之时，冒出一个大胆的念头——私奔。投奔到张舜美在镇江五条街开旅店的远房亲戚家去，二人决定暂时上演一回人间蒸发，等风平浪静后，再作长远打算。

说走就走，素香不敢耽误时间，匆忙收拾起少许金银细软。

二

没过多久之后,两个书生打扮的年轻人,悄悄地打开了十官子巷南八幢的黑漆大门,踮着脚尖走到了安静的街上。

几盏被弃在路边尚燃着的小小花灯,正逐渐失去梦幻般的颜色,在夜风中显出无限睡意。

两三里的路,他们却走了很久很久。素香在小巧绣鞋外面,套了不跟脚的肥大男式靴子,一摇一摆地拖着步子,像是患了足疾,以致路人频频向这位面貌清秀的年轻书生投来怜惜的目光,这免不了让她心里紧张万分,怕被看出她的女儿身。

不远处,熙熙攘攘的武林门,如一幅嘈杂市井的动图,突然展现在他们眼前:有眼角眉梢带着疲惫但满足表情的观灯者,不紧不慢地走,免不了有拖家带口的,怀里的孩子睡得正酣,小手拽着玲珑剔透的兔儿灯,绢做的兔子,有红宝石般透亮的小眼睛;卖灯的则肩扛手提,不太愿意驻步搭理买主的问询,他们的大主顾在城里主要灯市而不在城门口;挑担卖小食的最急着进城,他们的乳糖圆子、蜜枣、灌藕、橙沙团子、水晶脍、韭饼及南北珍果等,此时正好卖与看灯人当宵夜。

> 武林门,宋名余杭门,俗称北关门……
> 门东有水门,出大河、西河、清河之水,达于运河。
> (〔明〕田汝成《西湖游览志》卷二十《北山分脉城内胜迹》)

女孩被人流撞得跟跟跄跄,半拖半扶着她的张舜美,附身在她耳边低声安慰道:

北关夜市　引自《雍正西湖志》

"快到了快到了！你看，武林门就在前头。出了城门，就可以坐上去镇江的船，船一开，我们就天高任鸟飞了！"

身材娇小的她，在人群中也使劲仰头朝前看。今夜，高大的武林门上饰有晶莹花灯，给城门和城墙勾勒出了精致玲珑的线条，与平日肃穆巍峨的架势大相径庭。

两个从城外进来的挑担小贩，在二重门处，因肩上担子相撞导致货物受损，嚷嚷了起来，引起众人驻步围观，堵住了通道。看守城门的士兵立即吆喝着走近来干预。人群四散之际，张舜美抓住素香的手被人流冲开了，只一眨眼的工夫，她就从他的视野中消失了。

张舜美急得团团转，像个没头苍蝇似的东走几步、西跑几步，满眼都是人，可硬是看不到她的踪影。无奈，满头大汗的他挤回到一重排栅门询问，有个士兵说，方才确有个年轻秀才寻找走失了的同伴，找不见就折回城里去了。

张舜美痴痴地站在武林门城门口，脑子一片空白，木头一般地任进城出城的人们推来挤去。

"从城门通往城里有三四条路，她会走哪条？往钱塘门，往狮虎桥，还是往褚家堂？"

几番踌躇，但最终做不出任何决断。他只好选择了按原路，赶回了十官子巷。

素香家门户紧闭、灯火全无，只有那盏熄了的彩鸾灯，仍然挂在那里，一摇一摆地显得自在而超然。

绍兴男孩张舜美茫然无措，过了半晌，转身再次向武林门方向跑去。

待到了城门前，门已关。

张舜美找了个背风处蹲了下来，蜷曲着身子，泪流满面。

东方刚泛出鱼肚白，厚重的城门开了，张舜美冲出了城门，走在了通往湖墅的路上。

他在杭州逗留半年之久，来湖墅也许多次，平日里不乏闲情雅趣，来这里时，他会避开嘈杂的码头、集市和店铺。因为相对"十里银湖墅"的浓郁市井气息，他更喜欢看运河水面上的风帆、水中的云影，他会直接往河边走，边走边诵朱淑真那首描述马塍的小诗："一塍芳草碧芊芊，活水穿花暗护田。蚕事正忙农事急，不知

春色为谁妍。"（《东马塍》）

但此时，他只顾得上左顾右盼，恨不得多生出几只眼睛来……

太阳尚未升高时，张舜美已行至新码头，这个官用码头利用率不高，它的人气，远不及其他普通客运码头和货运码头。河里升起的水汽，在没有力度的阳光下，成了一层乳白色的雾，湿漉漉地环绕着码头。

此时，运河岸边围着些人，在看着地上的什么东西，他们中，有的叹息，有的摇头。

张舜美用力拨开人群，只见河岸的青草地上，落着一只湿漉漉的月白色绣鞋。他瞬间记起了帮素香往脚上套男式靴子时看到的绣鞋，鞋尖上，一丛绿叶簇拥着两朵小小的兰花，就像她的名字。

"哎呀，真可怜，不知是谁家的女孩儿，发生了什么事儿，溺水而死，这大过节的，这大正月里的，唉，真是……"

听到此，如被五雷轰顶的张舜美面色惨白、汗如雨下，他什么也说不出来，在水边呆立了半晌，最后，痴迷了一般，身不由己地往武林门方向走去。

过城门二重门的时候，他痛苦地闭上了眼睛，他记得，就是在这里，他永远失去了素香。

回到城内，酒醉般的步子，又一次将他带回了十官子巷。

沿途就听人三五议论，说老刘家的女儿，夜里被歹人拐走，不知怎的，却在离城门几里地的湖墅边溺水身亡。张舜美想到巷内南八幢门前打探，但几个正在四处询问街坊的衙吏的出现，使他不得不放弃了这个念头。

踉踉跄跄地回到了客栈，心力交瘁的张舜美一病不起，在阴阳两界边缘徘徊不已，在冰火两重天交织的噩梦里，他无数次到过武林城门，在二重门处，湖墅那特有的河水与田地的味道，既腥气又芳香，和湿润掺和在一起，如此浓重，压得他喘不过气来。

三

无论绍兴男孩张舜美如何在病榻上辗转煎熬，春风依旧又绿江南，武林门城门处人来人往，日夜不息，湖墅更是一派兴盛景象，花田绚烂、稻田葱茏，运河上的来往船只，满载着粮食、丝线、水产及各色货物，南北穿梭，奔波不息。

> 杭州里河船只，皆是落脚头船，为载往来士贾诸色等人，及搬载香货杂色物件等。又有大滩船，系湖州市搬载诸铺米及跨浦桥柴炭、下塘砖瓦灰泥等物，及运盐袋船只。盖水路皆便，多用船只。如无水路，以人力运之。向者汴京用车乘驾运物。盖杭城皆石板街道，非泥沙比，车轮难行，所以用舟只及人力耳。若士庶欲往苏、湖、常、秀、江、淮等州，多雇舸船、舫船、航船、飞篷船等。（〔宋〕吴自牧《梦粱录》卷十二《河舟》）

接着，和煦的春天让位给了热烈的夏季，随后而至的是清秋和寒冬。

一日，夕阳刚给运河水波洒下半把碎金，一只从北边过来的船缓行靠岸，伫立在船上的，是位表情凝重的中年人，船尚未泊稳，他就迫不及待地跳上了岸，双脚落到码头的青石板上，随即迈开大步，往北新桥下方向走去。

在他的身后，京杭大运河波光帆影，几只展翅的灰鹭，回旋于水边林间。

下船人的表情可谓一言难尽，疲惫的脸上，写着几分忧郁、几分悲怆，身上玄色的袍子，衬着他的面色格外苍白。

路上有人招呼他，但他脚步匆匆，并无应答，就连眼皮也不抬一下。于是许多人开始注视他，不仅仅是因为他憔悴的脸色、过于匆忙的脚步，还因为他手里拿着个与他整体状态不相和谐的东西——一只美丽的鸟笼和里面的画眉鸟。

在湖墅这一带，遛鸟人的作派完全不是这样的！他们通常会走得不紧不慢，迈着轻微的外八字——太过了会显得浮浪。脸略略上仰，眼角眉梢是自足、享受与放松。

显然不是遛鸟人的中年男子，疾步走进了一个宽敞的院落。

院中有棵枝叶茂盛的香樟树，树荫在地上画下了大片阴影。

他伸手把鸟笼挂到了樟树一根人头高的枝干上，轻轻地掀起了鸟笼的绿纱罩儿。顿时，笼里的画眉喜悦地伸颈抖翅，乌黑的眼珠滴溜溜的，如同两粒宝石，眼巴巴地盯着他看。中年人从怀里掏出一块丝帕，慢慢地拭去金漆笼子上的浮尘，又仔细看了看笼中闪着玉石般柔光的哥窑水食罐，眼泪，无声地流了下来。

笼中的画眉扭着小脑袋，像是在琢磨他的心思。鸟儿浅棕色油亮的羽毛，在傍晚的光线中显出罕见的华丽，雪白纤长的白色线条，在它的黑眼珠周围画出了一个完美的轮廓之后，意犹未尽地顺着眼角，又拖曳出了长长的秀丽眉毛，让这鸟儿的眼睛有了凤眼的神韵。

一阵凉风穿过香樟树的叶片吹过来，抚到了人和鸟的面上，鸟儿在立棍上轻轻跳了几下，微微昂起了头，张嘴唱了起来。

歌声先是短促，有点迟疑，像是试音，但马上，就进入了"百啭千声随意移"的境界。

屋门被重重地撞开了，一个女人晃晃悠悠地从中跑了出来，嘴里大声喊着：

"我的儿啊，你总算回来了！你到哪里去了？娘想死你了！"

中年人用手迅速抹去了面上的泪水，转过身去，哽咽着道：

"儿子回不来了，但我，把他的鸟儿带回家了。"

女人头晕目眩，跟跄了一下，被男人拉住，扶进屋去。

海宁郡武林门外北新桥下，有一机户，姓沈名昱，字必显。家中颇为丰足，娶妻严氏，夫妻恩爱。单生一子，取名沈秀，年长一十八岁，未曾婚娶。其父专靠织造缎匹为活，不想这沈秀不务本分生理，专好风流闲耍，养画眉过日。父母因惜他一子，以此教训他不下，街坊邻里取他一个诨名，叫作"沈

北新关遗址

鸟儿"。(〔明〕冯梦龙《喻世名言》卷二十六《沈小官一鸟害七命》)

杭州城天气不暖不寒,花红柳绿之时,一个早晨,无忧无虑的富二代男孩沈秀,提着他最心爱的"无比赛"的画眉鸟,离开家,就再也没有回来。

后来,他被发现躺在了杨柳依依的僻静河边空地上,画眉"无比赛"踪影全无,更可怕的是,沈秀的头,也被从身体上割下,不见了。

沈秀父亲沈昱的悲愤无法用语言描述,他哭晕在临安府内,请求官府缉拿凶手。

但事过半月,一点破案的线索也没有,无奈之下,沈昱只得自己满城贴悬赏告示:"告知四方君子,如有寻获得沈秀头者,情愿赏钱一千贯;捉得凶身者,愿赏

钱二千贯。"（〔明〕冯梦龙《喻世名言》卷二十六《沈小官一鸟害七命》）

告示贴出后，他将此情告知本府，本府亦限捕人寻获，也出告示道："如有人寻得沈秀头者，官给赏钱五百贯，如捉获凶身者，赏钱一千贯。"（〔明〕冯梦龙《喻世名言》卷二十六《沈小官一鸟害七命》）

这两张告示一贴出，在杭州城里顿时引起了轰动，武林门内外附近的区域，尤其是沈家所在的湖墅，就成了全城关注的焦点。

> 湖墅，乃北郭一隅耳。顾推而广之，则上自武林门，下至北新关，以及西则钱塘门，而抵观音关止，东则艮山门而抵东新关止，概谓之湖墅。（〔清〕高鹏年《湖墅小志》之《湖墅小志序》）

俗话说"有钱使得鬼推磨"，先前沈秀的无头尸首，被父母装在棺材里，搁在遇害的柳树林中好长时间，半点线索都没有，可悬赏告示贴出去没多久，就有人头的消息了。

来者有二，黄大保、黄小保兄弟，他俩将沈昱带到了南屏山藕花居湖边，说是日前在此地捕捉鱼虾，看见此人头，与湖墅的无头命案联系上，所以特来告知。

沈昱战战兢兢地从湖中淤泥里拿起那颗人头，虽泡水多时面目不清，无法辨认，但他心中认定这就是儿子的头，于是用手帕细心包起，抱在怀里，与黄家兄弟速到官府报告。

知府询问黄家大保二保之后，觉得所述与情理无悖处，旋即给了赏钱，无头尸就此结了案。

沈昱把人头抱到柳林中，开启棺材，将头凑上脖子安放端正，心中也宽慰了许多，好歹儿子也有个全尸了。

他照着告示上写明的赏钱，如数给了黄家兄弟，并好酒好肉地招待了二人一顿，以示谢意。

沈秀命案自此再没有新的突破，随着时间的流逝，官府懈怠了，沈家也无能为力。棺材一直被搁在河边的那片柳林中，沈家人每日沿着儿子生前走过的最后一段路，从湖墅过武林城门，来探望他。所有听说此事的人都绕道而行，昔日花红柳绿、莺歌燕舞的画眉发烧友宝地，如今一片死寂，惟有不远处的运河，在夜黑风高时会发出低沉的水声。

四

数月后，沈昱去北方出了趟公差。作为朝廷在册的丝织工匠，这次派给他的差事，是护送杭州当地织匠所产织物，从杭州城押至东京汴梁。

在汴梁做完所有交接工作之后，数月来抑郁成疾的沈昱，下决心要在京城散散心，没准儿能从痛失娇儿的阴影里走出来。

他起早贪黑，走遍了汴京所有的景点和许多寺庙道观，时时提醒并说服自己，他家门不幸，是他的命数。

那天，沈昱路过宫廷的禽鸟房，暗想，要是能进去看一下有多好，不知里面藏有什么供皇上消遣的珍稀鸟儿！和所有江南人一样，沈昱内心是极其热爱花草鱼虫、风花雪月的。

用点小钱打点了守门的，沈昱进到了园中。

刚走没几步，耳旁就传来了一阵画眉鸟的叫声，他一时间觉得耳熟，停下来屏息倾听片刻——这也太像了！

他顺着叫声找到了挂在大树杈上的鸟笼：金漆笼子，黄铜钩儿，哥窑水食杯，绿纱笼罩被高高地撩起。笼中的鸟儿一见他，便认出了他，高兴地扑棱扑棱扇起翅膀，撞着笼子，又叫又跳。

一点不差，这鸟儿果然是儿子沈秀养的"无比赛"！

沈昱顿时崩溃，他发疯般地失声大哭，边哭边叫冤屈。

在汴京御用禽鸟园撒泼喊冤的杭州织匠沈昱，被押到了大理寺。判官听了事情的原委，觉得这案子有点蹊跷，就下令把进贡画眉鸟儿之人抓来对质。

不一会儿，汴梁城商人李吉就被带到。他说，几月前去杭州城做生意，在武林门外湖墅的路上，被一箍桶匠担子上挂着的鸟儿惊艳，就出了一两二钱银子将此买下，回到京城之后，进贡给了御用禽鸟房。

可惜李吉的供词说服不了人，因为他除了买鸟的地点湖墅之外，提供不出箍桶匠的任何信息。而眼前的画眉鸟是确凿的证据，送它来京城的人，一定就是谋杀它原主人的凶手。

李吉仍然强辩，却被大理寺审判官厉声喝住。

严刑拷问下，被打得皮开肉绽的李吉无奈屈供：他在离武林门不远的柳树林中，被那啼叫婉转的鸟儿迷惑，杀了鸟儿主人，夺了画眉。

李吉在京城闹市被斩首，沈昱领回了儿子的画眉鸟，日夜兼程，沿京杭大运河回到了杭州，在新码头附近上岸，回到了家。

沈昱夫妇守着儿子的画眉"无比赛"，唏嘘了一夜。

第二天一早将实情报到杭州官府。官府众人顿时松了一口气，暗中庆幸此案被京都大理寺直接了断，府中少了一桩头绪纷乱的悬案。于是好言安抚沈家，如今凶手已被正法，尽早办后事，不宜拖到来年正月。

沈昱挑了合适的日子，将搁在柳树林中数月的棺材焚化，骨灰撒在了运河边儿子生前喜欢玩耍之处，以便此后家人到这一带祭奠。

五

春天的杭州，总是让人心醉至迷茫，正如后人所写"春山朦胧，春水潋滟，春兴载歌，春服载展"。

这个初春日，从下午三点到五点的官府晚堂，对很多在堂上的人来说，都很难将息，不是被厅外的暖风轻云、莺歌燕舞搅得心神不定，就是被挥之不去的倦倦春困搞得慵懒无力。

这时，堂上来了两位风风火火的人，他们响亮清脆的汴京口音，一下子驱走了荡漾在公堂上的闲适倦怠气氛，而他们的申诉，更是让所有的人都大惊失色。

两位汴京商人,是为年前杭州城"画眉无头案"而来,并且,他们声称已经锁定了真凶。

知府听完申诉,先是目瞪口呆,旋即哈哈大笑,最后厉声道:

"大胆刁民,扰乱公堂!沈秀一案早就被京城大理寺结案,奉旨真凶已被斩首。你们竟敢节外生枝,妖言惑众,来本府扰乱视听,真是荒唐!来人!将此二人打将出去!"

两人忙不迭地跪地磕头,请求知府,一定要听罢事

拱宸桥版画

雪梦千年运河

情的原委再下结论。

此桩"画眉无头案"从开始就一波三折，颇具传奇色彩，知府倒是想听听，眼前这两位外地人又会编出怎样的稀奇故事来，就让他们快快道来。

贺叔和朱叔，是常年奔波在京杭大运河上的药材商人，他们从北方收集道地药材，到江南一带直接卖给当地的药材批发商，再从南方收集些精致物事带回北方贩卖。近年来，他们固定只跑杭州，一是运河水运便捷，货物安全；二是富庶的杭州城医馆众多，对道地药材的需求量大，生意一直非常好做；三是杭州的工艺品精美细致，在北方很受追捧。

前段时间，在京城汴梁被作为"画眉无头案"真凶斩首的李吉，是他们的同行，三人常常结伴，往来南北跑生意，便成了朋友。

当他们知道李吉犯事时，已是他被正法的那天。二人本想到大理寺为李吉喊冤做证，但除了能证明，在湖墅道路上确有一箍桶匠卖给李吉鸟儿，他们也在场之外，也不能提供更多的信息。

于是，二人在李吉被斩首的当日，对天发誓，一定要在杭州找到凶手，纠正大理寺草菅人命的错判，伸张正义，还他一个清白。

两个药材商人有声有色的描述，激发了知府和众官吏的好奇心。

"后来呢？"

李吉死后不久，贺叔、朱叔二人登上了来杭州的船，一路顺风顺水来到了这里，下了船直奔往日下榻的湖墅旅店，安顿好了生意上的事，二人立马从武林门入城，去寻找无头案的真凶。

"这杭州城里'参差十万人家'，你们进城找一个人，不是大海捞针吗？"知府不住地摇着脑袋，觉得此二人幼稚非常。

"是啊，当时只觉得义愤填膺，也没考虑这么多，到了城里，满街人头攒动，确实一时蒙了。可老天有眼，正当我俩不知所措之时，诶，面对面走来了一个挑着担儿的箍桶匠。"

二人即刻上前询问，得知全杭州城里只有三个箍桶的，除了此公，一个是住石榴园巷的老李，一个是住在涌金门的老张。

贺叔、朱叔听罢，二话没说，直奔石榴园巷，刚进巷口，就看见一人在门前劈箍桶用的篾条，显然，并不是他们见过的那个在湖墅卖鸟儿的箍桶匠。

二人转身往涌金门跑去。老张家中无人。但此时，二人已基本断定，此人应该就是他们要找的人，于是决定在周边转转，说不定能截住他。

无巧不成书，就在离老张家几百米处，他们遭遇了箍桶匠，同时认准，他就是卖给李吉画眉鸟的那个人！

贺叔上前招呼了一声，问明了他的姓名和住址，并说有很多活儿要做，要找个手艺高超且靠得住的人。

老张见有大宗买卖寻上门来，心花怒放，满口答应。二人邀他次日不必出门揽活儿干，只管在家里候着，他们到时自然会上门来。

见箍桶匠被稳住，二人立即来到官府，为李吉翻案，并愿意随时对簿公堂。

这天夜里，箍桶匠老张在涌金门的家里被捕，第二天一早被押上公堂。

老张开始死不认账，贺叔、朱叔二人出庭，将他在何时何地以何价钱卖画眉给李吉一一说来时，老张还是不认，但怎么也解释不清为什么沈秀的鸟儿会挂在他的担子上。

知府以施严刑威胁他，末了，箍桶匠支持不住，招供了。

那日，他出城去湖墅一带做活儿，为绕近路走入柳林里，远远看见地上倒了一个人，像是死了一样，边上只有一只画眉笼，里面的鸟儿见了他，叫得特别欢。

老张心中一动，暗想这画眉或许能换几两银子，就起了坏心，弯腰将笼子拎起，正待要走，倒在地上的人突然醒了过来，大叫了起来：

"老王八！把我的画眉拿到哪里去！"

原来地上躺的就是被害者沈秀，他从小就有一疾叫小肠疝气。那天早上，沈秀优哉游哉地提着画眉笼，入城门逛到柳树林中，不想其他遛鸟人早已散了，柳林中一片寂静，他讨了个没趣，让画眉在枝头独自唱了一阵，摘笼后准备回家。

正在此时，他的病犯了，疼得倒地折腾，人事不省。箍桶匠拿他的鸟时，恰巧他正从昏迷中醒来，于是，就口齿不清地喊了起来。

被抓了个正着的老张，听小伢儿沈秀口出恶言骂他，气急败坏，又怕男孩爬起来后，自己不一定是他的对手，于是恶从胆边生，从担子上抽出削桶的利刃，在沈秀的脖子上割了一刀，谁知用力过猛，脑袋掉了下来。

老张吓得手脚发酥，拾起沈秀的人头来，投进了身边的一棵空心柳树中。

老张生意也没心思做了，挑着担儿快步离开了柳树林。他看着挂在担子上一摇一晃的画眉笼子，思忖着必须先把这证物处理掉。

突然，他想到了湖墅客栈里住的几个北方药材商人，常在城内城外搜寻稀罕物事与禽鸟等玩物，何不寻到他们，把得来的这"祸害"出手？

箍桶匠老张加快了脚步，出武林门，到了湖墅。

此时湖墅一带的春光，旖旎艳丽到了巅峰状态，《梦粱录》这样描述杭州的暮春气象：

> 是月春光将暮，百花尽开，如牡丹、芍药、棣棠、木香、荼蘼、蔷薇、金纱、玉绣球、小牡丹、海棠、锦李、徘徊、月季、粉团、杜鹃、宝相、千叶桃、绯桃、香梅、紫笑、长春、紫荆、金雀儿、笑靥、香兰、水仙、映山红等花，种种奇绝。卖花者以马头竹篮盛之，歌叫于市，买者纷然。当此之时，雕梁燕语，绮槛莺啼，静院明轩，溶溶泄泄，对景行乐，未易以一言尽也。（〔宋〕吴自牧《梦粱录》卷二《暮春》）

杭州城可谓花团锦簇，湖墅的东马塍、西马塍，则是全城的花圃。

马塍，以钱王时曾畜马于此，故名。从《钱塘县志》的"土细敏树，杭城花卉于此出焉"，以及《西湖游览志》提到的"城北有村曰马塍，居民多业艺花，土沃俗质，聚近而盖远"等相关描述中可见，这里成为花木种植基地的主要原因，是拥有恰到好处的土壤，与这里的米市、鱼市等并列的，就有马塍的花市。后来，元代人汤炳龙写过这样的诗句："马塍鸡唱曙初回，几处严关次第开。多少卖花人已到，剩将春色入城来。"（《西湖杂咏》）

柳暗花明说湖墅

> 橐西湖志云钱塘门外东马塍植奇巧花木
> 癸辛杂志云马塍蓺花如艺果今橐驼之枝揥
> 相传习四时撩树寓于城市中蓺为人修植卉
> 木经其手皆欣欣向荣马塍之名今不著俗呼
> 为花园埂

马塍艺花
引自《太平欢乐图》

可箍桶匠老张，却丝毫没有闲情逸致去享受这满目锦绣，更无"春将去也"的伤感。他一心只想寻到汴京来的药材商人，将画眉鸟儿尽快出手。

老张是幸运的，路上迎面来的，正是李吉等人。

酷爱禽鸟玩物的李吉，果然一眼看出了鸟儿"无比赛"罕见的素质，讨价还价只几个回合，老张就把鸟儿卖出手，欢天喜地地拿了银两回家。

过了一阵子，惶惶不可终日的老张，听说沈秀的头被找到了，后来，沈家又在京城找到了凶手，他庆幸自己成了漏网之鱼，心中杀了人的犯罪感也淡了几分。他怎么也没想到，天网恢恢，自己还是被找到了。

知府让箍桶匠头前带路，到了凶杀现场，锯倒他指认出的那棵空心柳树后，果然在里面找到了人头。

到场的沈昱经历几次晕厥，最终确认那人头属于自己的儿子沈秀。

那么，以前黄家兄弟用来换赏钱的人头是谁的？所有人都不约而同地在心里琢磨，多出一个人头来，就说明还悬有一桩命案！

黄大保与黄小保兄弟旋即被带到官府，最后挨不过，只能以实情相告。

当初，沈昱和官府同时贴出寻找人头悬赏凶手的告示，在杭州城里引起了不小的轰动。住在南高峰山脚下，有个名叫黄老狗的赤贫轿夫，心动了。

他思忖良久，瞪着失明的浑浊双眼，对着一双儿子黄大保、黄小保说道：

"机不可失，时不再来，这桩事儿有如此多赏金，你们俩不如把我杀了，割下头来，在西湖水里沤些日子，再拿出去换那些赏钱，怎么也比日后落到像我这个地步强。"

说者一时冲动，听者却很清醒，兄弟二人果然起了杀心。

当天晚上，他们去赊了两瓶酒，半夜待黄老狗喝得烂醉，深睡过去之后，就用刀割下了父亲的人头，在离家不远处挖了坑，埋了尸首，又把人头泡到了藕花居边的湖水里。待时机成熟，带沈昱去认领了人头，拿了沈家和官府两边的赏钱。

知府听罢，义愤填膺，派人先去了南高峰下，在离黄家破屋不远处，果然挖出了一具无头尸，认证是黄老狗的尸身。随后，黄家二兄弟在庭前被一阵痛打，就剩了一丝气息，所有的人都咬牙切齿，恨不得将他们就地正法。

"画眉无头案"最后审判，是在人们的期待之中的，朝廷除了大力表彰贺叔、朱叔两位商人的正义行为之外，三个凶手被游街示众后处死，涉及此案的大理寺判官被审查削官、发配岭南，被错杀的无辜药材商李吉的家人得到了赔偿，就连箍桶匠老张的妻子，也因知情不报而受到了天谴——看到丈夫被正法，惊恐之下，一跤跌死。

这桩"画眉无头案"，在杭州人心中投下了巨大的阴影，以致在很长时间里，在民间，"沈鸟儿"都是"祸根"的代用词。

六

尘埃落定的案子，随着时间的流逝，淡出了人们的生活，武林门城门内外，不断有新的故事、新的传说出现。运河的大小船只风帆飘扬，南来北往川流不息，东西马塍，花开花落，一季接一季。

无疑，只有与此案密切相关者的心，是永远波涛起伏、无法平静的。沈家人的思念和脚步，时时从湖墅，穿过武林门，进城，来到沈秀遇害的柳林中——这里又逐渐回到了原先莺歌燕舞的状态。

而有另外一个人，他的行走方向，与沈家人正好相反，他从十官子巷出发，穿过武林门城门，出城，来到湖墅的新码头，在河边的柳林中穿行寻觅。

他就是绍兴男孩张舜美，在湖墅的新码头边痛失爱人素香的那个落第书生。

得知素香溺水而死的消息后，张舜美大病不起，差点命丧黄泉。病愈之后，他没有回原籍，而是留在了杭州的客栈里，他不能接受失去了素香这一事实。

白天和夜里，他到过十官子巷无数次，他长时间地守在南八幢对面的隐蔽处，向那栋房子窥探，盘点家里进出的所有人员，企图从中找出她的踪迹。他坚信奇迹的出现：一乘轿子来到宅前，有人伸手撩起轿帘，她尚未露面，绣着兰草的小巧鞋子就先出现在他的视线中。

但奇迹总在这个环节上卡壳，他们在武林门走散之后，张舜美就再也记不起来她的面容，无论在梦里还是在醒处。每次当他盼望奇迹出现的时候，转而又会产生剧烈的恐惧，他怕等她真的站在他的面前，他会认不出她来。

他在她失落绣鞋的新码头边徘徊，越过夏日湿热和绚烂交织的网，在秋日落叶的舞蹈中等候，在冬天柳树林的苦涩间，倾听运河水给他带来的暗示和启迪。

最难将息的是元宵节，他从灯火阑珊处，走近他们第一次、第二次相遇的地方，有时由远而近的彩灯，会让他觉得是那盏彩鸾灯，然后，她将会冉冉而至，如同女神一般。他默诵欧阳修的《生查子》，觉得这词就是为他而作：

> 去年元夜时，花市灯如昼。月在树梢头，人约黄昏后。　今年元夜时，月与灯依旧。不见去年人，泪湿春衫袖。

张舜美，在读书和期盼中度日如年。

每次，无论从十官子巷还是从武林门，或者从湖墅新码头回到客栈，张舜美的心中都会有一种难言的空虚和寂寞。他一次又一次地梳理在他人生中最大不幸的缘由，最终得出的结论是，他与素香私奔的原因是，他是一介布衣，高攀不上她显赫的家族。

这个结论最终成了张舜美自救的理由，他发誓永远不再娶妻，把全部精力都投入到了寒窗苦读中。

三年后的乡试，绍兴张舜美得了第一名，"数日后，将带琴剑书箱，上京会试。一路风行露宿，舟次镇江江口，将欲渡江，忽狂风大作。移舟傍岸，少待风息。其风数日不止，只得停泊在彼"。

这不息的狂风，竟让张舜美几年来盼望的奇迹出现了。

无奈在江边徘徊惆怅的他，无意中走到了一松竹清雅的所在，竹林掩映着一个小小的尼姑庵，他信步入内，却被其中一人隔窗窥到，这人在泪眼蒙眬中，还是认出了他。

素香从屋中出来，他也毫不迟疑地认出了她。两人抱头大哭一场，诉说离别之苦。

三年前的元宵，两人在武林门城门口被冲散后，张舜美回到城中寻找素香,而她,走的却是另外一条路。她出了城门后,惊恐万分,但冷静下来想想,两人既然已经约定去镇江投亲,她就一定会在那里找到他。

素香连夜在新码头附近租了去镇江的船,心想要是家人决意追寻,不免查到线索,不如索性断了父母的念想。决绝的她脱下了一只绣鞋,扔在了河边的草地上,制造了溺水的假象。

到了镇江,她四处寻找张舜美的亲戚,但她所知的信息太不具体,压根儿就寻不到此人。

夜色如墨,江水滔滔,走投无路的素香哭倒在江边的亭子里,良久,她决定投江。但却没有如愿,她被一老尼拦住,跟着师父到了尼姑庵内,一住就是三年。

后来发生的事情,就平淡多了。张舜美跟素香回到了杭州,春暖花开之时,在湖墅的新码头双双下船,两人的目光同时掠过她脱落绣鞋处,那里绿草青青,杨柳翩翩,二人相视一笑,并肩望城门走去。

七

几百年之后,清代的朱琰在《金蜀逸人逸事》中,有这样的记述:

> 逸人张燕昌,过武林之北门关骨董摊上,得旧昌化石一枚,四面皆有画意,一面金碧山水,仿佛小李将军,一面芦苇,仿佛米虎儿,一面水云。逸人携之吴江,曹孝廉森与逸人善,见而爱之,逸人遂以赠。
> (〔清〕朱琰《金粟逸人逸事》)

这是清朝乾隆年间的一个春日，杭州城暖意融融、花香四溢，从浙江海盐来的年轻人张燕昌（逸人），浙派篆刻创始人"西泠八家"之一丁敬的弟子，得闲逛到了武林门一带。

他身着一件月白色的长袍，虽然来杭州很长时间了，但他还是喜欢穿从家乡带来的旧衣，旧长袍的质地，经老家的溪水无数次洗涤抚摩，带着故乡特有的温暖和朴实，穿在身上如第二层皮肤般惬意。也许，张燕昌的想法，与当初的绍兴男孩张舜美不谋而合，这世上或许只有这月白色，是最贴近愿从容自如地做"一介布衣"的颜色了。

稍稍撩起月白色袍角的他，出了城。

张燕昌一生"善鉴别，凡商周铜器，汉唐石刻碑拓，潜心搜剔，不遗余力"。在考据学上的成就，是他篆刻艺术创新的基础。极爱收藏的张燕昌，学识渊博，还有慧眼识珠的天生灵气，这不，在城门内外古玩店走一遭，就淘到了宝物！

张逸人淘到的昌化石印章，一面是精美雅致的金碧山水，貌似唐代画家李思训儿子李昭道的作品，这父子俩是唐代金碧山水画的始创者，在中国绘画史上分别被称为"大李将军"与"小李将军"；而另外一面，则是南宋画家米友仁（被黄庭坚戏称为米虎儿）宁静而寥廓的芦苇图，他有位天才父亲——米芾，父子俩被称为"大米小米"。

张燕昌用手轻轻抚摸着昌化石，它圆润的色泽与低调的质感，是一种只有岁月才能打磨出来的完美。他满足了，觉得今日不虚此行。

在古玩店店堂中央，挂着的一只鸟笼，被门外突然来的一阵风吹得晃晃悠悠，吸引了他的注意力。

乌木材质有好几处掉了金漆，露出了幽幽闪亮的光面，灰绿色的哥窑水食杯，有着老玉石的温润，擦得锃亮略显夸张的黄铜大挂钩，和整体略有点儿违和感。

他不由得想起了小时候读过的杭州"沈鸟儿"的故事，于是对店家道：

"劳驾，看看这笼子。"

"行啊，先生随便看。不过这笼儿不出手，只是小店的装饰品，这里几乎家家都有类似的。"

"没事儿，只是想起了原来读过的故事，看着有点儿像。"张燕昌突然止住了掌柜正往下拿笼子的手。

"哈哈，是记起了那可怜的'沈鸟儿'了吧？先生你说，要是当时没有那与朋友肝胆相照的人，这事没准儿至今仍然是个冤案呢！那两位，也真正过了一把'私家侦探'的瘾！这故事，让武林门和湖墅火了好几百年！先生有雅兴，为何不去新码头、东西马塍走走？再不去，半道红的桃花就该谢了。"

揣着昌化石的张燕昌，笑着走出了古玩店，此时，已是夕阳西下。

新码头下的河水，泛起微微的涟漪，周边的几棵柳树上，挂着几只金漆笼儿，歌声婉转的画眉鸟，在浓浓的绿荫中，歌唱着眼前盎然的春色。它们的歌声，在湖墅柳暗花明的背景里，随着运河的水流淌，在往来如梭船只的风帆上起舞,在叙述着那种坚定纯净、不沾功利的爱情故事,叙述着世代被人们赞叹的普通人的情怀,那种以伸张正义为己任的情怀。

杭州老去被潮催

> 临安风俗，四时奢侈，赏玩殆无虚日。西有湖光可爱，东有江潮堪观，皆绝景也。（〔宋〕吴自牧《梦粱录》卷四《观潮》）

一

农历八月十八，钱塘江两岸人头攒动，苏轼的一句"八月十八潮，壮观天下无"，说的是钱塘江一年中最大的潮水，在此日涌进杭州湾，这一天，曾是杭州人倾城而出的观潮日。虽然钱江潮在全年中每月两次，但放弃观看八月十八的大潮，意味着要足足等上一年，才能有机会再看到。

古代杭州人的"观潮"，自然不是停留在这个词的字面意义上，观潮，包括了好几个元素。读一下宋代周密《武林旧事》中的相关文字，就全理解了。

> 浙江之潮，天下之伟观也，自既望以至十八日为最盛。方其远出海门，仅如银线，既而渐近，则玉城雪岭，际天而来，大声如雷霆，震撼激射，吞天沃日，势极雄豪，杨诚斋诗云"海涌银为郭，江横玉系腰"者是也。……而豪民贵宦，争赏银彩。江干上下十余

里间,珠翠罗绮溢目,车马塞途,饮食百物,皆倍穹常时,而僦赁看幕,虽席地不容间也。(〔宋〕周密《武林旧事》卷三《观潮》)

观潮,首先,是看潮水。

钱江潮水,这气势磅礴的大自然杰作,被历代无数文人墨客赞叹过、感慨过。唐代诗人孟浩然的诗《与颜钱塘登樟亭望潮作》,描述了钱江潮给观潮者带来的全方位的感官震撼:从远方如沉闷巨雷的江潮声,撼天动地,滚滚而来,打破了弹琴鼓瑟、和乐且湛的气氛;随着潮水声,诗人飞身上马驰骋,直奔江边,登高亭,等待这即将来临的奇观;放眼望去,日高秋爽云徘徊,远方海天辽阔,一江云水相映;惊涛骇浪汹涌而来,宛若飞雪

〔宋〕夏圭《钱塘秋潮图》

直扑亭下；座中之人皆凛然，不由得寒意顿起。

　　百里闻雷震，鸣弦暂辍弹。府中连骑出，江上待潮观。照日秋云迥，浮天渤澥宽。惊涛来似雪，一坐凛生寒。（〔唐〕孟浩然《与颜钱塘登樟亭望潮作》）

潮水，在明代人张岱的眼中，却是出奇地具有艺术感。由远而近的潮水，一路下来，势头从一线"隐隐露白"的柔美，到"蹴起如百万雪狮"的极端强势，最后到达蔚为壮观的巅峰，这种具有丰富、丰满层次感的潮水，到人近前时那雷霆万钧之势，给人们强烈的冲击力，必然是这样的：看之惊眩，坐半日，颜始定。

　　立塘上，见潮头一线，从海宁而来，直奔塘上。稍近，则隐隐露白，如驱千百群小鹅，擘翼惊飞。渐近喷沫，冰花蹴起，如百万雪狮蔽江而下，怒雷鞭之，万首镞镞，无敢后先。再近，则飓风逼之，势欲拍岸而上。看者辟易，走避塘下。潮到塘，尽力一礴，水击射，溅起数丈，著面皆湿。旋卷而右，龟山一挡，轰怒非常，炝碎龙湫，半空雪舞。看之惊眩，坐半日，颜始定。（〔明〕张岱《陶庵梦忆》之《白洋潮》）

张岱写潮水在岩石上的撞击，用了"轰怒非常"，这个拟人化的"轰怒"，可以牵出宋人洪迈《夷坚志》中讲述的一件异事。

宁波有个名叫沈富的兵士，大约在他五六岁的时候，父亲在钱塘江中溺水身亡，从此他和母亲相依为命。生活本来就艰辛不易，偏巧沈富又先天不足，多病多灾。母亲四处问医求药，皆无济于事。无奈之下，只好去问了好几位算卦方士。他们的回答大同小异，都说是沈富死去的父亲在作祟。母亲回家以杯酒洒地祭奠，拜托丈夫的亡灵保佑他们的孩子，说："你驾鹤西去，给我留下了这个孩子，他是我现在唯一的依靠，你为什么如此祸害他？要是有什么愿望和需求，你应该托梦给我啊！"

  是夕，见梦曰："我死为江神所录，为潮部鬼，每日职推潮，劳苦痛至，须草履并杉板甚急，宜多焚以济用。年满方求代脱去矣。"（〔宋〕洪迈《夷坚志》卷十四《潮部鬼》）

沈富的母亲按照丈夫梦中所言，为他焚烧了草鞋和杉板，从此，沈富就再也没有生过病。

读过这段故事的人，当看到由远而近的潮水迅速涌来时，不知是否会有这样的想象：那卷起千堆雪的白色浪头之下，成千上万可怜的潮部鬼，衣衫褴褛，疲惫不堪，每日早晚两次，被迫出勤推潮，驱动江水撼天动地，而他们却苦不能言。如果真是这样，潮水的"轰怒"之势，是必然的了。

观潮，其次，是看皇家水军演练。

《武林旧事》中，记载了淳熙十年（1183）的观潮之事，对"水军演练"作了精彩的记录。

八月十八日，宋孝宗起驾，去父亲的德寿宫，接年迈的宋高宗和皇太后，出候潮门，前往浙江亭观潮。

  淳熙十年八月十八日，上诣德寿宫恭请两殿往浙江亭观潮。进早膳讫，御辇檐儿及内人车马，并出候潮门，先命修内司于浙江亭两旁抓缚席屋五十间，至是并用彩缬幕。（〔宋〕周密《武林旧事》卷七《乾淳奉亲》）

〔宋〕李嵩
《月夜看潮图》

　　为了这一年一度的观大潮活动,朝廷相关部门,事先会作相当周全妥帖的筹备。浙江亭两旁的江岸上,五十间观潮临时用房被搭建起来了,它们全部面江而立,众星捧月般地簇拥着浙江亭。江风猎猎,五彩的幔帐,被吹得上下翻飞,这在秋高气爽的江岸,是一道不可多得的绚丽节日风景。

　　每年八月十八钱塘江大潮之际,也是水军演练受阅之时,这是南宋时的传统做法。

　　潮水来临前,水面平静的钱塘江上,载着南宋水军最精锐力量的几百艘战船依次排列,由澉浦金山都统司水军、殿司新刺防江水军和临安府水军等部组成,于江面"作奔腾分合五阵之势",进行操练,并接受检阅。在起伏的船板上,水军们精神抖擞,不论是坐在马背上,还是单人站立,皆操演自如,如履平地,战旗、长枪、大刀在他们手中飞舞,令人目眩。精壮的士兵们齐声呐喊助威,声势浩大,一派龙腾虎跃之势。

陡然间,江面上黄烟四起,战鼓大作,火炮声震天动地,战船皆隐入烟雾中。待烟雾散尽、鼓声哑然之时,方才载满水军将士和战马的船,皆已无影无踪,江面上平静如昔,只有演习中几只被击败焚烧的"敌船",拖着浓烟,顺水而下,逐渐消失在远方。

> 每岁京尹出浙江亭教阅水军,艨艟数百,分列两岸,既而尽奔腾分合五阵之势,并有乘骑弄旗、标枪舞刀于水面者,如履平地。倏尔黄烟四起,人物略不

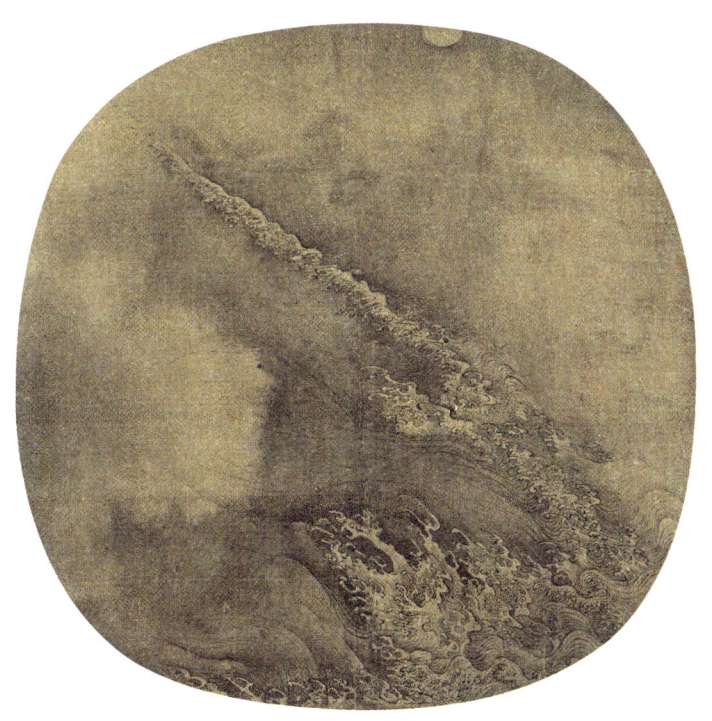

〔宋〕佚名《高秋观潮图》

相睹，水爆轰震，声如崩山。烟消波静，则一舸无迹，仅有敌船为火所焚，随波而逝。（〔宋〕周密《武林旧事》卷三《观潮》）

淳熙十年这次的水军大阅兵，规模格外盛大。据周密的记录，战船数量近千艘，水军五千人。舰队横列在大潮未至的宽阔江面上，北至龙山，南至西兴，乌压压的一片，大有遮盖江面之势。鼓声大作时，"点放五色烟炮满江，及烟收炮息，诸船皆不见"。

那一日，既精彩又正规的水军操练，使宋孝宗、宋高宗都倍感欣慰，也使沿江二十余里的围观者群情激昂，欢声此起彼伏。

可人们真切等待的，是下一个表演，也是观潮最精彩的部分。

观潮，再次，是看弄潮儿。

> 长忆观潮，满郭人争江上望。来疑沧海尽成空，万面鼓声中。　弄潮儿向涛头立，手把红旗旗不湿。别来几向梦中看，梦觉尚心寒。（〔宋〕潘阆《酒泉子》）

宋代文人潘阆，感慨钱江潮和潮水上的弄潮儿，留下了这首《酒泉子》（长忆观潮），从此，"弄潮儿向涛头立，手把红旗旗不湿"，就成了钱江弄潮儿最经典、最生动的形象。

"濒江之人，好踏浪翻波，名曰弄潮"。在江涛里翻滚长大的钱塘江男儿，在巨浪潮头上，找到了尽情展示自身价值和气概的形式。他们是断发文身，胸前和腿上有"龙的儿子"标识的弄潮儿。顺应潮流，为的是能完全驾驭潮流，勇敢和智慧，从来都是一个合格弄潮儿必备的两大基本素质。

再回到淳熙十年的那个八月十八观潮日吧。潮水如万马奔腾、势不可当涌来之时，激动人心的精彩时刻终于到来了！在两岸观众的欢呼声中，弄潮儿出现在浪潮之上。

> 市井弄水人，有如僧儿、留住等凡百余人，皆手持十幅彩旗，踏浪争雄，直至海门迎潮。又有踏混木、水傀儡、水百戏、撮弄等，各呈伎艺，并有支赐。太上喜见颜色，曰："钱塘形胜，东南所无。"上起奏曰："钱塘江潮，亦天下所无有也。"太上宣谕侍宴官，令各赋《酹江月》一曲，至晚进呈，太上以吴琚为第一，其词云："玉虹遥挂，望青山隐隐，一眉如抹。忽觉天风吹海立，好似春霆初发，白马凌空，琼鳌驾水，日夜朝天阙。飞龙舞凤，郁葱环拱吴越。　此景天下应无，东南形胜，伟观真奇绝。好似吴儿飞彩帜，蹴起一江秋雪。黄屋天临，水犀云拥，看击中流楫，晚来波静，海门飞上明月。"两宫并有宣赐。至月上还内。（〔宋〕周密《武林旧事》卷七《乾淳奉亲》）

在那个愉悦的观潮日，热爱文学的赵宋皇帝，自然要以诗词来完美收官。试想，耳边仍有潮水排山倒海而至巨响的回鸣，披着一身皎洁的秋夜月色，伴着钱塘江温润潮湿的气息，随口吟出"好似吴儿飞彩帜，蹴起一江秋雪"的诗句，心满意足地行于回朝的路上，是件多么开心的事情！

可那天为观潮作《酹江月》词的夺冠者吴琚的词句，怎么看都稍嫌死板。

〔清〕袁江《观潮图》

有关弄潮儿,周密在《武林旧事·观潮》篇中的描述,细节更丰富,更有动感和节奏感,让这一形象定格在钱塘江的巨大潮头之上:

> 吴儿善泅者数百,皆披发文身,手持十幅大彩旗,争先鼓勇,溯迎而上,出没于鲸波万仞中,腾身百变,而旗尾略不沾湿,以此夸能。(〔宋〕周密《武林旧事》卷三《观潮》)

观潮,最后,是看人。

杭州人不衰的玩兴、花样翻新的玩法,是自古以来众所周知的。南宋的吴自牧,曾这样写道:"临安风俗,四时奢侈,赏玩殆无虚日。西有湖光可爱,东有江潮堪观,皆绝景也。"

白居易有"早潮才落晚潮来,一月周流六十回。不独光阴朝复暮,杭州老去被潮催"(《咏潮》)的经典诗句。一年中,钱塘江每个月都有两次潮水,潮信就像昼夜交替、日月轮照。地老天荒,光阴和生命的流逝,不正如同那早潮接晚潮的钱江水一样,从不会止住脚步吗?

农历八月的钱塘江潮,达到最高潮。从八月十一日,就有人来沿江的观潮点欣赏潮起潮落,而潮水最大的十八日,自然而然,就成了全民观潮日。在一年一次的大潮面前,静修参禅或关门打坐,只是少数人的优越。滚滚红尘中的人,本性最爱的就是某些事物的磅礴气势,绝不会错过全身心领略、体验大自然馈赠的机会。不愿玩,不会玩,就是彻底虚度年华!杭州人,在这几天里,怎么会甘心待在城中,让钱塘江如千军万马的潮头,寂寞地自起自落而不为之呐喊欢呼呢?

> 至十六、十八日倾城而出,车马纷纷,十八日最为繁盛,二十日则稍稀矣。十八日盖因帅座出郊,教习节制水军,自庙子头直至六和塔,家家楼屋,尽为贵戚内侍等雇赁作看位观潮。([宋]吴自牧《梦粱录》卷四《观潮》)

〔清〕麟庆《鸿雪因缘图记·钱塘观潮》

这倾城而出的观潮规模，可以和一年中杭州城盛大的节日活动——元宵看灯、清明踏青等相提并论。

大潮那几日，是在江边拥有房屋的人家一年一度的最佳商机，观潮包厢、位子都早已被预约，供不应求，"自庙子头直至六和塔，家家楼屋，尽为贵戚内侍等雇赁作看位观潮"。

除了最佳观潮点浙江亭周边官方临时搭建的屋棚之外，沿钱塘江两岸十几里，都有大量的席棚出现，但即使这样，也是一座难求。"江干上下十余里间，珠翠罗绮溢目，车马塞途，饮食百物皆倍穹常时"。这时的江畔，熙熙攘攘，从城中赶来的人比肩接踵，宝马香车，道路拥堵，热闹非常。商贩们叫卖的食品诸物，此时虽价格翻倍，但销路极好，无人会过多地抗议这种水涨船高的价格浮动。

在这"万人鼓噪骇吴侬"的情形下，有很多人主要是来看人，顺带看潮。试想那些翩翩少年、风流浪子，怎能放过这"珠翠罗绮溢目"的大好时光？那些深闺少女，也可借此机会看几个英俊少年，来养养眼。而某些两情相悦又不能相见的人，更不愿意错过这天赐的良机。

二

家住杭州钱塘门外的少年乐和，就是来江边看人的。或者，说得准确一点，是来寻人的。

乐和要找的人，是和他青梅竹马的杭州女孩喜顺。

连着三年，他除了经常徘徊在喜顺家大门附近之外，每逢元宵赏灯、清明踏春、端午赛舟、中秋看月、重阳登高、钱江观潮这些节庆活动,都会到人扎堆处寻找她,说是"众里寻她千百度"也丝毫不过分。虽然如此,但还是没能遇到她。

乐和与喜顺的事儿,是一段少年男女的懵懂之情,起初,并没有什么大起大落、惊心动魄的情节。但乐和从小就是个细腻的有心人,他自从把她放在心上之后,就没有办法再放下了。

原则上说,乐和也算得上是个官宦子弟,祖上七代都曾在朝中做事。可到了他父亲这一辈,仕途传统却没有被继承下来,不知道什么缘故,父亲决定弃儒从商,从此淡出了官宦世家的圈子,在杭州钱塘门外开了一家百货店。

聪明伶俐且眉清目秀的乐和,小时候被寄养在城中舅舅安氏家,舅家的隔壁,住着一户姓喜的官宦人家。喜家开了个私塾,聚了些熟人子弟开课,乐和也去那里上学,就这样,他和喜家小名叫顺娘的女孩儿成了同窗。

他们俩的姓和名都很吉利喜庆,叫得响亮,听着舒服,人们遂将两人合叫,成了"喜乐和顺",并戏言道"合是天缘一对"。两个孩子听了,心中也欢喜,两小无猜,玩笑着私下里约定,日后定结为夫妇。

几年后,乐和从舅家回到了钱塘门外自家,离开了私塾,顺娘也辍学,回到绣房去专攻女红了。不能天天见喜顺的少年乐和,从此心中便有了牵挂。

又过了三年,时值清明将近,安三老接外甥同去上坟,就便游西湖。原来临安有这个风俗,但凡湖船,任从容便,或三朋四友,或带子携妻,不择男女,各自去占个座头,饮酒观山,随意取乐。安三老领着外甥上船，占了个座头。方才坐定，只见船头上又一家女眷入来，看时不是别人，正是间壁喜将仕家母女二人和一个丫头，一个奶娘。三老认得，慌忙作揖，又教外甥来相见了。此时顺娘年十四岁，一发长成得好了。乐和有三年不见，今日水面相逢，如见珍宝。虽然分桌而坐，四目不时观看，相爱之意，彼此尽知。只恨众人瞩目，不能叙情。船到湖心亭，安三老和一班男客都到亭子上闲步，乐和推腹痛留在舱中，挨身与喜大娘攀话，稍稍得与顺娘相近。捉空以目送情，彼此意会，少顷众客下船，又分开了。傍晚，各自分散。（〔明〕冯梦龙《警世通言》卷二十三《乐小舍弃生觅偶》）

这次见面，乐和彻底明白了自己的心愿，同时让他感到无比欣慰的是，他也明白了喜顺的心愿。他连夜在桃花笺上写了一首情诗，将信折成同心结，揣在怀中。

第二天一大早，他跑进城，到喜顺家附近，找了个可以看到宅大门的僻静处，候着，希望看到她出现。

就这样，乐和在那里候了几天，可她始终没有出现过。

执着的少年乐和没有放弃，他眼下的世界，是单个元素的存在，是喜顺在西湖游船上注视他时的目光，那目光中，有着和他一样的心愿。

苦苦寻找出路而不得的乐和，在苦思冥想中，突然眼前一亮，他记起了母亲曾经提起过的潮王庙，说那里面供奉的潮王心地善良，有洞察力，也特别灵验，因为他在被奉为神灵之前，是个同大家一样的凡人。

乐和决定祈求潮王的帮助。他私下里买了些香烛果品，动身去了武林门外的潮王庙。

> 石姥庙，在德胜坝，其神石瑰。唐长庆间，江涛为患，神竭家赀，筑堤捍之，竟死于事。屡见灵异，守臣上之，咸通中，封潮王，故称潮王庙。（〔明〕田汝成《西湖游览志》卷二十三《北山分脉城外胜迹》）

这位潮王的故事，是杭州人都知道的。有位叫石瑰的唐代人，无法容忍每年潮水给人们带来的灾患，遂倾其家产所有，在钱塘江边带领众人筑堤防潮，并为此献出了生命。后来，石瑰被唐懿宗封作潮王，杭州城里，也建起了供奉他的祠庙。潮王庙的香火，一直很旺。

少年乐和的脑子里有点混乱，因为他所知道的最有名的"潮"和"王"，是另外一码事，是吴越王钱镠射潮的故事。乐和又理了一下思路，看来，这杭州城里，与潮水密切相关的神灵，有好几位呢！也难怪，毕竟钱镠是吴越王，他做了石瑰没有做成的事情啊！

吴越王钱镠，杭州历史上的传奇人物。

> 性喜佛法，建造佛刹，金碧辉煌，不计其数。那时江潮极是利害，潮头有数十丈之高，如山一般拥塞将来，海塘屡筑屡坏。钱王大怒，叫三千犀甲兵士，待潮头来时，施放强弩，摇旗擂鼓，呐喊放铳。又祷于胥山祠，为诗一章道：
> 　　为报龙王及水府，钱江借取筑钱城。
> 将诗投于江内。又建六和塔以镇风潮，亲自取铁箭以射潮头，果然潮水渐渐退缩，东击西陵。海塘一筑而就。凡今之平地，即昔时之江也，为杭州千古之利。（〔明〕周清原《西湖二集》第一卷《吴越王再世索江山》）

却将情字感潮王
引自〔明〕冯梦龙《警世通言·乐小舍弃生觅偶》

虽然乐和想象不出潮王庙里的唐代潮王，与他乞求之事有什么瓜葛，但转念一想，多拜佛、多拜神总没错，既然是一位受众人供奉的神，一定会有他的通天本领。

想着，乐和进了庙，在潮王神像前恭恭敬敬地点燃了香烛，供上果品，跪下细说了自己的心愿。

待拜完了去烧纸时，那个写有情诗的同心结却不慎从怀中滑落，直接掉入了燃烧正旺的火焰里。他不顾手烫去抢出来，可惜烧得只剩下一个"侣"字了。

乐和不但不恼，反而觉得此字是个吉兆，这不正好是伴侣的意思嘛。心里这样想着，一抬头，看见了殿外碑亭内坐着一位衣冠古朴、容貌清奇的老者,他手拿一把团扇,扇上写有"姻缘前定"四字。

乐和见此字样,无比欢欣,这不正是他眼下最需要知道的事吗?他定了定心神,整了整衣服,忙上前施礼问好。

老者和颜悦色,自称姓石,可以推算姻缘命数之事。

少年乐和,急切地想知道自己的命中伴侣是什么人。

老者看了他一眼,说他年纪尚幼,操心这些事儿未免太早了些。

乐和却坚持说,情这事,和年纪大小没有必然关系。

老者也十分通达,问明了少年的生辰八字,掐手一算,笑道:

"小舍人佳眷,是熟人,不是生人。"

乐和听罢,喜从心中来,忙又问:

"我确实有一暗恋之熟人,但求先生看下我们的缘分如何。"

老者呵呵一笑,向他了招手,指着边上的一口八角井,说:

"想知道是否有缘分,趴在井沿上瞅瞅,就都明白了。"

少年虽心存疑惑,还是忙不迭地跑到井边。

众里寻他千百度

HANG ZHOU

佚名《观潮图》

乐和手把井栏张望，但见井内水势甚大，巨涛汹涌，如万顷相似，其明如镜。内立一个美女，可十六七岁，紫罗衫，杏黄裙，绰约可爱。仔细认之，正是顺娘，心下又惊又喜。却被老者望背后一推，刚刚的跌在那女子身上，大叫一声，猛然惊觉，乃一梦，双手兀自抱定亭柱。正是：黄粱犹未熟，一梦到华胥。（〔明〕冯梦龙《警世通言》卷二十三《乐小舍弃生觅偶》）

白日做梦的乐和在碑亭中醒来后，才明白自己梦见的石姓老者，应该就是潮王庙中供奉的神本人，他眯起眼睛，又重温了梦中情景，开心极了，"潮王果然灵验"！

从潮王庙回去后，乐和就跟家里提出请媒人去喜顺家求亲的事情，可他的父亲和舅舅死活不同意，理由是乐家已经脱离了官宦圈子，做了商贾，虽敛财有方，衣食无忧，但像喜家那样的名门宦室，是不会愿意将女儿嫁到商人家的。

乐和再三哀求，终究无果。

少年只好暂时作罢，他用纸裱了一个牌位，上面写着"亲妻喜顺娘生位"，时刻不离身，每天吃饭前、睡觉前，都要对着牌位轻轻地呼唤她，向她诉说自己的心意。

每逢过节或城中有集聚性的活动时，乐和总是精心梳洗，换上时尚的衣服，专奔那些人多的去处，希望像上回清明节邂逅一样，能再次遇见她。可每次，他都垂头丧气地回家，"去似朝云无觅处"，仿佛她在杭州城内消失了一般。

随着他年龄的增大，英俊少年乐和家，开始有媒人频繁上门了，但乐和心中暗暗发誓，要等喜顺嫁人了，他才会死心，那时谈婚配也不迟。他暗中闻听喜顺谈婚论嫁时，也是高不成低不就，不由得甚感欣慰，暗中祷告她不要看上任何人。

三

乐和这次来钱塘江边寻喜顺，是充满信心的。早些日子，街头巷尾就在谈论，这一年的观潮日场面规格特别高，不但水军操练要显大国雄风，就连弄潮儿的人数也比往年多。因为朝中的翰林大学士，要陪同一位懂诗文的外国使臣来观潮。

乐和的直觉告诉他，这样的场面，杭州人定会倾城而出，喜顺一家肯定也不会错过的。

他凌晨起床，穿戴完毕，对着顺娘的牌位千叮咛万嘱咐，今日一定要来跟他相见。

乐和早早地出门奔江边去了，在离江边还很远的地方，他就发现，自己并非唯一起早的人，从各个方向往江边走的人已经很多了。有后来的诗人瞿佑《观潮》诗为证："出郭游人不待招，相逢都道看江潮。今年秋暑何曾减，映日争将画扇摇。"

乐和心中泛起了忧虑，人越多，他找到喜顺的概率就越小。可等他到了江边之后，就彻底傻眼了。

沿江两岸，装饰着五彩帘幕的席棚一望无际，要在这里找到她，无疑是大海捞针。

急得出了一头热汗的乐和，一下子没了主意，他扭身四处张望,不知往何处走。

江岸高处的浙江亭已戒备森严,远远地瞅一眼,见到的只是曲线柔中带刚的亭檐,伸向湛蓝色的天空。转头看,月轮山上的六和塔,矗立于古松翠柏之中,它的调性是镇定沉稳的,如一位经历过太多风雨坎坷的缄默哲人,凝望着面前的江水:

杭州六和塔屹立于老木苍崖之上,前对越山,俯瞰胥涛,吴越胜概尽在目中。均山朱涣行父诗云:"古木苍崖高又寒,宝坊突兀峙其间。阅人多矣数层塔,开户视之三面山。已没还生潮又汐,既修复缺岩成湾。老僧袖手浮云表,门外幢幢自往还。"全篇确切有味。([宋]韦居安《梅磵诗话》卷中)

杭州明末最有品位的"大玩家"张岱,也对六和塔一往情深,他在《西湖梦寻》中这样写道:

月轮峰在龙山之南。月轮者,肖其形也。宋张君房为钱塘令,宿月轮山,夜见桂子下塔,霂旋穗散坠如牵牛子。峰旁有六和塔,宋开宝三年,智觉禅师筑之以镇江潮。塔九级,高五十余丈,撑空突兀,跨陆府川。海船方泛者,以塔灯为之向导。([明]张岱《西湖梦寻》卷五《西湖外景·六和塔》)

乐和从未在大潮时登临六和塔,他无法想象,站在那座将钱塘江的惊涛骇浪压在脚下、逼迫它收敛凶猛之性的高塔上放眼观望,那壮观的潮水,在塔脚下瞬间变得平静甚至柔顺,会是一种怎么样的感受。

迟疑间,乐和随着熙熙攘攘的人流,到了白塔岭上的一处开阔地带。这里视野开阔,四面都看得到潮头,故被称作"团围头"或"团鱼头",但还有个更诗情画意的名字,叫"天开图画"。

来团鱼头的人,都是些勇猛胆大的小哥儿,这里不但能看到潮,而且能触到潮头,非常刺激。

这个所在,潮势阔大,多有子弟立脚不牢,被潮头涌下水去,又有齑湿了身上衣服的,都在下浦桥边搅挤教干。有人做下《临江仙》一只,单嘲那看潮的:
自古钱塘难比。看潮人成群作队,不待中秋,相随相趁,尽往江边游戏。沙滩畔,远望潮头,不觉侵天浪起。 头巾如洗,斗把衣裳去挤。下浦桥边,一似奈何池畔,裸体披头似鬼。入城里,烘好衣裳,犹问几时起水?([明] 冯梦龙《警世通言》卷二十三《乐小舍弃生觅偶》)

要是在平日,乐和一定不会轻易让出团鱼头上的宝贵位置,他会和那些大呼小叫、推推搡搡的少年们挤在一起,喊着跳着,等待潮头涌上来,要是能被凉飕飕的江水淋成落汤鸡,会更加过瘾。

但心里有牵挂的乐和,眼下没有心思再玩那些了。他在团鱼头上匆匆转了一圈,就离开了,重新汇入人流,朝沿江岸铺开的席棚彩幕挤去。他心里明白,喜顺,一个官宦家小姐,无论如何都不会挤在团鱼头上看潮的。

突然,他在前方发现了一个眼熟的妇人,正往一个大席棚走去。乐和看清了她是喜家的女佣,急忙扒开人群,紧跟在她身后。

终于找到了!一间宽敞的席棚里,喜顺一家老小,围坐着小几饮茶聊天,好不热闹。

乐和生怕自己被发现，探头看清了之后，留在了外面，身子紧贴在席棚上，用眼睛寻找她的目光。

恬静的人，终于抬起了头，她也看到了席棚外的乐和，想起身招呼他，但毕竟男女有别，父母兄长都在场，喜顺不敢贸然动作，也只能痴痴地望着他。

却说乐和与喜顺娘正在相视凄惶之际，忽听得说潮来了。道犹未绝，耳边如山崩地坼之声，潮头有数丈之高，一涌而至。……那潮头比往年更大，直打到岸上高处，掀翻锦幕，冲倒席棚，众人发声喊，都退后走。顺娘出神在小舍人身上，一时着忙，不知高低，反向前几步，脚儿把滑不住，溜的滚入波浪之中。（〔明〕冯梦龙《警世通言》卷二十三《乐小舍弃生觅偶》）

乐和刚听到有人叫"潮来了"，身子就下意识地马上往高处移动，可一双眼睛却死盯着喜顺家的席棚，嘴里高声喊着："避水避水！"

忽见喜顺被潮卷走，他的脚步自然留不住，扑通一声，就跳进了江里去救。

喜家人见状大呼重赏救人，"有那一班弄潮的子弟们，踏着潮头，如履平地，贪着利物，应声而往。翻波搅浪，去捞救那紫罗衫杏黄裙的女子"。

乐和并不会游水，他很快就沉到了江底。

当他睁开眼睛时，发现自己身处香烟缭绕的潮王庙中，面前站的，竟然是让他在井中看姻缘的着古代衣冠的老者。

冒险轻生不自怜
引自〔明〕冯梦龙
《警世通言·乐小舍弃生觅偶》

潮王笑着,把先他而至的喜顺亲自托付给了他。

少年少女心中欢喜,却说不出话来,于是面对面,四目相对,四臂相环,任凭身体在波浪中浮沉起来。

喜顺的紫罗衫杏黄裙,在水中格外显眼,很快就被弄潮儿们抢出水面。

但两个被救上来的落水者的状况,却有点令人尴尬,两人偎抱得紧,唤不醒,拆不开,但体尚暖,这不生不死的样子,让人想救又无从下手。

乐和的父亲觉得儿子太憋屈,大哭道:"儿啊,你生前不得吹箫侣，谁知你死后方成连理枝！"

喜家人问明了此话的起因，这才知道两个少年少女倾心相悦的事，叹息不已之余，后悔莫及。

两家大人悲痛欲绝，泣不成声地呼儿叫女，齐齐许下承诺，要是他二人真的能醒来，就让他们结为夫妻。

说也奇怪，乐和与喜顺听到此言，忙不迭地一前一后地醒来了，而且连水都不吐一口，丝毫不像溺水之人。

接着，谁也没有再浪费时间，提亲和成婚，都是顺理成章的事情，乐和与喜顺，这对经过了钱塘江大潮的洗礼，被潮王祝福保佑的有情人，终成眷属。

据说，杭州城从此有了这样的风俗，论起姻缘婚配，都喜欢用"喜乐和顺"四字。这样，他们的故事，就流传下来了。

四

钱塘江的潮水，杭州的潮王，让两情相悦的乐和与喜顺因祸得福，有情人终成眷属。想必在后来的岁月中，他们不会错过每一年的钱塘江大潮日，在这一天，会起早从城中出发，踏上已经熙攘的去江边的路，他们遥望在江雾中浮现的浙江亭，膜拜以苍松翠柏为底衬的缄默六和塔。此时，江岸上的五彩帷幕，在晨风中如波浪般起伏。最后，他们或许会挤上属于无畏少年人的团鱼头，四顾江天一色的景象，等待大潮汹涌而来。

可是，各人有各人的观潮方式，并非所有人都像乐和、喜顺一样，如此高调地随大流登高处观潮。在他们看来，只要是有江处，皆得见潮。

> 慎东美字伯筠，秋夜待潮于钱塘江，沙上露坐，设大酒樽及一杯，对月独饮，意象傲逸，吟啸自若。顾子敦适遇之，亦怀一杯，就其樽对酌。伯筠不问，子敦亦不与之语。酒尽，各散去。（〔宋〕陆游《老学庵笔记》卷四）

陆游文中记述的这两位，本身都是个中翘楚，慎东美是北宋才华横溢的书画家，顾子敦与苏东坡、黄庭坚等大师交往甚密，是一名颇有文采的国史实录官员。

在江岸的沙地上偶遇，两人静坐等待潮水，饮酒赏月，虽相对无语，却是心有灵犀，一切尽在不言中，大有魏晋名士潇洒超脱之态。

陆游没有写最后他们是否在沉默中，等到了潮水的来临，因为这并不重要。可以想象一下这种情景：月明之夜，天地之间，两个洒脱之人，坐在尚存落日暖意的沙地上，候潮。手中，一杯醇酿；眼前，一条大江。

他们会感觉到此刻的月亮的清辉，与任何过去的一夜的微妙区别；空气中充斥着轻微的颤动，预演的是潮水袭来之时的序曲；夜鸟和蟋蟀皆禁言，宇宙间笼罩着阒寂，这种大潮的无声前奏，甚至远比潮水本身更珍贵。

有时，文人雅士的观潮方法确实不同凡响，也许，他们更享受潮水涌来之前的宁静，因为这种宁静，是期待时难以把握的定力，是迸发前的厚重积蓄，是高潮后怅然的反思。候潮之时，潮，早已在他们心中几涨几落了，

烟雨六和塔

而到江边名曰"待潮",实则"悟潮"。

在听涛悟潮之人中,没有谁能与《水浒传》中的花和尚鲁智深相提并论。

鲁智深的命运和归宿,是与潮联系在一起的。这是他在杭州六和塔听涛时悟到的。

鲁智深是《水浒传》中最出彩的人物之一,所有与他相关的故事,都是书中最生动的看点。作者施耐庵,在这个人物身上倾注了大量笔墨,一个具有正义感的侠客形象跃然纸上,他是怒目金刚,也是低眉如来。

"哪有不平哪有我""该出手时就出手",是鲁智深道德观在行动上的具体体现。人们不在意甚至欣赏他粗鲁急躁、蛮横无理的言语行为,是因为在这种狂放不羁的背后,有一股浩然正气,有他的豁达豪爽,他的善良厚道,他的智勇双全和率真坦荡。

鲁智深的精彩登场，是在《水浒传》第三回。家乡华阴县的乡绅史进，被官府缉拿，逃到渭州，在一家小茶坊里看见他，那时他还是鲁达，一名经略府提辖。这是书中他的首次亮相，就已经惊艳全场：

> 只见一个大汉大踏步竟入来，走进茶坊里。史进看他时，是个军官模样，怎生结束？但见：头裹芝麻罗万字顶头巾，脑后两个太原府扭丝金环，上穿一领鹦哥绿纻丝战袍，腰系一条文武双股鸦青绦，足穿一双鹰爪皮四缝干黄靴，生得面圆耳大，鼻直口方，腮边一部貉獠胡须，身长八尺，腰阔十围。（〔明〕施耐庵等《水浒传》第三回《史大郎夜走华阴县 鲁提辖拳打镇关西》）

鲁达与史进一见如故，"你即是史大郎时，多闻你的好名字，你且和我上街去吃杯酒"。鲁达的豪爽侠义之气，顿时显露出来。

随后，二人携手同去酒馆。两位英雄欲豪饮畅谈时，隔壁房间的哭泣声，让鲁达烦躁不已，"甚么人在间壁吱吱的哭，搅俺弟兄们吃酒？洒家须不曾少了你酒钱"。如此，他结识了卖唱的金老二、金翠莲父女，知道了他们被状元桥下卖肉屠户镇关西压榨欺负的事情。

这样，就有了书中让人读了痛快淋漓、拍案叫绝的章节"鲁提辖拳打镇关西"，鲁达路见不平、疾恶如仇的正义感，智勇双全的谋略，粗中有细的性格特点，都在此处得到了充分的显现。

"杀人须见血，救人须救彻"，鲁达没有控制好"见血"的程度，一方恶霸郑屠饱尝他的一顿老拳之后，一命呜呼。鲁达慌忙连夜出逃，四五十日后，逃至五台山周边，被金老二的女婿赵员外送上五台山，到文殊院出家当和尚。

庙里的众僧以貌取人，欲抵制鲁达，他们异口同声地说道："却才这个要出家的人，形容丑恶，相貌凶顽，不可剃度他，恐久后累及山门。"

可五台山的智真长老慧眼识珠，面对众人的反对，他淡定自如：

> 焚起一炷信香，长老上禅椅盘膝而坐，口诵咒语，入定去了；一炷香过，却好回来，对众僧说道："只顾剃度他。此人上应天星，心地刚直。虽然时下凶顽，命中驳杂，久后却得清净。正果非凡，汝等皆不及他。可记吾言，勿得推阻。"（〔明〕施耐庵等《水浒传》第四回《赵员外重修文殊院　鲁智深大闹五台山》）

在智真长老的主持下，鲁达正式剃度出家，法号智深。

可他不遵佛门清规戒律，不但喝酒吃肉，还打骂寺僧，最后上演了"大闹五台山"，砸烂了文殊院的亭子，捣毁了金刚，打伤僧人数十名。

智真长老无奈之下，只好让他离开五台山，介绍他到东京大相国寺去修行。

临行前，智真长老给鲁智深第一段命运偈言："遇林而起，遇山而富，遇水而兴，遇江而止。"鲁智深拿着偈语离开了文殊院，过后来看，这四句话分明是他此后的四个重要人生节点。

去东京路上"大闹桃花山""火烧瓦罐寺"的鲁智深，直到被东京大相国寺派到菜园子做掌管，倒拔垂杨柳服众，仍是正义初心不改的莽和尚，他的率性烂漫，他纯粹的本性，至此发挥到了极致。而在第八回《林教头刺配沧州道　鲁智深大闹野猪林》中不顾一切地救下林冲，体现的是他的善良和义气，他从不瞻前顾后但也不鲁莽行事的优点。

后来，他入伙二龙山，三山聚义后，鲁智深上梁山泊，因一身刺青被称为花和尚，成了名副其实的绿林好汉，持着六十二斤水磨镔铁禅杖，骁勇善战，功劳显赫。

梁山好汉在宋江的统领下接受朝廷招安，鲁智深对自由的坚守，对人性善恶和时局的清醒认识，使他成为反招安的人物之一。宋江醉酒作《满江红》，一句"望天王降诏早招安，心方足"，引起了他的反感，作为清醒者，他直截了当地表达了自己的看法：

> 只今满朝文武，俱是奸邪，蒙蔽圣聪，就比俺的直裰染做皂了，洗杀怎得干净？招安不济事！便拜辞了，明日一个个各去寻趁罢。（〔明〕施耐庵等《水浒传》第七十一回《忠义堂石碣受天文　梁山泊英雄排座次》）

被招安了的梁山好汉，破辽军大胜，立功受赏。正是众人意气风发之时，鲁智深向宋江提出，要去看望他的师父、五台山文殊院的智真长老。

阔别多年，师父的一声"徒弟一去数年，杀人放火不易"，让鲁智深低头，陷入了深深的沉默中。

离别时，智真大师免不了嘱咐一番。

> 唤过智深近前道："吾弟子，此去与汝前程永别，

正果将临。也与汝四句偈去,收取终身受用。"偈曰:
"逢夏而擒,遇腊而执。听潮而圆,见信而寂。"
鲁智深拜受偈语,读了数遍,藏于身边,拜谢本师。智真长老道:"吾弟子记取其言,休忘了本来面目。"(〔明〕施耐庵等《水浒传》第九十回《五台山宋江参禅　双林镇燕青遇故》)

这段偈语,是鲁智深生命第二阶段的概括。

果然,他的命运轨迹,沿着偈语指引的路向前延伸:他在万松林里与方腊部将夏侯成交手,将此人活捉;他听从山中偶遇的老和尚之言,抓住了穷途末路的方腊,事后,他想着抽身而去。与丝毫不了解他的宋江之间的对话,表达的是两种人生观的差异:

宋江道:"那和尚眼见得是圣僧罗汉,如此显灵。今吾师成此大功,回京奏闻朝廷,可以还俗为官,在京师图个荫子封妻,光耀祖宗,报答父母劬劳之恩。"鲁智深答道:"洒家心已成灰,不愿为官,只图寻个净了去处,安身立命足矣。"宋江道:"吾师既不肯还俗,便到京师去住持一个名山大刹,为一僧首,也光显宗风,亦报答得父母。"智深听了,摇首叫道:"都不要,要多也无用。只得个囫囵尸首,便是强了。"(〔明〕施耐庵等《水浒传》第九十九回《鲁智深浙江坐化　宋公明衣锦还乡》)

五

相比之下,宋江的人生理想,实在过于平庸了。

其实,鲁智深并非什么都不要,他要的,是能够摆脱世俗的全身心的自由。

"收军锣响千山震,得胜旗开十里红",方腊已被抓住,宋江率部回到杭州,在六和塔附近驻扎,诸将都在六和寺安歇。

> 且说鲁智深自与武松在寺中一处歇马听候,看见城外江山秀丽,景物非常,心中欢喜。是夜月白风清,水天同碧。二人正在僧房里睡至半夜,忽听得江上潮声雷响。鲁智深是关西汉子,不曾省得浙江潮信,只道是战鼓响,贼人生发,跳将起来,摸了禅杖,大喝着便抢出来。众僧吃了一惊,都来问道:"师父何为如此,赶出何处去?"鲁智深道:"洒家听得战鼓响,待要出去厮杀。"众僧都笑将起来,道:"师父错听了,不是战鼓响,乃是钱塘江潮信响。"鲁智深见说,吃了一惊,问道:"师父,怎地唤做潮信响?"寺内众僧推开窗,指着那潮头叫鲁智深看,说道:"这潮信日夜两番来,并不违时刻。今朝是八月十五日,合当三更子时潮来。因不失信,为之潮信。"([明]施耐庵等《水浒传》第九十九回《鲁智深浙江坐化 宋公明衣锦还乡》)

鲁智深被如激荡鼓声的夜潮惊起,听了六和塔的僧人解释何为"潮信",这才明白他的时刻到了。英雄第一次听夜潮,也免不了为之震撼。夜间,从六和塔上观钱塘江大潮,会是何等壮观的景象!

明代的高濂,在他的《四时幽赏录》中,有《六和塔夜玩风潮》一篇,至今,都可以将此尊为奇文:

> 浙江潮汛,人多从八月昼观,鲜有知夜观者。余昔焚修寺中,燃点塔灯,夜午月色横空,江波静寂,悠悠逝水,吞吐蟾光,自是一段奇景。
>
> 顷焉风色陡寒,海门潮起,月影银涛,光摇喷雪,

杭州老去被潮催

鲁智深六和塔闻潮　引自〔明〕刘君裕刻绘《忠义水浒全传图》

云移玉岸，浪卷轰雷，白练风扬，奔飞曲折，势若山岳声腾，使人毛骨欲竖。古云："十万军声半夜潮。"信哉！过眼惊心。（〔明〕高濂《四时幽赏录》之《六和塔夜玩风潮》）

在鲁智深窗外的宽阔江面上，大潮正在逼近，雪涛映着月影涌来，如轰雷、如战鼓，惊心动魄。

鲁智深看了，从此心中忽然大悟，拍掌笑道："俺师父智真长老，曾嘱付与洒家四句偈言，道是：'逢夏而擒'，俺在万松林里厮杀，活捉了个夏侯成；'遇腊而执'，俺生擒方腊；今日正应了：'听潮而圆，见信而寂'，俺想既逢潮信，合当圆寂。众和尚，俺家问你，如何唤做圆寂。"

寺内众僧答道："你是出家人，还不省得？佛门中圆寂便是死。"鲁智深笑道："既然死乃唤做圆寂，洒家今已必当圆寂。烦与俺烧桶汤来，洒家沐浴。"寺内众僧，都只道他说要，又见他这般性格，不敢不依他。只得唤道人烧汤来与鲁智深洗浴，换了一身御赐的僧衣，便叫部下军校："去报宋公明先锋哥哥，来看洒家。"又问寺内众僧处，讨纸笔写下一篇颂子。去法堂上，捉把禅椅，当中坐了。焚起一炉好香，放了那张纸在禅床上，自叠起两只脚，左脚搭在右脚，自然天性腾空。比及宋公明见报，急引众头领来看时，鲁智深已自坐在禅椅上不动了。看其颂曰：

"平生不修善果，只爱杀人放火。忽地顿开金枷，这里扯断玉锁。咦！钱塘江上潮信来，今日方知我是我。"（〔明〕施耐庵等《水浒传》第九十九回《鲁智深浙江坐化　宋公明衣锦还乡》）

在鲁智深生命的最后一刻，他从内心深处才真正理解了智真大师所说的"休忘了本来面目"的含义，明白

〔清〕张宝《续泛槎图三集·海宁观潮》

了六和塔外的那澎湃大潮，将携他超脱这个俗世，还原他的纯净本性。"钱塘江上潮信来，今日方知我是我"。

有人会说，一部《水浒传》，英雄豪杰无数，其中最生动、最豪爽、最超脱的人，当推鲁智深。可他，却始终是个孤独寂寞的侠客，即便一路走下来，结交甚多，见识颇广，但他心灵深处的理想主义，却始终没有遇上能碰撞出火花的幸运。

那就让他随着钱塘江惊天动地、势如破竹的大潮水去吧！摆脱一切的世俗的、外在的束缚，带着他的率真，他的善良，他的豁达，他的正义感和他的智慧，放飞心灵，让生命达到一种最纯粹的自由，这是只属于他这类人的境界。

钱塘江潮水，以万马奔腾之势，雷霆万钧之力，撞击着岁月的转轮,述说着英雄与凡人的故事。它用渴望张扬宇宙万物旺盛的生命力的壮观形式,呼唤着人们去欣赏它、倾听它。

那么,为什么不选个晴朗的涨潮日,或者一个秋天的静谧夜晚,沿着前人走过的沿江观潮道路,漫步于少年郎戏潮湿身的平地,坐在诗人把酒对月的待潮沙地,登上悟道者腾空而去的听潮高塔,去待潮,去听潮,去看潮。

我们去,有时是为了爱情,为了诗,为了寻求愉悦和激情,为了振奋勇气拓宽胸怀;有时是为了放飞心灵,为了能在水的吼声中,倾听自己灵魂深处之音。但有时,也可以什么都不为,只将思绪托付给潮水,任凭它带着,奔去远方。

旧住梅城门向南

严之所以为望郡而得名者，不以田，不以赋，不以户口，而独以云山苍苍，江水泱泱，有子陵之风在也。（〔宋〕方逢辰《景定严州续志》序）

一

有关梅城的故事，必定要从古代睦州和严州说起，因为梅城，从前叫睦州城、严州城。

睦州，是在隋文帝杨坚当朝的仁寿三年（603）时设定的，郡治是新安县（今浙江淳安）。

隋炀帝杨广的大业三年（607），睦州不叫睦州了，被改名为遂安郡。

到了唐朝开国皇帝唐高祖李渊时的武德四年（621），遂安郡复名为睦州。钱塘江沿岸的桐庐、分水和建德三个县合并，设州，取东汉初年在这一带七里泷隐居的名士严子陵之姓氏，命名为严州。

唐武德七年（624），废严州，复为睦州。

武周万岁通天二年（697），睦州治所始迁建德县治，从此，严州城也就是梅城的故事，有了开头。

北宋宣和三年（1121），宋徽宗改睦州为严州，严州州治与建德县治仍同城，严州城名副其实了。

赞美古代严州、给此地留下美好文字的人很多，但真正说出了严州精粹、给严州下了最精彩定义的人，非宋理宗朝进士、南宋著名政治家、理学家方逢辰莫属：

> 严之所以为望郡而得名者，不以田，不以赋，不以户口，而独以云山苍苍，江水泱泱，有子陵之风在也。（〔宋〕方逢辰《景定严州续志》序）

梅城的故事，是山环水抱中的一座古城的故事，是山的传奇、水的诗篇，是城池内外的市井传说。

二

梅城北边，有东西绵亘六十里的乌龙山，它临江而立，巍峨险峻，峰峦起伏，层林叠翠，云雾缭绕。山势宛若苍龙静卧，名之乌龙山。

乌龙山是梅城的重要标志，它是严州城北面高踞的"小齐云"，是"一郡之镇山"，赋予严州府治梅城一种威严稳重的气势。

可是，乌龙山的传奇名声真正传遍天下，却是因为一本书。

元末明初的小说家施耐庵，在他的《水浒传》中，描述了许多名山大川以及山中发生的事情。乌龙山，就是他重点着墨的山川中的一座,他描述的乌龙岭,是书中梁山军最后一场血战的场景,而乌龙岭大战,也是中国人家喻户晓的故事。

宋江奉旨,围剿大本营在清溪(今浙江淳安)的方腊起义军。进入杭州之后,小说有《张顺魂捉方天定宋江智取宁海军》这一回,在杭州涌金门被射死的浪里白条张顺,借大哥张横的身体还魂,斩杀方腊大公子方天定,为宋江军队立了重要的一功。

宋江在杭州净慈寺中设了七天七夜的道场,为跟随

宋公明大战乌龙岭
引自杭州容与堂刻本
《忠义水浒传》

他南下而丧生的诸位好汉的亡灵祈祷。

随后,他就得想法子进攻睦州了。

睦州之征,必定是一场血战。

《水浒传》第九十六回开篇的诗,直奔主题:

七里滩头鼓角声,乌龙岭下战尘生。

梅城的高山秀水——乌龙山中的乌龙岭和沿江的七里泷间的传奇,在施耐庵笔下,就这样,有了声势浩大的开场。

宋江和卢俊义兵分两路,他亲自围剿"南兵"重镇睦州,和卢俊义说定,待他取了睦州,卢俊义取了歙州之后,约日同攻方腊的大本营——清溪县帮源洞。

先锋使宋江,带领正偏将佐三十六员,攻取睦州并乌龙岭。……水军头领正偏将佐七员,部领船只,随军征进睦州……(〔明〕施耐庵等《水浒传》第九十六回《卢俊义分兵歙州道 宋公明大战乌龙岭》)

宋江率领大队人马军兵,水陆并进,船骑同行。离了杭州,望富阳县进发。

先头部队和方腊部有了小碰撞,梁山军胜出不在话下。

次日,宋江调兵,水陆并进,直到乌龙岭下,过岭便是睦州。此时,宝光国师引着众将,都上岭去把关隘,屯驻军马。那乌龙关隘正靠长江,山峻水

急,上立关防,下排战舰。(〔明〕施耐庵等《水浒传》第九十六回《卢俊义分兵歙州道　宋公明大战乌龙岭》)

宋江就近驻扎营寨之后,先派出李逵率步军,前去探明敌人的虚实。不料,乌龙岭天堑上早已众志成城,李逵等被岭上的檑木炮石所阻,不得前进半步,只好鸣金收兵,回禀宋江。

宋江又差阮小二等率一千水军,摇船擂鼓,唱着山歌,朝乌龙岭边来。

在岭下方腊的水寨,阮小二部遭遇了名号为"浙江四龙"的四位水军总管。他们手下拥有五百多只战船、五千多名水军,兵力雄厚,势不可当。

当日阮小二等乘驾船只,从急流下水,摇上滩去。南军水寨里,四个总管已自知了,准备下五十连火排。原来这火排只是大松杉木穿成,排上都堆草把,草把内暗藏着硫黄焰硝引火之物。把竹索编住,排在滩头。(〔明〕施耐庵等《水浒传》第九十六回《卢俊义分兵歙州道　宋公明大战乌龙岭》)

称作"浙江四龙"的方腊部水军统领,在此处迎敌,有着天时地利之优势。他们见宋军船只摇上滩来,不慌不忙地各驾一只快船,顺水而下,将阮小二等引上滩去,宋军尚在忐忑之时,情况在瞬间有了他们意想不到的变化。

只见乌龙岭上把旗一招,金鼓齐鸣,火排一齐点着,望下滩顺风冲将下来。背后大船,一齐喊起,都是长枪挠钩,尽随火排下来,只顾乱杀敌军。(〔明〕

施耐庵等《水浒传》第九十六回《卢俊义分兵歙州道 宋公明大战乌龙岭》）

宋军不堪一击，溃败而退，阮小二不愿被俘受辱，扯出腰刀自刎而亡。

乌龙山上方腊部元帅石宝，见水军得胜，遂率军赶下岭来，一阵穷追猛打，宋江不得不退回到桐庐驻扎。

至此，乌龙山举足轻重的战略地位，可见一斑。

宋江见折了兄弟阮小二等，心中郁闷。

后来，猎户出身的解珍、解宝兄弟，请缨偷袭乌龙岭关卡，放火烧关隘，以乱敌人阵脚，使之弃岭而去。

两个来辞了宋江，便取小路，望乌龙岭上来。

此时才有一更天气。路上撞着两个伏路小军，二人结果了两个，到得岭下时，已有二更。听得岭上寨内，更鼓分明，两个不敢从大路走，攀藤揽葛，一步步爬上岭来。是夜月光星朗，如同白日。两个三停爬了二停之上，望见岭上灯光闪闪。两个伏在岭凹边听时，上面更鼓已打四更。解珍暗暗地叫兄弟道：

"夜又短，天色无多时了，我两个上去罢。"

两个又攀援上去。正爬到岩壁崎岖之处，悬崖险峻之中，两个只顾爬上去，手脚都不闲，却把搭膊拴住钢叉，拖在背后，刮得竹藤乱响。山岭上早吃人看见了。解珍正爬在山凹处，只听得上面叫声：

"着！"

一挠钩正搭住解珍头髻。解珍急去腰里拔得刀出来时，上面已把他提得脚悬了。解珍心慌，连忙一刀砍断挠钩,却从空里坠下来,可怜解珍做了半世好汉,从这百十丈高崖上倒撞下来,死于非命。下面都是狼牙乱石,粉碎了身躯。解宝见哥哥攧将下去,急退步下岭时,上头早滚下大小石块,并短弩弓箭,从竹藤里射来。可怜解宝为了一世猎户,做一块儿射死在乌龙岭边竹藤丛里。两个身死。(〔明〕施耐庵等《水浒传》第九十六回《卢俊义分兵歙州道 宋公明大战乌龙岭》)

"千尺悬崖峻渺茫,古藤高树乱苍苍",是施耐庵,也是宋江军队眼中乌龙岭的险峻而苍凉的景象。乌龙山作为严州城的"镇山",城池的重要门户,果然名不虚传。

宋江不忍心解家兄弟暴尸乌龙岭上,亲自上岭解救,却中了石宝的埋伏,险些命丧乌龙山。幸得关胜、李逵等将领力保,才得以逃回桐庐。

此时,乌龙岭关隘的大帅石宝,在宋江军的频频围攻下,也感觉到了危机。石宝向在清溪的方腊求援兵,并重申乌龙岭作为睦州门户的重要性。鉴于"南军"兵力的局限,方腊却坚执不肯调拨一万御林军马去救乌龙岭。

而宋江,并没有停住进攻的脚步,他找到当地一位老者,让其带路,计划绕过乌龙岭,再与代他守桐庐的朝廷来使童贯,两面夹击,攻下睦州。

话说当下宋江亲自带领正偏将一十二员,随行马步军兵一万人数,跟着引路老儿便行。马摘銮铃,军士衔枚疾走。至小半岭,已有一伙军兵拦路,宋江便叫李逵、项充、李衮冲杀入去,约有三五百守路贼兵,都被李逵等尽。(〔明〕施耐庵等《水浒传》第

乌龙岭神助宋公明　引自杭州容与堂刻本《忠义水浒传》

九十七回《睦州城箭射邓元觉　乌龙岭神助宋公明》)

乌龙岭下，虽然守将邓元觉被杀，但天堑毕竟惊险，哪能这么容易就被攻陷！宋兵直杀到乌龙岭边。岭上檑木炮石打将下来，无人上得去。

宋江却毫不气馁，杀转来，先打睦州。

方腊闻讯大惊，这才派出一万五千名御林军，前去保睦州，同去的，有会法术的天师包道乙、郑彪等从清溪出发去增援。

这一次，宋江的运气也不太好。

他折了王英、扈三娘两名资深大将，就连李逵，也处于危险状态，无奈之下，只好收兵。

  两个牌手当得李逵回来，只见四下里乌云罩合，黑气漫天，不分南北东西，白昼如夜。宋江军马，前无去路。但见：
  阴云四合，黑雾漫天。下一阵风雨滂沱，起数声怒雷猛烈。山川震动，高低浑似天崩；溪涧颠狂，左右却如地陷。悲悲鬼哭，衮衮神号。定睛不见半分形，满耳惟闻千树响。
  宋江军兵当被郑魔君使妖法，黑暗了天地，迷踪失路。众将军兵，难寻路径。撞到一个去处，黑漫漫不见一物。本部军兵，自乱起来。宋江仰天叹曰："莫非吾当死于此地矣！"（〔明〕施耐庵等《水浒传》第九十七回《睦州城箭射邓元觉　乌龙岭神助宋公明》）

在此紧急关头，乌龙岭的神邵龙君，向他伸出了援手，告诉他救兵已到,并向他透露方腊必败的先机。

宋江一梦醒来,发觉身处松林间,而方才梦中的自称居住在此的邵俊秀才,早已不见踪影,但见周围此时云收雾敛,天朗气清。

可就在此地,宋江的挫败感是巨大的:武松失掉了一臂,鲁智深失踪。不幸中的万幸,是李逵被救回。

待吴用等率援兵从水路到来,乌龙岭战事,才有了根本性的转机。

> 宋江指着许多松树,说梦中之事,与军师知道。吴用道:"既然有此灵验之梦,莫非此处坊隅庙宇,有灵显之神,故来护佑兄长?"宋江乃言:"军师所见极当,就与足下进山寻访。"吴用当与宋江信步行入山林。未及半箭之地,松树林中早见一所庙宇,金书牌额上写:"乌龙神庙"。宋江、吴用入庙,上殿看时,吃了一惊。殿上塑的龙君圣像,正和梦中见者无异。宋江再拜恩谢道:"多蒙龙君神圣救护之恩,未能报谢!望乞灵神助威,若平复了方腊,敬当一力申奏朝廷,重建庙宇,加封圣号。"宋江、吴用拜罢下阶,看那石碑时,神乃唐朝一进士,姓邵名俊,应举不第,坠江而死。天帝怜其忠直,赐作龙神。本处人民祈风得风,祈雨得雨,以此建立庙宇,四时享祭。宋江看了,随即叫取乌猪白羊,祭祀已毕。出庙来,再看备细。见周遭松树显化,可谓异事。直至如今,严州北门外有乌龙大王庙,亦名万松林,古迹尚存。([明]施耐庵等《水浒传》第九十七回《睦州城箭射邓元觉 乌龙岭神助宋公明》)

第二天天亮,宋江就开始不顾一切地猛攻睦州。最终,城中守卫崩溃，宋军占领睦州。

随后，乌龙岭关隘，也在关胜、童贯联手下，被攻破。

三

故事说到这里，难免有人会想起，那曾经置阮小二于死地的方腊的四位水军总管——"浙江四龙"的下落。

施耐庵在《水浒传》第九十八回《卢俊义大战昱岭关　宋公明智取清溪洞》中提到，四位水军头领见睦州、乌龙岭俱陷，弃船逃往江对岸，可最终却不幸都被抓获。

这"浙江四龙"，原先都是钱塘江中风口浪尖上翻滚长大的艄公，加入起义军之后，被方腊一并封了响当当的绰号：玉爪龙、锦鳞龙、冲波龙、戏珠龙。

四条在乌龙岭下的江面上翻云覆雨的蛟龙，在与阮小二水军交手时，都是一般打扮："万字头巾发半笼，白罗衫绣系腰红。手执长枪悬雪刃，钱塘江上四条龙。"从这种潇洒英武的装束上，不难看出，严州骄子皆非等闲之辈。

白罗衫，红腰带，长发披肩，踏浪凌波，屹立船头，扬帆于清流碧水间，微风拂面，头巾飞扬，这些在严州山水中长大的水的精灵、龙的子孙，在施耐庵笔下这场血战之前，有着怎么样的生活？

在他们的眼中，葱茏的乌龙岭，繁华的梅花城，烟波浩渺的三江口，每日不同的清晨和黄昏，会是什么样子？

除旧布新、改朝换代，是社会的必然。严州傍着青山和流过古城的一江绿水，古往今来，无论是在以水为生、

梅城福运门

以船为家的"浙江四龙"——曾经的艄公们的眼中,还是在此徜徉山水间的文人墨客眼中,都有着同样的魅力。

生活在南北朝时的文学家吴均,在一个晴空爽朗的夏日里,从富阳登舟,扬帆直抵桐庐。

这一路,山清水秀,风光无限,让人目不暇接,感慨万千。吴均留下《与朱元思书》,这只有一百四十几个字的短文,成了这段秀丽山水及两岸风光最经典的描述。

风烟俱净,天山共色。从流飘荡,任意东西。自富阳至桐庐，一百许里，奇山异水，天下独绝。水皆缥碧，千丈见底。游鱼细石，直视无碍。急湍甚箭，猛浪若奔。夹岸高山，皆生寒树，负势竞上，互相轩邈；争高直指，千百成峰。泉水激石，泠泠作响；好鸟相鸣，嘤嘤成韵。蝉则千转不穷，猿则百叫无绝。鸢飞戾天者，望峰息心；经纶世务者，窥欲忘反。横柯上蔽，在昼犹昏；疏条交映，有时见日。（〔南朝梁〕吴均《与朱元思书》）

置身于一江好水中，享受这般舟船之上的从容漂荡，听桨声打破翡翠江面的宁静，鸟儿欢吟，空谷传响，观远处山涧，白云升起之处，飞瀑直下，宛若仙境。又岂为吴均独赏？

同一条水路，从杭州到严州，也是《官场现形记》中浙江统领胡化若等率兵前往严州"剿匪"所走的路。

从杭州到严州，不过只有两天多路，倒被这些"江山船""茭白船"，一走走了五六天还没有到。虽说是水浅沙涨，行走烦难，究竟这两程还有潮水，无论如何，总不会耽搁至如许之久。（〔清〕李伯元《官场现形记》第十三回 《听申饬随员忍气 受委屈妓女轻生》）

只可惜，官员们各自在有"招牌主"打理的船上，日行夜泊，笙歌艳舞，白天夜里只是忙着听曲儿、喝酒、嫖妓，唯恐这段水路有尽头，又怎么会有闲情逸致，来观看这一江秀水、连绵青山的好风光呢！

清代，有位号晋竹的杭州人梁绍壬，在岭南逗留之时，读到清代戏曲大家、文学家、昆腔的推动者蒋士铨（苕生）的这曲《桂花新》时，百感交集，不能自禁。

蒋苕生太史《空谷香》传奇，鲁学连《移官》出内《桂花新》一支云："山平水远出桐江，柔橹声中过富阳。塔影认钱唐，何处是故人门巷？"叙自严州至省城，光景历历，如在目前。余久羁岭表，梦绕家山，一再诵之，悠然神往矣。（〔清〕梁绍壬《两般秋雨盦随笔》卷五《桂花新》）

生于清乾隆五十七年（1792）、出身书香门第的梁绍壬，不仅才华横溢、学识渊博，更喜游历大江南北，"平生惯行役，南北车驱之"，是这位不倦的江南才子走遍南疆北境的写照。可是，无论走到哪里，在梁绍壬心中，始终镌刻着的是，江南青山绿水如诗如画的景象，通往故乡之路，总是让人魂牵梦绕。这寥寥几句描述从严州至杭州沿江景象的曲儿，能使他反复诵读，回味无穷。

同样"两山夹峙，一江如带，中流鼓棹，帆飞若驶，兼以江水澄清，锦鳞游泳，时有渔歌欸乃，山谷回应"的这条水路，却也有人走出了辛酸、委屈和失落之情来。

立在船头、衣袍如飞云的杜牧，望着前方睦州城中隐约的屋顶，双眉紧锁，心情郁闷。一路上大部分时间，他都沉浸在这种低落的情绪中，在愤愤不平和郁郁寡欢间，他没有精力和兴趣去欣赏任何景色，诗人的敏感与才情，暂时从他的身上消退了，占据他心头的，是对世态炎凉的愤慨，对官场勾心斗角的不屑，对自己生不逢时的感慨。

可谓是天之骄子的唐代诗人杜牧，在中国文学史上与李商隐一起，被誉为"小李杜"。他才华横溢，诗风潇洒俊爽但不失清丽之气。他的"南朝四百八十寺，多少楼台烟雨中"，是中国文学史上著名的吟唱江南春天的诗句之一。

杜牧出身于大名鼎鼎的官宦世家，杜宅位于长安城最中心的朱雀门街东第一街，从宅子的位置，不难想象杜家昔日的显赫——他是唐代宰相杜佑的孙子。可诗人在官场上却并不得意，人到中年，他因缺乏长袖善舞之术，被排挤出京城长安，去到地方州府任职，开始了他仕途的低潮阶段。

来睦州之前，他先是在"孤城大泽畔，人疏烟火微"的湖北黄州做了两年刺史，继而又被派到了安徽池州两年，最后再转任睦州刺史。

这种无异于贬谪的"辗转"，使出生于京城的他，不但很快远离了繁华长安的政治中心，也远离了他深爱的故乡。可以想象，当年满四十四岁的北方人杜牧，从安徽池州走水路，几经周折，途经繁华精致的杭州城，到凄清而偏远的小地方睦州上任时，会是何等心情。

杜牧对出任睦州一事，充满了失落、不满，他为此写过带着怨气、甚至透出绝望气息的文字。有人从这些文字推测，除了他心态不佳之外，也许是长途跋涉的许多艰辛，也许是孤帆远影的寂寞心境，使杜牧在很大程度上只看到了这里的偏远和寂落，而眼前世外桃源般的明丽山光水色，一时间，仿佛被他完全忽略了。

其实，只要换一个角度，就不难看出，他的文字中透露出来的，不仅仅是个人的失落，也有对这块土地充满忧虑、怜惜的情感。

毕竟，他是作为刺史来睦州的。

试想，若是作为浪迹天涯、洒脱不羁的诗人，他的睦州之行，纯粹是观云山、品美景之行，那么，字里行间，必定会是像横贯于其他诗作的那种倘佯肆恣、风采卓绝的调子。

睦州之旅和对睦州的最初印象,在初到此地的最高行政长官杜牧笔下,出现了这样情绪化的描述:

> 牧于此际,更迁桐庐,东下京江,南走千里。曲屈越嶂,如入洞穴,惊涛触舟,几至倾没。万山环合,才千余家。夜有哭鸟,昼有毒雾,病无与医,饥不兼食,抑喑逼塞,行少卧多。逐者纷纷,归轸相接,唯牧远弃,其道益艰。([唐]杜牧《祭周相公文》)

可是,睦州淳朴直率的民风、恬静超然的气质,和它独有的秀美山水,很快就征服了敏感的诗人,抚慰了他受伤的心灵。杜牧有关严州的许多诗作,是他暂时跳脱于行政事务之外,以艺术家的纯粹视觉,发现严州之美的成果。

他写得十分风花雪月的《睦州四韵》,成了后人赞美严州时最喜欢引用的诗篇之一。

在此,杜牧终于以平和的心情,以细腻的眼光,聚焦于这里的景色:江水、溪畔、人家、石上清流、林中啼鸟,远方炊烟袅袅、近处小楼独立,还有客心始终在归路的诗人。在残春的风中,满目落英斑斓,手中美酒盈樽,他毫无抵抗地,醉倒在严州的花荫中。

杜牧还写过其他诗,诗中的严州,已然没有了在《祭周相公文》中营造的那种贫瘠与苦涩的氛围,而是意境清幽纯朴、绿水苍苍、青山逶迤,有岚翠扑衣,更有犬吠溪村,如:"翠岩千尺倚溪斜,曾得严光作钓家。越嶂远分丁字水,腊梅迟见二年花。"

终于,在一个秋高气爽的重阳时节,杜牧结束了他睦州刺史的任职,启程回京都长安。此时,他的心情格外舒展,"凉风满红树,晓月下秋江",这般靓丽惊艳的描绘,既是对严州山水的展示,也是诗人愉悦心境的折射。

绿水青山,目送着曾经失落的诗人杜牧离开严州城,温柔地护送载着他归家喜悦的船只远去,记住了他给严州留下的故事、他的诗和他的帆影。

四

江水从城边淌过,川流不息。

何不念着"天下梅花两朵半"的民谚,去严州梅花城内一探那半朵梅花。

"严州东门外,有桃园,丛葬处也,园中种桃,四缭周墉。"明眼人只需看这几行字,就大致能猜出这个故事要说的是哪类事情。

城门之外的墓地,围墙遮不住春风,红霞般的千树桃花,将周边的所有一切,晕染得格外浓稠。

在严州城门外的桃园里发生的故事,自然是传奇;但出了东门,桃园的确存在,而且此处是严州府设置的义冢,却是有可靠史料记载的。

在《光绪严州府志》卷五《城池》一节中,提到明代洪武年初,严州府改筑城门,东门被称为"兴仁门"。

明代成化年间（1465—1487），于东门外设了义冢。

漏泽园：在兴仁门外。成化年间，知府朱瑄市民地为之。弘治间，知府李德恢复修，嘉靖间，按察佥事谭启文拓之。国朝康熙七年，知府梁浩然捐置民地重立义冢碑，知县项一经复于义冢之南置地为广孝阡。……（〔清〕吴世荣《光绪严州府志》卷八《冢墓》）

那是明代弘治年间（1488—1505）的一个元宵节，严州城一个十九岁的少年郎，从江边观灯而归。他兴致勃勃地往家走着，方才那些绚烂无比的花灯，尚在他的眼中闪烁不已。

夜色笼罩着大地，三江口的湿润凉风，没有正月间那种刺骨的寒气，相反，吹拂在他滚烫的面颊上，有种舒心的惬意。

城门还远，少年傍着桃园的围墙，往家赶。

夜色浓黑，目不能视，深沉暗影笼罩着的桃园，与夜色混淆在一起，仿佛都在沉睡中。但少年却能从微风带来的气息里，知道桃园中的每一棵桃树，都在悄悄地酝酿中，为即将到来的春日灿烂作准备——那是一种略带苦味的清香，是桃树粗糙的树皮下流淌着的汁液的芬芳。

少年走着，突然略觉不自在，夜色中，仿佛有个时刻追随着自己的目光。

他抬头四顾，果然，一个绝美少女，在桃园的石墙上注视着他，她的雪白面孔，在暗夜中格外皎洁。

她斜身依偎在墙头上，姿态优雅，那冰冷坚硬的围墙，在她的身边，就像堆着柔软锦缎的美人榻。她大半个身子露在外面，向他暗送秋波，丝毫没有半点羞涩。

少女的出现，在急着赶路的年轻人眼中，仿佛是个美妙的幻觉。这时，前方空旷道路上的一个人影，吸引了他的注意力。

他没有仔细回味那美好的幻觉，而是脚下提速，赶上了前面的另一个夜行者。

两人交谈几句后，得知竟是同僚。于是相见甚欢，聊起家常，互报姓氏生辰之类琐事，以消夜路之无聊。

走到离城门很近的三岔路口，两人别过，各自赶路。

夜深了，路上杳无人迹，寒气变得凛冽，粘在少年人的额头上，抹掉了方才观灯时的亢奋。他不由得缩了缩脖子，加快行走速度。

从清冷的夜色深处，传来了一阵轻微而清脆的脚步声，少年回身看去，竟是方才倚在桃园墙头上的少女。

他惊讶不已，想不明白一个姑娘家，怎么会在夜间出现在城外。

少女不慌不忙，含笑解释道：

"你可是我暗恋之人哦！只是贵人多忘事，你早就记不得我了。今天晚上我见你独行观灯，就借此机会在暗中追随你，希望能向你倾诉衷肠，你有什么好惊讶的！"

少年挠着头，却怎么也想不出何时见过此女。

她却不紧不慢地说出了他的小名、生辰八字以及家庭住址，没有丝毫差错。少年受宠若惊，心中暗暗怨恨自己，怎么竟然会忘却这般美貌女子。

少年闻之信，便已迷惑，偕行至家。（〔明〕刘忭等《续耳谭》卷四《桃园女鬼》）

方才在夜路上的她，披着白色的月华，少年感觉，是在雾中看一朵神秘而诱人的花。至家，他终于得以在屋中的灯光下细细端详她：

殊倍嫣媚，新妆浓艳，衣饰亦极鲜华，皆绮罗盛服也。（〔明〕刘忭等《续耳谭》卷四《桃园女鬼》）

两个年轻人情投意合，山盟海誓，一场轰轰烈烈的爱情，就这样开始了。

自此，每天夜色阑珊之时，少女都会来到他的屋里。她形态轻盈，步子飘忽，如薄雾淡淡，如轻烟袅袅，都是他形容她突然出现在屋中的美好词汇。

一个花好月圆的夜晚，两人卿卿我我，少女笑语连连，却不料隔墙有耳。恰巧邻居那夜失眠，将细枝末节尽听于耳，又从窗外偷窥，见有美艳佳人，大惊不已。

第二天，这位好事者，便将夜间所闻告知少年的父母，并提醒他们，若是少年诱拐了良家女子，做父母的也必定脱不了官司。

少年的父母当天硬撑到后半夜不睡，果然，月到中天时，见少女翩翩而至。他们爱子心切，没有当场进屋质问。

次日清晨，父亲把少年呼来训斥："我们不忍心把你告到官府去，你自己速速把此事了断掉吧！不然，为了保护你，连我们俩都要被牵连进去。你不要为情所累，该怎么处理，就赶紧吧！"

少年虽然不愿违背父母的心愿，但深陷情网无法抽身，也找不出任何拒绝她每夜来访的理由。

少女很快就得知父母干涉一事，但她毫不在意，每夜照常来会情郎。

少年的父母无措，只好跟知情的邻居商量。在此人的鼓励煽动下，父亲把此事告到了李郡守那里。

李郡守将少年传到堂上，不等问话，少年就把事情的前后细说了一遍，并无半点推诿。只是，他不知道这位神秘少女的姓名和住址。李郡守听了原委，觉得此事蹊跷异常，他思忖良久，初步判定少女绝非善类，很有可能是妖孽。

他让少年夜间再会少女时，悄悄在她的身后系上一根长线，这样便可以摸清她的踪迹。

那夜，少年忐忑不安，刚回屋，却不料她早已到了。少女迎上来，质问他是否想在自己的衣服后面系长线，并让少年把藏在袖中的针线交出来。

次日，面对少年的苦脸，李郡守递给他一把剪刀，让他暗中剪下一块她的裙边。

可这回也没有成功，她的怒气更大了，厉声斥责少年无情无义。

少年无奈，再向李郡守报告。这次，轮到李郡守发怒了，他命令几个民兵去擒拿。可当人们临近屋子时，片刻前还是晴好的天气突然变了，大雨倾盆，众人不得向前，只好回到官府报告。

李郡守更是暴跳如雷，他派了一猛将，率兵士数十人，再次前去。这回，众人遇到的是电闪雷鸣、暴雨滂沱的天气，"风怒欲掀屋，雨来如决堤"，没人敢在这样的风雨中前行半步。

见兵士再次败回，李郡守反而冷静了下来。他叫来了少年，询问了一些有关少女的细节。

"女之姿貌果何似？衣裳何色彩？"

少年不假思索，细细说了一番，尤其对衣裙等物的描述，格外详尽：

"她内外穿戴，都是绸缎面料的，样式时尚，作工精致，都像是新做的。穿得里三层外三层，好像要一个人身上穿了全年四季的衣服。每次脱衣就寝，衣裙总有一大堆。可奇怪的是，每次来，都穿着同样的衣服，从未见她换过。最令人费解的是，她贴肉穿一件青色紧身小马甲，通常从不愿意脱掉，偶尔脱下来，必定与一条柳黄色的内裤放在一处，置于床头，从不远离。"

李郡守听罢，沉思多时，最后打发少年回家，并嘱咐他一如既往，千万不要让她再生疑心。

少年不知李郡守意图，虽惶恐不安，但也只好听命。

李郡守目送少年离去的背影，转头深深地看了一眼在厅堂侧座的通判，开口道：

"吾有一语，欲语公，恐公怒耳。"

通判曰："何如？"

郡守沉吟久之，说，他觉得这诡异的少女，应该就是通判的女儿。

通判怒不可遏，大声抗议，但郡守却不动声色，笑道：

"公试归，问诸夫人。"

通判忍住没骂，不再多言，拂袖而去。

怒气冲冲的通判走到后堂，急声叫出了夫人，将事情的原委说了一遍，并痛骂郡守老儿欺人太甚，将这类妖孽归到了自己家中女孩身上。

通判夫人听到对女孩容貌、体态和衣服的描述后，大惊失色，说此女的相貌和衣着，都像极了几年前死去的大女儿。小姐未成年夭折，当时确实也葬于东门外的桃园中。

通判垂头丧气地去见郡守，郡守安慰他说，即使她确是他死去的女儿，但幽冥两界异途，大可不必为此烦恼，他已经有良策在胸。

事情暂时就这样被搁下了，少年少女每天夜里相会，仿佛不再有任何障碍。少年的心平静了很多，他又重新开始相信爱情，期待有一天她"人"的身份会被证实，他们终将一同走到白日的严州城中，在充满阳光的青石板路上，她不但会留下轻盈的脚步声，更会留下珍贵的影子。

东门外桃园的桃花，在一场绵绵细雨之后，悄然怒放，将周围的一切，都映衬得如世外桃源一般。

走过桃园墙外的人，像是忘了墙内桃花之下的孤魂野鬼，他们对眼前的这片艳丽的生命力，充满了赞美和向往。那年的桃园，成了严州府最亮眼之处。

从桃园围墙走出来的少女，也越来越滋润，越来越美丽，她对少年专注的情感从未改变，她风雨无阻地来会他，仿佛，她存在于世的唯一价值，就是去爱和被爱。

从未改变的，还有她无声无息的脚步、戴着月华的银色光环和来少年小屋时的幸福神情，以及，从未更换过的闪亮绸缎华服。

她不再记得少年对她的猜测、无情，不再记得官府士兵的来犯，也不再提防李郡守那深藏于心、迟迟不肯出手的计策。

霞光般的桃花虽美，但终将凋零飘落，化成点点红泪，来装点桃园中的座座孤坟。

桃花尚未落尽时，从京城来的巡盐御史来严州巡视。

> 事竣而去，郡集弓兵二百辈护行。守与群者皆送之野。御史去，守返，兵当散去。守命：勿散，从吾行。守遂道从东门以归。至桃园，守驻车，麾兵悉入园，即令起判女冢，视之……即斫棺，视女貌如生，

因举而焚之。〔明〕刘忭等《续耳谭》卷四《桃园女鬼》）

到此时,李郡守的迟缓之计,才显出了它的内敛之功和阴毒之力。桃园女鬼已有神性,欲摧之,强攻不得,只有趁其完全放松,直至她淡忘所有的危险,放下应有的戒备。

细思极恐,李郡守稳操胜券的另外一个因素,竟是利用桃园女鬼被爱情冲淡警觉性、逐渐丧失了神力的状况,不费吹灰之力将之摧毁。

少年和少女短暂的爱情故事,在火光中戛然而止。

火焰追逐着浓烟起舞,后来,像是厌倦了,终于放慢节奏,渐渐平息下来。炭火尚温,从桃园那座坟头升起的青烟,先是笔直向上,然后,在一阵小风推动下,突然地,如同女孩子回眸一笑时的婀娜身姿,袅袅地,在新叶碧绿、枝干茁壮的桃树间,飘荡开来。只一会儿,就像薄雾一般,弥漫了整个桃园。

据说,那天被这薄雾抚弄过的人,心中都长时间地荡漾着一种感觉,那是种幸福和悲伤相缠的感觉,说不清道不明,仿佛是疼痛中的快感,苦涩中的甜蜜。

只有桃园中尚开放的零星桃花,在掺杂着木香的空气中,依旧闪烁着艳丽的桃红色,像是丝毫没有理会这坟、这烟、这笼罩着桃园的薄雾。

在山水潇洒、人心向古的严州城,历代,不乏奇特而浪漫的爱情故事,可桃园女鬼和梅城少年的事,却只持续了半个春天。

毕竟，幽冥两界，殊途不能同归。

可是，不知为什么，严州城的许多爱情故事，偏偏就留下了这个。

也许，是因为人鬼间爱情的纯粹吧，它不功利、不矫情、不虚伪，它不掺杂需要维护的人情世故，它不在乎世间的贫富悬殊，它仅仅，是相爱之人世界的全部，它不现实到了极致。

还有，就是它不完美。没有皆大欢喜的结局，给它增添了魅力和扩展的空间，故事可以一直讲下去，在不同人的眼中，会有不一样的发展和结局。况且，凋零夭折的爱，给世界提供了悲天悯人情感的载体、爱恨情仇人憔悴的酵母。

所以，桃园女鬼被写下来，流传至今。

在梅城，一朵桃花、一片桃林、一个桃园，都会向后来的人们讲述这个故事。

五.

在远离江南的楚地，一个平常的傍晚，窗外凉爽的微风已起，缓缓地，在园中的橘树和石榴中从容穿行。

可对于屋子的女主人来说，这却是个不平常的日子。

屋里的小几上，从家乡带来的兰花，在这一刻，无声无息地绽开了。

小巧而朴素的花朵，立在一丛翠叶旁，乳白色中带着浅浅的绿意，紫红色的花蕊，隐约地藏在其中，像是个矜持的少女。幽幽的香味，似有似无，宛如被黄昏的空气稀释了一般。

可就是这朴素的花朵，这若隐若现的香味，这细长单薄的叶片，却让她忍不住泪流满面。

她云鬟斜簪，面如皎月，静静地坐在兰花前，简直就是兰花的写照。

她的眼前，出现了故宅院内花架上成排的兰花，也是在这般傍晚的凉意中，枝叶袅娜，悄递幽香。

脑海中故乡的兰草，不一会儿，就被东门外的大片桃花取代了，桃红色的花朵，铺天盖地，优雅而恣意，要是能借取幽兰的一点清香，该会有多完美！

傍晚守着一朵小小兰花的她，让这淡淡的香味变作翅膀，飞越千山万水，回到她的严州。在桃花的艳丽中，悟出，或许，生活的美，也在于欠缺与遗憾。就如同幸福的她，缺少家乡的臂膀将她时时环抱，而曾经幸福的桃园女鬼，因幽冥异界而与相爱之人无缘。

　　空谷无言也有芳，况当一阵晚风凉。
　　东园纵有桃千棵，绝艳终嫌少异香。

对着兰草惆怅不已的女子，是身在楚地的严州城詹家小姐詹瑞芝。

她生于依山环水、烟云缭绕的梅城的一个官宦人家，在云山苍苍、江水泱泱的严州长大成人的她，十七岁那年，别过父母兄弟，远嫁湖北。

楚地不乏奇山秀水，可在詹瑞芝的眼中与心中，却只念着严州山水景物的美好，相隔万水千山的故乡，环绕着她的过去、当下和未来，是她生活最重要的部分之一。远在天涯的梅城女儿的血液中流淌着的，是化不开的浓浓乡愁。

悱恻缠绵的思乡情感，几乎成了她诗作的全部内容。

夫人系出浙东，母氏李素善诗。夫人幼承慈训，女红而外辄吟咏自喜。归总戎后，虽内政日繁，而性之所近，未尝一日不亲笔砚。（〔清〕杨季鸾《茝香阁诗钞·序》）

夫人贤而有才，工诗能绘，于归后溯江汉，历吴越，远父母兄弟，不得归省，时托吟咏，以写缠绵抑郁之苦。（〔清〕吕子班《茝香阁诗钞·序》）

她的乡思，是一种刻骨铭心之情，五更天的子规，啼声凄切，那让游子肝肠寸断的小鸟，认真地吟唱着夜鸟的歌，每一声里，都湿透着凄切和悲凉，无眠思乡人的抑郁愁意，被它编织在歌里，大胆地高声唱出，散发到漆黑的夜色中。歌声撞入詹瑞芝的乡思之网中，待再传出去的时候，就缠上了她的百结愁肠。

这样，梅城大街小巷的温婉韵味，严陵两岸的潇洒风貌，三江口的朦胧水汽，青草年年南浦绿的景象，连同这江南女子思乡的悲悲切切，被这夜半的歌声，带到了许多无眠的楚地人心中。

她的"乡思"，是在这样的漫漫长夜，梦回严州，在梦境中流连忘返，不愿醒来。

> 子规啼彻五更头，无限乡思付水流。
> 梦里一声归去也，醒来恍惚在严州。

詹瑞芝的严州城，在她的诗中无处不在。

雨纷纷的清明节，除了伤春，更有思亲。她登楼眺望，故乡的方向，是密布着愁云的灰色天空，她放眼望去，"万叠寒云是故乡"。

邻里在为扫墓送纸钱忙碌，而她，在此地却无墓可扫，无香可焚。她形单影只，只能面对着连绵阴雨，漠漠愁云空惆怅。"浙水望穿云漠漠，楚山愁对雨绵绵。"她期待着早日能重回故乡，"好是严陵台畔路，及时重许泛归船"。这种期待，是支撑她在清明时节的阴郁气候中，不陷入极度悲观的力量。

风从东边吹来，夹带着些零星的雨滴，落在她的面颊上，嘴角边，润湿了她的鬓角。雨水的清凉，呼唤着故乡七里泷的氤氲水汽，伴她登上归舟。

她闭上双目，心头的忧伤，变成了喜悦。家乡近在咫尺，记忆，是抚慰心灵的良药。

> 旧住梅城门向南，画楼正对南山岚。
> 女红学罢偷咏诗，姊妹成行喜不支。

她怅望北飞的雁群，她寄寒梅讯故乡，在"旧恨兼新恨，天涯更水涯"中煎熬，经历了无数个"月明有梦到梅花"和梦回严州的夜晚。

终于，在一个"细柳新添翠带长"的春日，詹瑞芝踏上了回故乡的舟船。

她的目光，在七里泷两岸的绿色山岭和芳草地上流连，当饱览山花烂漫、野草葱郁的景色后，待山寂寂、月苍苍之时，归心似箭的诗人，也平静了下来，"无风七里帆偏稳，静倚篷窗忆北堂"。

静倚在窗前，敏感而痴情的梅城女诗人詹瑞芝，听着船下的流水声，知道距梅城越来越近。

随后的几日里，当她抬头向北望去，首先进入视野的，一定是苍翠的乌龙山，它如同一位不倦的守护神，千年如一日，凝视着梅城，呵护着梅城；她信步走至江边，江水消逝在天边，但她知道，三江口的波光水影，在恬静的夜间，会永远抚慰那轮沉醉在江心的恒久月亮。

在故宅院中，与亲人故友尽叙离别苦情之余，当她看遍屋里屋外的幽兰之后，她一定会记起东门外的那片艳丽的桃花林，想起那些春天里的灼灼桃花。

这时，严州的女儿，梅城的诗人，她被乡思煎熬多年的心，终于宁静了。

在她的城中，有山为依，有水为托。

参考文献

1.〔宋〕耐得翁：《都城纪胜》，王国平主编：《西湖文献集成》，杭州出版社，2004年。

2.〔宋〕周密：《武林旧事》，王国平主编：《西湖文献集成》，杭州出版社，2004年。

3.〔宋〕吴自牧：《梦粱录》，王国平主编：《西湖文献集成》，杭州出版社，2004年。

4.〔明〕田汝成：《西湖游览志》《西湖游览志余》，上海古籍出版社，1998年。

5.〔明〕钱希言：《狯园》，文物出版社，2014年。

6.〔元〕脱脱等：《宋史》，中华书局点校本，1985年。

7.〔清〕丁丙：《武林坊巷志》，王国平主编：《杭州文献集成》，浙江古籍出版社，2014年。

8.〔明〕黄宗羲：《黄宗羲全集》，浙江古籍出版社，2005年。

9.赵尔巽等：《清史稿》，中华书局，1998年。

10.〔宋〕赵彦卫：《云麓漫钞》，中华书局，1996年。

11.〔宋〕费衮：《梁溪漫志》，三秦出版社，2004年。

12.〔明〕冯梦龙：《警世通言》，人民文学出版社，1994年。

13.〔清〕纪昀：《阅微草堂笔记》，上海古籍出版社，2005年。

14.〔明〕凌濛初：《初刻拍案惊奇》，中华书局，2009年。

15.〔明〕张岱：《陶庵梦忆》，中华工商联合出版社，2016年。

16.〔清〕香婴居士：《新镌绣像麴头陀济颠全传》，王国平主编：《西湖文献集成》，杭州出版社，2004年。

17.〔清〕徐逢吉等：《清波小志（外八种）》，上海古籍出版社，1999年。

18.〔清〕梁绍壬:《两般秋雨盦随笔》,上海古籍出版社,1982年。

19. 应守岩编:《西湖小品》,杭州出版社,2007年。

20.〔清〕石玉昆:《三侠五义》,齐鲁书社,2008年。

21.〔明〕周清原:《西湖二集》,浙江古籍出版社,2017年。

22.〔明〕冯梦龙:《三言二拍·喻世明言》,浙江文艺出版社,2018年。

23.〔宋〕洪迈:《夷坚志》,中华书局,2006年。

24.〔清〕朱海:《妾妾录》,文物出版社,2015年。

25.〔清〕古吴墨浪子:《西湖佳话》,浙江文艺出版社,1985年。

26.〔清〕徐震:《女才子书》,上海古籍出版社,1991年。

27.〔清〕丁福保编:《历代诗话续编》,中华书局,1983年。

28.〔明〕施耐庵等:《水浒传》,人民文学出版社,1997年。

29.〔明〕施耐庵:《水浒传》,商务印书馆,2016年。

30.〔明〕高濂:《四时幽赏录》,浙江古籍出版社,2018年。

31.〔明〕刘忭等:《续耳谭》,文物出版社,2016年。

32.〔清〕许梿编:《六朝文絜笺注》,四川人民出版社,2019年。

33.〔清〕李伯元:《官场现形记》,上海古籍出版社,2005年。

34. 肖亚男主编:《清代闺秀集丛刊续编》,国家图书馆出版社,2018年。

35.〔明〕徐楚:《万历严州府志》,缪承潮主编:《严州文献集成》,杭州出版社,2020年。

36.〔宋〕郑瑶、方仁荣:《景定严州续志》,缪承潮主编:《严州文献集成》,杭州出版社,2020年。

37. 于立文编:《唐宋八大家》,辽海出版社,2014年。

38. 朱睦卿:《千年梅城》,杭州出版社,2019年。

丛书编辑部

艾晓静　包可汗　安蓉泉　李方存　杨　流
杨海燕　肖华燕　吴云倩　何晓原　张美虎
陈　波　陈炯磊　尚佐文　周小忠　胡征宇
姜青青　钱登科　郭泰鸿　陶文杰　潘韶京
（按姓氏笔画排序）

特别鸣谢

王其煌　邵　群　洪尚之　张慧琴（系列专家组）
魏皓奔　赵一新　孙玉卿（综合专家组）
夏　烈　王连生（文艺评论家审读组）

图片作者

王怡新　任　渊　张　望　周　宇　周兔英
郑从礼　赵　辛　姚建心　韩　盛
（按姓氏笔画排序）